隐 爱

四川文艺出版社

图书在版编目（CIP）数据

隐爱 / 严利著. — 2版. — 成都 : 四川文艺出版
社，2019.4
ISBN 978-7-5411-5286-3

Ⅰ.①隐… Ⅱ.①严… Ⅲ.①长篇小说－中国－当代
Ⅳ.①I247.5

中国版本图书馆CIP数据核字（2019）第037782号

YIN AI

隐　爱

严　利　著

责任编辑　朱　兰　蔡　曦
封面设计　王　燕
内文设计　史小燕
责任校对　蓝　海

出版发行　四川文艺出版社（成都市槐树街2号）
网　　址　www.scwys.com
电　　话　028-86259285（发行部）　　028-86259303（编辑部）
传　　真　028-86259306

邮购地址　成都市槐树街2号四川文艺出版社邮购部　610031
印　　刷　三河市华东印刷有限公司
成品尺寸　147mm×210mm　　　　开　本　32开
印　　张　10.25　　　　　　　　字　数　260千
版　　次　2019年4月第二版　　　印　次　2019年4月第一次印刷
书　　号　ISBN 978-7-5411-5286-3
定　　价　45.00元

生活

说着无与伦比的**谎话**

而我愿意去

原谅它

……

目录

第一章　丑陋的女人

1．处女膜的使命

&※@＄β℃θ≠№≈※＄%‰≤◎≦……思念如乱码，为了见他，我在去年保玉则的路上。

我一直做着无中生有，却极其无趣的工作——每天埋头忙着码字，然后交给路冬篱把它变成铅字。我一直在这个混沌世界循规蹈矩的努力活着。从二十出头到现在，敲键盘的日子·晃过去了十多年。没有丈夫孩子，没有家，没有太多钱的我正忐忑地向四十迈进。

家是我生命的曙光，想有个自己的家是我活着的动力。

之前，他们把我写小说看成是天赋。我觉得这仅仅是我混饭吃的伎俩。虽然我敲键盘的五指关节灵活自如，可我的心太嘈杂了，不得平静，因此，势必会影响了我说话。尽管我有表达的欲望，可眼前世界一片纷乱，脑子一塌糊涂。有一段时间我几乎失去了写字的功能。是的，不过是功能而已！

或许我是太骄傲了，我的天赋在慢慢生锈却浑然不知，沉浸在自得的世界里。路冬篱竟然安排我去电视台做谈话节目的女嘉宾。这是多么可笑的事情。不要误会我是主宾，我的角色是去附合主宾谈一些所谓的文坛现象之类的看法。拿笔的手偶尔还会颤抖呢。哪还有能力在人前作秀？还有个秘密，我有严重的社交恐惧症。在人多的地方我就发憷，平时敏捷的我会一下迟顿木讷，如同木偶一般。

"你是积累了一定的粉丝的。"路冬篱说，"你看，他们一直不知你的庐山真面目。可是通过这次的露面，读者会对你产生好奇和新鲜感。这次的电视秀对接下来的作品宣传是有好处的啊！不要怕，去吧！"

我不是刻意要在读者面前保持神秘感。我是一个缺乏自信的人，唯一在读者面前出现的照片是路冬篱未经许可，偷拍我发呆时的一张侧脸。我忘了那时在干嘛了。表情沉静，眼神迷离，当时应该是喝了一点红酒。一般这样的忘我状态，想是进入写作的情境了。

贴吧热闹了，读者开始猜测，我为何不正面示人。

这是什么节奏？

难道左脸有美人痣？

失恋了？

灵魂出窍？

被角色附身？

练分身术？

做了准分子，眼神很明亮喔！

拜托，签售吧，女王！别啬嗇你右侧美颜。

"我不想去。我现在只想做好一件事，那就是完成手头的写稿任务。我一年没有动笔，人太紧张了。"

"真是病得不轻。"在我说完，准备进屋关上房门的一刹那，我听到路冬篱喝了口茶，扣上盖子自言自语地说。

"谁病得不轻？"他的话把我激怒了，我猛地拉开房门冲出去质问他："我不挣这个钱就是病得不清？"

"行。我说不过你，我走可以吧？让现实证明一切吧！人生不是老吹东南风，别忘了，需要用钱的地方很多，现在是电子媒体的时代，我们的图书工作室已经撑不下去了。你一定会有为钱着急的时候。"路冬篱说完摔门而去。

我杵在那里，整个人犹如一根冰柱。对路冬篱抱着那么多的幻想一下子瓦解了。

"病得不轻，病得不轻，病得不轻——"路冬篱的话一直在耳边游荡，如刀一片片削我的肉剔我的骨。血在流，要把我淹没。我瞬间喘不过气来。

"深呼吸！"我大口呼气一边对自己说，然后头晕目旋地回到房间赶紧躺到床上。

我知道，生活是把双刃剑，无论你怎么耍它，都会让你头破血流。

我妥协了。在路冬篱面前，就算我振振有词，也总是显得无理取闹。

我去了电视台。录影之前，在制片人的引见下，我见到了十六岁的少年网络作家楚留留香和他的父母。前辈有事不来了，录影只得临时做了改变。想来这一家人是主宾了。

相互做了介绍，少年作家见了我很激动，上来就把他的新书翻开，要我在扉页上签上大名，以作鼓励。

"孟老师。我儿子就是受了您的影响才走上写作这条路的。"不待我做出反应，那孩子的母亲上前一把就握住我的手，"今天，很荣幸您能来捧场啊，您一定得好好指教了。"

我不知该说啥好，只有惯性地点着头。接过孩子的笔，草草写上自己的名字。

离录影还有半个小时。制片人小黄，主持人梦梦都是熟人。

"兮姐。"一番礼节性客气寒暄后，她们走过来打量我一番，对我一身的打扮摇了摇头。一脸不满意地把我拉到化妆间。在那里被造型师捯饬半天后，小黄又过来递给了我一个文件袋。

"谈话大纲。您先熟悉熟悉。"她说完，神秘附耳过来，"意思意思！理解一下。你的书出了，咱们也好好策划一下。我去找个地儿眯一会儿。录完节目不要走了，有夜宵呢。我们好好喝一杯。"她起身打了一个哈欠，一连拍着腥红的嘴巴。眼睛四处张望着，像在寻找什么人。紧接着，匆忙拍拍我的肩跑了出去。

我笑着，其实我也不知为何要笑。这或许是社交时惯性的表情动作，于我而言没有任何意义。

我打开文件袋，里面还有一个信封。谁写的信？我想，拆开一看，一把百元大钞。我顿时明白，小黄刚才"意思意思"的含义了。

算劳务费？

再想想嘉宾里应该不只有我，还有其他人。这么想着时，进了一拨人。都是熟面孔，评论家日远，雨雨，出版人邓林。他们都是曾为我写过书评提携过我的专家们。我已经很久没有见到他们了。我从座位上站起来紧张地向他们点点头，像一个怕见生人的羞怯孩子。

他们见了我，一愣。似乎不敢相信自己的眼睛。

"夏兮，复出了？"邓林问。

我点点头，拘谨地站到一旁。

"好样的。"日远拍拍我的肩，"要接地气啊！没有空气怎么活？"

"听老路说你开始动笔了，写的是什么题材？方便透露不？"雨雨问。

"是要写，但还没开始动笔。在构思中。"我说这话的时候，心里突然一阵发慌。眼前像多了一道屏障，如一层水雾模糊了我的视线。脸发热头发蒙，脚飘浮起来。

我要控制住，我在心里告诉自己不能出洋相。我拿起矿泉水一饮而尽。

世界一下转变过来。眼前的人都惊异地盯着我。

"我有点低血糖。"我喘着气慌乱地说。

"你身体确实太弱了，休养了这么久。"邓林不屑地瞟了一旁的两个男人一眼，眼神回落在我脸上，"要靠男人关心是做梦，女人一切还得靠自己。"

"吃一块这个。"雨雨无奈地笑了，从口袋里拿出一块巧克力，"补充一下，马上要录相了。"

节目内容主要是围绕"中国少年作家童子军现象"这一主题与观众展开讨论，并借此来宣传少年作家楚楚留香的新书。而我也是放开干了。好吧，来之则安之。就好好捧哏吧！我想。好在，嘉宾也不只是我一人，心中的不安减少了许多。整个录相非常顺利。录完节目，让我措手不及的是观众对我的热情。还没有走到台下，已被他们团团围住。

说实话，我有点受宠若惊。我从来没有这样与读者面对面，他们跑上来"凶猛"的拥抱，对我签名的手不经意地碰触让我不知所措。

而这时，有个戴口罩的男人挤了进来一把拉我到他身后，他高大的身躯成了保护我的屏障。

"对不起，对不起，要签名的可以到导演那里登个记，留下你们的地址电话。回头我们的工作室会一一寄给你们。现在孟老师还有事。请大家理解，请大家让开！"

总之，我是逃开了热情的围堵。

"好了，喝口水。"那人递给我一杯矿泉水，口罩上面的眼睛细细长长的隐约透着笑意。

我有点窘，像是个没见过世面的胆小女人。我扭开瓶盖别过脸猛喝一口水，待我缓和平定过后，却只看到小黄在我身边了。

"你们安排的工作人员很给力，要不然我就要崩溃了。"我说。

"没有啊，我没有安排。"

那会是谁呢？我环顾四周，那个奇怪的男人神秘消失了。

"今天的节目录制很顺利，这得托福节目的文案策划。"小黄兴高彩烈地说。

"谁啊？"我问。

"你们家老路。整个节目的流程文案全是他搞定的。他相当于我们幕后的导演。"

他能做这些我是不稀奇的，但相比他的个人才能，他的处世能力以及营销策略总能让我刮目相看。比如，今晚。让我在圈内几个举足轻重的人物面前蜻蜓点水，不露痕迹地露了面，一边还悄无声息地做了嘉宾拿了钱。重要的是我还喧宾夺主，小试了牛刀。

这应该是路冬篱想看到的，他就是想通过今晚的录制得到答案——孟夏分的市场关注度还有没有？还有几斤几两可操作呢？

虽然这并不表示我认可他的一些做法，但是我不得不向生活妥协，跟着他的脚步一步步向前走了。

谁要我上了"贼"船呢？

谁要我让他走进我这丑陋不堪的命运里？

夜晚再次降临————

我是十一月十六日子时出生的，我的出生位于两日的交点，夜晚与凌晨之间，这似乎也决定了我不朽的精神状态——性格极其矛盾，双面两极分化淋漓尽致。爱，就会毫无保留；恨，也是彻头彻尾，明明白白。我温柔的外表藏不住我的自恋、冲动这些缺点，更掩饰不了那一颗随时跃跃欲试厚积薄发的叛逆心灵。

相比白天，我更喜欢夜晚。

说说我为什么喜欢夜晚吧。

首先我可以不用穿内衣。尽管一米六五的我只有75C，谈不上有多大负担，更不怕地心引力。一般在穿上衬衫之前，我会先转一千个呼拉圈，再做五组哑铃。这样，必定一身的汗，接下来去泡澡。之后，我会找来路冬篱的全麻衬衫穿上，光着腿在我的写字间走来走去。

话说那一段时间，黑夜是我最期盼的时候。那是冬天，难得几天都在下小雪。到了六点，路灯就全亮了。我会迫不急待地推开窗子，看着灯光下雪花飘飘洒洒落在行人身上，路牌上，看雪花的心情感觉就像迎接恋人一般。

整个人看似如海面般平静，心却如海底火山蓄势待发，岩浆随时喷薄而出。

兴奋的状态让我站在阳台的风口也不觉得寒冷。

背负使命的我，要行动了。那时，我就是如此的激动。

没错，是那样的。现在回想觉得是好遥远的事。1999年，18出头的我开始尝试写我人生的第一个长篇，似乎有好多要写的东西，提起笔却不知写什么好。整个脑子被一些人和事塞得满满的，身体如火烧一样，灵魂也被一个看不见摸不着的东西霸占着。写了一页又一页，最终满地都是我揉乱的纸团儿。

"欲望如火，得找人给扑灭了。"怀沙机灵古怪地冒出来。

"就跟打了鸡血。"我也由着她开玩笑，说，"很亢奋，我想要找个发泄的出口。"

"给！"怀沙递给我一杯凉水，用戏谑地口吻说，"没有释放你洪荒之力的神器，只有这杨枝甘露，昨天梦里观音菩萨赏的，妹妹我舍不得喝让给你！"

我把手伸向窗外，雪花落在手上很快就融化成水。待手心里的水有一汤勺那么多的时候，我赶紧地送到嘴边尝了一口。虽然清冽中夹杂着轻微的尘土味道，却是爽口至极！

很准时，晚上七点半的时候电话就该响了。

路冬篱的问候。那时候，他的语气始终保持着距离——客气却不生疏，友好中夹杂着些许暧昧。我们的谈话一般在十五分钟左右，东扯西拉中了解了彼此讨厌什么又爱好什么。我说我讨厌的是做饭。因为在家时，我几乎包揽了所有家务，包括下厨。他说，他正学着做菜。我问，一个大男人为何想着去做菜呢？他神秘地说，想在心爱的人面前表达一下心意。

路冬篱在追求谁呢？我暗想，心里明明还甜蜜着，瞬间像被人强制灌了一碗酸梅汤。一个男人为女人下厨，足以说明这个女人在他心中的分量了。

"你在酝酿吗？要写什么？"遥远的他似乎有透视眼。

"特别想写一个长篇。但是，却不知如何下笔。我也想出书。"

"孟夏兮，你写作的目的性太强了。你要有朴素的状态，不要想那么多。当你不被任何东西牵绊时，你的人你的心就是自然自在的。你会把自己无限放大，看到许多不同的自己，一切人和事在你的眼中都是多样化的。这样，或许你的潜能才会被激发出来，你的文字就算忧伤也是惬意的，沉重也是奔放的——我认为这应该是纯粹的写作状态。在自由的状态下与人分享故事，心灵才能回归自我。试试看吧！"

听了路冬篱一席话，犹如拨开云雾见晴天。思如泉涌，下雪的第四天，我的小说初步构思就出来了。接下来的日子，就盼着下课放学，我好跑回租借的屋子编织我的梦想。

2000年春天。我的第一部小说《蝎子的网》在这样一个宁静的夜晚诞生了。

我惴惴不安地把稿子递给路冬篱，让他给我提意见。

他从抽屉里拿出一本他过去的诗集。

"送给你。"他说。

我激动地翻开第一页，一个用竹片做的自制书签映入我的眼帘。正面书写着一首诗："街上有饥民，田里有初熟的庄稼，年轻健壮的你手里有镰刀，如果你的镰刀够锐利，就下手割吧，如果你的镰刀太钝，那就赶快磨吧——张晓风。"

"我找不出什么话来了。我看到了张晓风的诗，让我们共勉吧！"路冬篱笑着说，"书稿看完后，我再说对它的想法，好么？"

没多久，孟夏兮三个字出现在各大文学期刊上。

"遗世独立孟夏兮——阁楼上写字的少女。"

"你有资格做天蝎女吗？学孟夏兮如何耍心机秀性感。"

"孟夏兮：我是一只毒蝎子，请你不要靠近我！"

荣耀来得突然，我有点不知所措。我不是科班出身说不出高妙的大道理。我只知我写了一个想写的故事而已。看到报纸的标题标新立异，还有铺天盖地的名家评论，着实一连几天都恍恍惚惚的，有如做梦一般。

路冬篱跷着二郎腿品着咖啡，一边翻阅各类报纸杂志对我的评论与报道，时不时抿嘴笑着。见我云里雾里，他拉着我就跑出了咖啡馆，驱车直接去了一个大型书店。书店门口有一张海报，一个长发女子的侧影双手捧着雏菊仰头看着蓝天——左边几个宋体大字

《蝎子的网》。我急于进书店看个究竟，只见书店里显眼的架子上满满一排陈列的都是我的作品。

我全身发抖了，有点像中邪。回去的路上，我一直看着路冬篱，觉得他像变戏法的魔术师，从写稿到出书前后短短五个月的时间，他怎么轻易就改变了我的人生？

我一直觉得自己是路边的一朵野花，只配长在路边或田埂。如今，鲤鱼跃龙门，彻底改头换面大翻身，野花成了兰草。

我当然知道路冬篱是幕后推手。不得不承认，他做宣传真有一手。不过，这已是我后来才知道的事了。我不能否定他为我的小说出版所花的功夫和付出的努力。

路冬篱如何具体操作了这一切，对于细节我其实一无所知。

他说："你只管写好你的小说。这些鸡毛蒜皮的事我去办好了。"

路冬篱晚上买了红酒来庆祝。我们俩坐在房间的地板上边喝酒边讨论下一部文稿的内容。而这一晚，我人生的很多个第一次也迷离地诞生了。

是的。

第一次拿版税，趁着酒兴做了男人女人都喜欢做的事。

只见他把整整一瓶二锅头喝完了，摇摇晃晃地站到沙发上，扯着嗓门大叫："孟夏兮，孟夏兮，你将来一定是中国文坛一颗闪亮的星星！"

星星？我向窗外望去。黑夜如一张无边无际的网似乎被一缕强光扯破了一个洞，一颗长了翅膀的小星星熠熠生辉地从黑暗中飞出来——

"我会是那颗星星吗？"我问路冬篱。

"你就是那颗星星。"路冬篱说。

"星星怎么会有翅膀？"我看着天际喃喃自语。

"我就是你的翅膀。我要让你飞起来。"路冬篱从身后抱住我，在我耳边说，"所以，你是我的星星。是我一个人的星星。"

"好。冬篱，我是你的。"

"一切都发生了？"怀沙眨巴着眼睛，嘴角泛着坏笑，"不是喝红酒吗？怎么又是二锅头了。"

"他说他必须喝白的，红酒专属于我。"

"我猜你会点上一支烟？"怀沙笑着说，"这样好惬意。"

"只会来杯咖啡或者红酒。我对烟草过敏你相信吗？"

"第一次听说有对烟草过敏的人？"怀沙惊异地看着我。

吸烟不是好事，但不能吸烟，这对我来说绝对是很遗憾的事。因为不能拥有，所以渴望。至于好坏，似乎并不那么重要。

万籁俱寂！

邻居家的小猫卡迪出现在窗台上，在昏暗中它的眼睛发出凛冽的寒光。趁我与它对视的一刹那，路冬篱趁虚而入。我似乎听到身体深处破裂的声音如我撕废稿一样那么清脆。

除了疼痛找不出什么让我更欣喜的滋味。每一个毛孔都在欢快唱歌的极至状态都是骗人的！！！

不好玩！那时我想。脑子里充斥的却是多年前那个我痛不欲生的晚上——

我更喜欢码字。我想，处女膜的使命算是光荣的完成了。

那个夜晚，我和他在一起是水到渠成的事情。把我的初夜献给他，似乎是庆祝小说出版的一个仪式，一个灰姑娘浴火重生的涅槃。

"这是个体力活！"路冬篱累了，他站起来把卡迪赶跑关上窗，又顺手把沙发上的毛毯丢在我身上："别着凉。"

怎么不轻轻过来好好给我盖上呢？这动作让我心里十分别扭。

我暗暗嘀咕着，转过身不想理他。我期待他走过来，把我抱在怀里。他似乎在寻找什么？只听"啪"的一声，昏暗中火光一闪。他点燃一只香烟重新躺回我的身边。

"给我吸一口？"见他陶醉的样子似乎抽烟的感觉更过瘾，我不免好奇想试试。

"不行！"路冬篱很坚决地摇着头说。

"为什么不行，二手烟都被动地吸了。"我光着身子从地毯上站起来，我显得很激动。可以说我是在与一根烟斗气吗？或者，我在嫉妒一根香烟？

"蝴蝶真漂亮！"昏黄的灯光下，我雪白的小腿那只蝴蝶文身栩栩如生。他伸手轻轻抚摸着："嘘——别把它吓跑了。"

他的样子把我逗笑了，我重新躺回他的身边，匍匐在他的胸口。秋凉。一丝风从窗隙挤进来，我打了个寒战，人蜷缩成一团。他终于伸出手臂搂紧我，我们俩紧裹一张毛毯。

"夏兮，只准吸一口，好吗？"他像鸟一样啄了我一下，把烟送到我嘴边。我眉开眼笑像一个孩子得到了一颗糖。我接过来，烟灰落在他的胸膛上，他皱了下眉头。

"啊——烫吗？"我手忙脚乱在他的胸膛上一阵乱抹。

他淡然一笑，示意我抽烟。

端详这只烟，香烟还剩二分之一。

"你为什么不问问我的感受？舒不舒服？"我问路冬篱。我是藏不住话的人，说话一向直接，我说着，抓过那团有血的卫生纸扔到墙角，"你很讨厌，你都干了什么。"

"可不——你还是为我流血了？"路冬篱一点也没感受到我的落寞，轻描淡写地，"我们需要磨合。"

他的样子让我无言以对。我在想，我是否太过冲动草率地把自己交给一个不懂怜香惜玉的人？还是我想迫不及待体验俗世间最难以言表的滋味？爱情面前女人是有多么的弱智。

我想，我骨子里就是一个俗不可耐的人！

我无奈地转过身去。他突然环抱住我，嬉皮笑脸地说："有意见就提，做得不好你就说，我的人我的心都是你的了，可以了吧！"

我模仿他的样子把烟蒂放在嘴边，猛吸一口。

"可别把烟吞进去，快吐出来。"路冬篱的话还没说完，烟已进入我的喉咙，我连着呛了几声，一时也感觉不出是啥味道，紧跟着又吸了几口。这次我吐出浓浓的烟团，整个口腔充盈着烟草的味道，舌头开始有点发麻，喉咙苦涩万分。

路冬篱夺去我手中的香烟放在自己的嘴角去了厕所，一泡尿的时间我已经是胸闷气短脸红脖子粗的窘状了。

烟草过敏引起支气管哮喘！医生说。

"真是稀奇！"怀沙听我说完突然大笑起来："哈哈哈——昨天在微博上看到有一女的和男朋友'啪啪'过敏了。若有一天你也过敏，你还要渴望这人间至味吗？"

是的，文字无法继续时，爱还是要继续的。这或许是能证明我还存在于这个世界的唯一理由！

中世纪神学家认为男女之间的亲昵行为都是不道德的。我认为，要是让人类男女不相爱，战争就毫无悬念地开始了。

"弗洛伊德也说了，爱爱和吃饭睡觉是我们缺一不可的。我可以不写作但一定要爱爱。要是过敏了，就交给医生吧。"

"你看，你是极其矛盾的一个人。你都说不好玩了。"怀沙用不解地口吻看着我，问，"孟夏兮，你脑子里到底有着什么古怪的念头呢？"

"正因为一开始感到不好玩才要去体验嘛！"我有点烦她，总是不听招呼就大大咧咧地闯进我的视线，"你一个小鬼，对我说话的语气怎么老气横秋的呢？我说，你为什么老往外跑不回家呢？"

"我不想回家。什么叫家？有爸爸，有妈妈才是家。那个家有什么好？"怀沙脸色瞬间暗淡，落寞的神情惹人怜惜！

妈妈！妈妈！我在心里默念着，这个词对我来说何尝不是那么的陌生和别扭。

2. 下地狱的方法

年保玉则还在远方。我的思绪随着车子颠簸摇晃着。凌乱，故事凌乱。心里像飞进了一只鸟正在叽叽喳喳的做窝。

虽然揪心的往事里有一部分人已经消失不见，还有一些人已经逐渐模糊，但是沉淀过后，发现我不值一提的历史中，他们的身影依然如河流中的浮木，偶尔回到我的视线中，真实地存在着。看吧，我每天与那么多人相遇，随即分手，没有交集。他们没有给我留下什么，连厌恶都没有。就如我人生舞台的布景板，只能远远地看，作为装饰后再成为空白。

我走了一半的生命旅程里哪些人是我生命里的过客，哪些人我却要用生命去怀念——

人生无法回避的人其实就是母亲。

八岁前我住在上井村。村里人经常说句俗话："好棒子打不到上井村。"这出自何时何期何代何典故有何历史含义已无法考证。但上井村因为这句话便有了文化内涵，也有了一定的知名度。时不时撞见外地人慕名而来，在村里四处溜达闲逛，俨然这个村落是一处风景名胜。

如果没有常期酗酒的"爸爸"，在我眼里，上井是雅致有韵味的。

这个村里的人大部分人姓刘。而我却姓孟。姓刘的家族，他们的祖先是"湖广填四川"时广东迁徙到此的。孟姓家族聚族而居的历史就有点长了。十几代了。刘姓家族从茅草屋变成砖瓦房时，我们家还住在古老悠久的由祖上传下来的青瓦灰墙雕花格窗的房子里。门是双扇大门，门槛很高。我两三岁时，想看屋外的东西只能从门缝中窥视，那时，觉得外面的世界好大，我是如此的渺小。遇到月朗星稀的夏夜，大我五岁的兰子姐牵着我的手带着玻璃瓶子去捉萤火虫。

我们唱着：亮火！亮火虫虫，上天去，雷打你，下地来，鸡啄你，快来快来我保护你！

我家门前有棵老槐树，槐树下有口老井。话说，这井还是太公的太公开凿出来的。下面是个泉眼，里面冒出的水养活这村里两百多口人。所谓的背井离乡，我是有体会的。因为在不久的将来我离开了老屋老井。

妈妈离开上井村的那天，我六岁。三十年过去，我已记不清她的样子。或者说，她的脸总要与另外一个女人的脸重合在一起让我分不清谁是谁。

但她的笑容时不时出现在我的梦中，还有她身上若有若无的茉莉花的香味。醒来后，我总是忘得一干二净。我老是拼命地追寻梦中的影像，想找回一丝一缕的线索，但总是一无所得。给我的还是无尽的伤痛和遗憾。

那天她或许是为了给自己抛女弃家买个心安。她花了几十块钱，给我买了裙子和皮鞋。回家的路上，在街口拐角的饰品店里又为我买了一个蝴蝶发夹。这是妈妈前所未有的大方。

记忆中，她总是把钱攥得紧紧的。只要有花费的地方，她都核算许久，然后再决定钱的去向。哪怕给我买一个二毛五分钱的板栗馅的饼子，她都会把口袋里的钱数了又数，那时我盼望老天变个黄色五毛硬币在她的手心里。

当然，她把钱数过之后眉头一皱，摇摇头，拉着我从饼铺前面扬长而去。

"那馅，跟红苕差不多。有啥子好吃的嘛！"妈妈是这么说的。

以后，我便不再愿意陪她上街买油盐酱醋等日常用品了。其实，到如今，我也不知自己为何偏偏喜欢板栗馅的饼子。

饼铺柜台后有个看似长我几岁的男孩。他长着一张女人一样柔美的脸，好看极了。见我盯着他看，他拿起一块饼招招手，示意我过去。

"哥哥。"我轻轻地叫着，正欲过去，妈妈一把拉回我："女孩子要知道害臊，不要占别人的便宜。"

现在追溯根源，我分析自己是不是有点喜欢那个男生，因此才会强烈地想吃板栗饼呢？但凡妈妈到镇上贩卖采购，我都要嚷着陪同。饼铺是我们的必经之路。我会下意识走得很慢，希望与那个哥哥相遇。

在我年幼的心里，陌生俊美的男孩却是比妈妈更让我感到亲切。

午后，我们回到家中。爸爸就着一盘花生米下酒。看着香喷喷的花生米，我肚子咕咕地叫开了。当发现爸爸的酒瓶已经快空了时，我急忙跑到屋外的大槐树下独自玩去了。

饿肚子比挨打强。

"一、二、三——"我在心里计算着时间。很快，我听到酒瓶从堂屋里摔了出来碰到屋前的石蹲上落地开花的声音。

紧接着，妈妈的尖叫声传来，一边听她骂着："你个砍脑壳的——无能的男人拿老婆出气——明天，我要去买包老鼠药回来——"

是的，你们会感到疑惑？他凭什么对我妈妈这样。

现在要说到我叔叔。应该说，我的生父。村里一直疯传妈妈和叔叔有染才有了我，我也信了。

我的那个生物学上的父亲呢？他是个短命鬼。在我六岁生日即将来临的一个下午，死在了水塘边。那时，他拿着长篙正把鸭子赶到池塘里。被人发现时，他身体保持一个姿势，手里拿着竹篙，背靠在塘边的柳树上，半蹲着，左手捂着胸口身体已经僵硬，没有了呼吸和体温。

医生说是心肌梗死。

但我想，一定是爸爸杀死了他。这个人面兽心自私传统的男人，为了悍卫他狗屁一样的尊严做出这样的事一点都不奇怪，再正常不过了。

妈妈在我那生父死后的第二天走的。何时走的怎么走的，无从得知。只听镇上饼铺的老板说，那天一大早，饼铺才开了第一炉。她来买了三块板栗饼，千叮咛万嘱咐让他漂亮的儿子偷偷送到我家让我吃。

我到现在都在为她的出走找借口，或许是生父的死让她没有了盼头，命运的惨烈让她不堪重负抛下所有——我，她十月怀胎的孩子。

"她逃跑了。"

"她在去做爱的路上！"怀沙说。

我在田边的草垛背后玩着狗尾巴草的时候，有人轻轻地拍了拍我的背。我转过头看到那个美少年哥哥。瘦长的个子，白净的脸，似有似无的笑容。

当我离开上井村时，我也不知那人叫什么名字。

饼铺老板的儿子把饼递到我的面前。

"谢谢！"

"不用，你妈妈一早给你买的，我就是跑个腿而已。"我不是第一次听到他的声音，可今天这声音听起来细细的，温润，软糯。感觉像吃粽子。

我以为是幻听。抑或是他背后还藏了一个女人和他唱双簧，才让他发出如此的声音。当他再次把手搭在我肩上的同时，他的手不小心碰到我的脸。那时候，我条件反射的跳开了。仅管他留着男式头，穿着男生的衣裤，可从他手里传来特有的女人的气息。"他"应是"她"，不会错的。

我觉得世界被妈妈的出走搅得乱七八糟的。好好的男子怎么瞬间就成为女人了？

我愣在那，她却走过来，抱住了我。

"别怕，有姐姐在呢。"她说。

姐姐？我脑子像被人塞了面团。那我的哥哥呢？我慌乱地扔掉手中的板栗饼，然后一把推开她。那一刻，我感觉身后有如一只猛兽在追赶着我，我向大路上奋力狂奔——

回到家中如吃了颗定心丸。听到猪圈里猪叫得狂躁，我跑去一看，猪们排排站排排拱，圈门都要被他们拆掉了。

爸爸到哪里去了？我想着，蹑手蹑脚地走到堂屋里。我那生父还没有下葬，而爸爸早已喝得不醒人世并排躺在他的兄弟旁边如死人一般。

那猪叫得欢，我得赶紧把它们喂饱了。要是吵醒了他，可有我的苦头吃了。

我麻利地开始斩猪草。是的，我年纪虽小，这些家务活对我来说是小菜一碟。我早已训练有素了。虽然几斤重的刀在我手里稍显沉重，但拿起来已经顺手，干活自然就不在话下。

我拿起刀，心里突然闪出一个可怕的念头。没错，我想去杀了那个比猪都还不如的东西。我知道这是要下地狱的事情，可是天堂离我太遥远。我在这人间地狱苟且地做着"小鬼"。我抬头看天，我问："能给我多一个下地狱的方法吗？"

这么想的时候，我心跳加快，人却并没有因此而胆怯。我抱着刀快步走到了堂屋里，爸爸鼾声如雷，那声音此起彼伏，一阵高一下低颇有节奏感。像是闻到他嘴里喷出的酒气，几只馋嘴的绿头苍蝇从猪圈那边飞了过来，如谄媚的小人在他的嘴角歇歇停停地盘旋。恶心之极！

我该杀他哪里才可以要他的命呢？我想着，全身发热，汗珠滚下来。爸爸健壮如一头笨牛。我琢磨着自己斩猪草还行，杀人恐怕力道还不够。

要是砍他粗粗的脖子，手起刀落，脖子能断吗？若砍不断，他醒了，他在受伤的情况下也能把我给掐死。

最好的办法或许是割他的肚皮？我想着，慢慢向他靠近。天冷了，爸爸还敞着衣扣光着肚皮。他的肚皮漆黑如鼓，伴随着沉重的呼吸上上下下。皮厚而结实。

我举起刀，此时觉得刀如千金。手腕剧烈摇晃着，除了心中满满地仇恨，力量像被什么未知的东西吸得一干二净。我整个人如跑气的皮球一下子瘪了，软巴巴地抱着刀一屁股坐在了地上，脸正好朝向我那死去的生父。这是他到阎王那里报到的第二天了，气色却离奇的如常人一般。浓眉大眼高鼻，而我就是他的一件复制品。因为眼前这个恶魔一般的爸爸，我从没敢细看他。我伸手想摸摸他的脸，却最终缩了回来。

我想，我就是他们恶意制造的一个下三滥产品。我一下子人警觉起来，敏捷地跑到后院。

猪吃的食材很是丰富，各种草和菜剁烂后在大锅里杂烩。几把大火烧好，舀出来与糠一起搅拌。一勺勺把饲料舀进猪槽，小猪崽儿一马当先脑袋埋进去吃得不亦乐乎，猪爸猪妈紧随其后相继开干。这一家子不久的将来不过是砧板上的肉任人宰割，可在一起其乐融融，乐享天命。我的命不如一只猪啊！

我忙着去做午饭了。

我先把饭和芋头焖在锅里，引燃柴火，又往灶肚里塞了一根大木棒。然后去村头小卖部赊猪头肉和酒。往常也是这样，回头，他会去付账。

回家路上，有一个老头儿在村口高声叫卖毒鼠强。

老鼠药？

"这药性强吗？"我忍不住上前问。

"这药外号三步倒。人吃了只要六步就洗白啰！"

邪恶的念头又在我脑子里一闪一闪的，我想，要是放两包进他的酒里不死才怪。

"多少钱？"

"一包五毛钱。"

"可以赊账吗？回头我让爸爸给你钱。"

"那可不行，什么都可以赊。我要是卖糖送你两颗都行。这可是能死人的药。我不能放心卖给小娃儿的。"老头听了我的话摇着头背起他的背篓头也不回地走了。

我心有不甘地往家走。这时，一个妖娆的女人突然出现在我面前。这样涂脂抹粉的女人在上井村我是头回见。

"兮兮！小姨可想你了。"她冲我笑着，眉宇间的"川"字纹依然无法舒展地纠结在一起。因此，她的话显得也是那么的言不由衷。

这个女人对我来说完全是陌生的。挖空了脑髓也想不起她与我有什么千丝万缕的联系。可是，她叫出了我的名字，并且她报出了她的身份——小姨。

我母亲的妹妹？我没听妈妈提起过她有什么兄弟姐妹。

我没有吭声，只管往家走。她絮絮叨叨一路尾随在我身后。

"我听说家里一连出了好多事，担心你过来看看。"她说着从怀里掏出一张照片给我，"看到没，你妈妈前不久寄给我的。所以，咱们虽然没见过面，我就一眼把你认出来了。"

看来真是我小姨了。我心里想。她来能帮上我什么呢？她定会知道妈妈的去向。

"小姨，我妈在哪呢？您知道吗？"我停下脚步，眼前的陌生女人仿佛如拯救我的天外来客。

"她只给我寄了这么一张照片。"这女人挑了挑她细如柳叶的眉毛，弯下腰拉起我的手做出亲昵的样子："怎么样？跟小姨走呗。你妈妈把情况大概跟我讲了。"

跟她走？走哪里？我心里小鹿乱撞。会不会是人贩子呢？我不作声色抽出她拉着我的小手。

想起不久前隔壁的兰子姐，前一秒还在织毛衣，后一秒来了个陌生男人上前与她说了几句话。接下来，就没见到她在村里出现了。再细想，她要是人贩子，怎么会有我和妈妈的合影呢？但要说是我小姨，举手投足真是和妈妈不像。我一路在心里思量着，很快就到家门前了。前脚还没有跨进门槛，一个空酒瓶迎面飞来，从我额头左方擦过。瓶子在屋外碎裂玻璃碴子四溅。

我习以为常，忍着剧痛把赊回来的酒菜拿出来摆上桌。这才走到一边腾出手来摸了一下额头，一丝血顺着眉角缓缓流下。

那女人惊了半刻，定睛看到坐在堂屋神台前的爸爸，他叉着腰睁着满是血丝的眼睛像个鬼一样恐怖地看着我们。

"真是混蛋！"像有人往她胸口吹气似的，小姨脸色铁青胸口起伏得厉害，"你在甩手榴弹啊？死有很多种方法，天天都有卖鼠药的。你知道吗？你刚才差点杀了我们，故意杀人你也要挨枪子儿的。"

"你是哪里来的婆娘？"爸爸睁着惺忪的眼睛打着哈欠，"酒钱都没有，我可没钱给你办招待。"

"酒精中毒了，连我都认不出了。"

那女人瞟了我一眼，看见有血大惊失色。没有理会他，放下手中的包把我往屋外推，边说："快去，路边的不凋花，你快采些揉碎把它敷上。"

3. 路边的不凋花

生活无非是高贵与卑微。

一个初春的早晨，怀沙第一次出现在我的生活里。

在家附近有个东湖公园，背后有条不为人知的林荫道，还有一片樱花林。这是我的秘密圣地，不创作时我会跑到那里阅读。那是连路冬篱也不知道的地方。我偶然间发现它的存在之后，没多久我在那里遇到了怀沙。

"洁白的仙鹤，请将你的双翅借我，我不到远方去飞，只到理塘就回——"

当我坐在石凳上轻声阅读仓央嘉措的诗歌时，怀沙突然出现在我面前。

"姐姐！"

"叫我吗？"

"是啊！姐姐。我也喜欢仓央。"

"是吗？你是怎么理解这首诗的呢？"

"仓央十多岁被选为活佛，他跟寺庙里其他的僧人是不一样的。"

"是的，的确不一样。你说，他哪里不一样了？"

"俗世的很多东西，他都有体会。包括情爱。所以，他的诗里有对世间生活的赞美和对爱情的歌颂。不过，那都是很隐晦的。其实更多的是对佛理的宣扬，这也更加说明，他的佛法修为是极其深厚的。哎，好多人，却把他的诗作为情诗来读！甚至，好多诗都说不是他创作的，都搞不清真假了。还有他的死，你说，他是在青海湖坐化了呢？还是自杀了啊？"

怀沙的话让我有如找到知音，我们聊得十分投机。

"虽然人们大部分把仓央的诗看成是情诗，但是也无所谓啊！仁者见仁智者见智，百家争鸣是一个好现象。一些人把仓央的东西改编后，其实它的主旨与核心依然是仓央的精神。不能严格去定义的。因为，很多东西连藏史都无从考证。现在仓央代表的是一种意象，是一种对生活，对爱情的感悟。仅此而已！至于他怎么死的，什么时候死的，有时候真相显得不重要。若真是在青海湖死了，也是说得通的。他的死可以解决很多政治上的问题。这样对很多人都好。或许他看清了这一点，才选择消失吧。而他作品的真伪，就更没有必要去追究，这个时代需要一个怎样的仓央，他就是一个什么样的仓央。"

"真实与真相有时确实不重要！他的诗包罗万象。像这首诗隐晦却很直接'我不到远方去飞，只到理塘就回'。听说，他草原上的爱人就是在理塘死的。而另一方面，七世达赖就是在理塘找到的。这一处写得真好啊！读着读着，想哭！"

"你刚才哭过了？"说到仓央，她虽然笑得那么美那么灿烂，但看着她有点红肿的眼睛，我知道这个小女孩躲在这处小林子里，一定为了什么而偷偷哭泣过。

"被爸爸骂了，没做好饭。"她笑着说，眼睛里含着泪水。

"你多大了？有十八岁吗？你妈妈呢？"

"我刚好十八呢！妈妈死了。我喜欢文学，我答应过她，将来要做一名作家。"

"那你就要多读书，多思考，多练笔了。有那么多的时间去想念妈妈，不如用你的作品去证明你的存在，让天堂的妈妈安心！"

"姐姐，我会加油的！"怀沙来无影去无踪。

怀沙想念她的妈妈，而这个名词对我又意味着什么呢？我的心里也变得异常沉重。

无话不谈后，小树林成了我们不定期聊天的场地。我几乎隔三岔五就往小树林里钻。

"姐姐，你喜欢什么花？"她问。

"不凋花！"我说。

"不凋花？好诗意的名字。它长什么样呢？"

"来，这公园里有好多呢！我带你去找它。"我牵着她的手在矮丛与花圃间穿梭。

"你看！"我们不约而同地指向不远处一簇正开着蓝色花瓣的植物。

"原来姐姐口中的不凋花就是勿忘我？"怀沙开心笑起来："真是有个性的名字。"

"这花是草本植物。在我们老家房前屋后也是常见呢！"我蹲下身子指着花蕊说："你看，这色彩搭配好看得很。花儿小巧秀丽，蓝色的花朵却有黄色的花心。尤其是这卷伞花序，随着花朵的开放逐渐伸长，半含半露，讨人喜爱！"

"最珍贵的不是它有多漂亮。而是它可以止血。就算心里流着血，看着它闻闻它，伤口似乎就会痊愈一般！"怀沙说得漫不经心，但我知道一定有一簇骆驼草在心里时不时刺着她。

我想，这个世界，你若不坚强，谁帮你去勇敢？若问我，这花园里的花，哪种花是我想要的姿态，我想做随地而生随处而长的勿忘我！

我采了"不凋花"回来在厨房弄碎后用手绢敷在额头上，肚子饿得前胸贴后背。我到堂屋抓了两块肉塞进嘴里。

"咯咯咯——"那女人的笑声从房里传出来，就跟母鸡下了蛋那么满足高兴自豪。

她是何时进了爸爸的房间呢？我轻手轻脚地走过去贴着墙根，只听到爸爸像牛一样的喘息声，以及床板要被压爆地"嘎吱"声。

"看你这身板，把劲拿出来呀！"小姨低吼着。

"你这臭婆娘，真是难搞——"爸爸说着，用尽全力吼了两声便不见动静了。

"喔哟哟哟——"那女人鄙视的语气传来，随之听到她穿衣的声音。

瞧，这个女人靠谱吧？哼！

我不敢在爸爸门前停留太久，急速回到我的岗位把饭菜摆到堂屋的桌上。只见那女人满腮通红扭着细腰摆着肥臀出来了。

不用吃了吧！我想。耍了几下狐媚的功夫，就把我爸爸给拿下了，这成就感可能要把她撑死了。

"哟，这芋头是自己种的吧。"她问。

我不应声，自顾自回到厨房。人变成兔子似的，耳朵竖得老高想听他们在堂屋里讲些什么。

这女人不是省油的灯，她哪能如此好心为我而来呢？她是不是我的小姨还不能确定呢？

半天也只听到了推杯交盏的声音。

这女的会不会就此留下来不走了啊？我心里着急起来，那时我岂不要伺候一个阎王一个夜叉，这如何了得？

"逃！"我第一次有了离开上井村的想法。

但若像妈妈那般逃走，我也没有本钱。心里好一阵无奈！

"老孟——老孟交电费了。"约摸半刻的工夫，门外有人叫着推门进来。听起来是村长的声音。

村长会不会认识小姨呢？我想。他应该会认得。我连忙从灶房跑到堂屋。来得巧正在饭点上，几番客套村长也被邀请坐下了。

对于那个所谓的小姨，村长不时投以惊奇的目光。这惊奇背后的含义对那年的我来说实难理解，意味深长。在被小姨猛灌了几杯酒下肚后，他长叹一声，说："你姐姐一走了之，你又回来做什么呢？"

"我来接兮兮。"她望向我，瞥了一眼堂屋里我死去的生父，下巴一抬示意说："快去吃，吃了收拾收拾跟我走了。眼看天要黑了，咱们可不能在这儿歇。"

爸爸听着那女人的话没反映，想来在床上两人就商量好了。

而村长与那女人的话铁板钉钉地告诉我，我确实要离开这里了。我彷徨着走进自己后院的小屋。我什么都没有，只有妈妈离家时给我买的那身新衣，还有一个我的旧书包。

我发现我的心一直在震动，确切地说应该是整个身子在抖个不停。

真的要离开这个鬼地方了？离开每天被凌辱打骂的日子？可接下来，我要面对的将会是怎样的生活？未知的世界会不会比上井更让人难过？

我矛盾着。我本是麻木的感官变得灵动起来。不流泪的眼开始发酸，喉咙口发出一丝微弱的"咕噜"声。我要哭了吗？我急于要逃离这里，为什么又没有勇气。因为除了上井，我担心那给我期望憧憬的容身之地只是一个幻象。毕竟在上井，有门前的大槐树和屋后的大草垛，还有熟悉的小田埂和赊账的小卖部。更有我恋恋不舍四处环绕的，倍感亲切地抚慰我伤痛的"不凋花"！

我是一个没有资格哭的孩子。对于我来说，哭是一件丢人事，可我却不知怎么就学会哭了。我在想，那个未知的生活里，有没有一个可以让我在他面前流泪的人呢？

"青青的野葡萄，淡黄的小月亮，妈妈发愁了，怎么做果酱。我说，别加糖。在早晨的篱笆上有一枚甜甜的红太阳。"

顾城的这首诗像是在给我讲一个童话，童话是梦境，是永远无法企及的。我们知道，哪怕是恶人，心里都住着一个快乐的孩子！

读这首诗时，正是夏夜。我想到了人间蒸发的兰子姐，我们唱着：亮火！亮火虫虫，上天去，雷打你，下地来，鸡啄你，快来快来我保护你！我想起在那个夏天的晚上捉萤火虫时的情景。想起兰子姐，相比妈妈，我的心似乎更柔软了一些。幸福的岁月便是失去的岁月，唯一真实的乐园是失去的乐园。而如今，我期待在永不重复的日子中保留那些温暖的记忆，让失去的乐园失去的人和事能够像萤火虫一样，重新照亮我的生活。

"我以为摆脱爸爸，妈妈就能带着我过上好日子了。但是，痛苦依然在延续。"怀沙说这句话的时候没有任何表情。

"有什么好苦恼的，上帝是伟大的但又是无耻的。你永远不知道他在下一秒会用什么方式来爱你！"当怀沙用平静地语调说起她的妈妈，我自嘲般地安慰着。

对于自己能顺利离开村子。怀沙一开始是非常困惑的。

妈妈带怀沙赶上了到省城的最后一班客运。

"除了坐过一次马车外，这是我第一次坐汽车。"怀沙说，"车子和我家后院一样大，可以坐二十几人呢！"

客车发动时，大部分的座位是空的。车子在柏油路上快速移动，窗外的风景却没啥变化，一模一样的细杨柳青瓦房。唯一的是车子的摇晃与速度带给她无限膨胀的不真实感，像与世间分离了。她和母亲正在奔赴一个未知的国度。

妈妈拿出一块橘子皮放在鼻子前不停地嗅着。

"就像你兰子姐养的'豆花'反复闻一块没有肉的骨头。"怀沙用嘲笑的语气，像是在讲别人的故事，"我疑惑地看着她，她皱着鼻子，半眯着眼睛往后仰着。她对我抱怨着说，若不是为了你，我才不想来这个破地方。这汽油味儿让人没法活了。"

怀沙冲她妈妈说："城里的车多，汽油味儿还不满大街都是？你还不是活得好好的？"

没多久，怀沙的胃里也翻江倒海了。

晕车也和感冒一样要传染吗？怀沙慌张地拉开车窗吐得稀里哗啦。

妈妈也自顾不暇，她拿着一个口袋，头都要埋进去了。怀沙联想起驼鸟的样子，笑了。紧接着，又是手忙脚乱挖心掏肠的阵仗。不一会儿，车子停在一个集市。围着车子的叫卖声不绝于耳。妈妈招手叫来一个卖茶叶蛋的小贩，买了两个茶叶蛋。

一股浓郁的八角五香味儿裹带着少许的茶叶清香让怀沙精神振奋起来。

现实的味道。

"出发前，我让你吃点。你没吃是吧？"妈妈动作利落地剥了一个蛋递给怀沙，"我也要吃一个。晚饭喝了一肚子酒，要不然，哪会这么恼火。"

怀沙是真饿了，吐了一车身的胆汁胃酸。她接过妈妈给的鸡蛋狼吞虎咽，吃得太急，食管堵得慌，人哽了半天喘不上气。

"瓜娃子哟——快喝点水。"妈妈把随身携带的水瓶打开，"水也不能喝急了。喝急了，水也能噎死人。"

她哪里顾得了那么多，依然猛灌两口。妈妈用手连拍她的背："叫你慢慢来。"

妈妈的手拍在怀沙的背上，怀沙第一次没觉得厌恶。她不禁用眼角的余光快速地瞟了妈妈一眼，妈妈皱着眉又呻吟着趴到前排椅背上了。

"笨得有水平！"我说，"你是活该啊？你几时看见厨师把自己饿死的道理。煮饭时见缝插针，也能把自己喂饱了。"

车子行进大约半个小时，天完全黑下来。像说好了似的，沿途村落逐一点燃了灯火。

怀沙不断地问，还有多久到目的地。

"为了来接你，我今天要丢多少客人。"妈妈有点不耐烦，嗓门提得老高，"我急，车子不急。晚上开车，司机也要注意安全。"

怀沙老大不高兴，夜风从车窗外飘进来，不由得把身子缩紧头转到一旁伴装睡觉。

不远处，有人拦车。车子停下，上来一个背着蛇皮口袋的男人。买了票，搜索着前进，前面空位他也不坐，怕是嫌寂寞。走到怀沙母子身边，看到妈妈眼睛一亮，拍了拍妈妈的肩头："老妹，真是冤家路窄啊！"

妈妈从痛苦中抬起头看了那男人一眼，不屑地一笑，说："别烦我啊！晕得慌！"

"我这儿有晕车药。"男人说着一屁股坐在旁边，从兜里好一阵寻找，拿出两粒白色药片。

"那太好了！我回来得太匆忙，忘买了。"妈妈说着，抠出一粒和水吞下肚里，然后拍拍假寐的怀沙，给了她一颗，回头问那男的，"没了。你吃了吗？"

"想不到你女儿还是个小美人啊！"男人答非所问油腔滑调地看着怀沙："是不是你女儿啊？该不会是你从哪里拐的啊？"

"关你屁事啊！瞎操心！"妈妈朝前推了那男人一把，说："去去去——一边睡觉去。看你那头发，一窝草似的明天过来理发——啊——"

大概是吃了晕车药，男人不再贫嘴。把口袋扔到脚边，顺势往旁边的空位坐下，身子横着一躺，脚随后高高地搁在同一方向的椅子上。不久，伴着呼噜声口水酣畅淋漓地从嘴角淌了出来。

怀沙也进入了梦境——

这晕车药太神奇。一觉醒来，听到前方司机嚷着："到站了——"

车里人都伸着懒腰打着哈欠站起来。

男人提着蛇皮口袋，动作迅猛地起身往外走，一边冲妈妈说："回头找你！我找你也不容易，要不你来？"

"我去？想得美，豆腐都盘成肉价钱了。"妈妈看都不看那男人一眼，着急地收拾着行李。

男人悻悻地跑下车，不一会儿就消失在了人流中。

这就是都市？人多，车多，小偷多。

刚一下车，怀沙便开了眼界。一个大不了她几岁的男孩拿着长长的镊子夹走了一个阿姨的钱包。

"喂，小——"

"不要命了。"怀沙正要开口大叫，妈妈一把便捂住了她的嘴巴，在她耳边狠狠地小声说，"他们手里除了有镊子，还有尖刀。"

走出车站，看到霓红灯闪烁的车水马龙的大街，怀沙不由得拉起妈妈的手臂。车站出口处不时有大客车进进出出，喇叭声此起彼伏。

"哎，还是打辆出租车。天都这么黑了。"妈妈在车站门口四处张望后，自言自语道。

此时，正好有辆空车过来。妈妈大喜，对怀沙说："在原地等着别乱跑，我去去就回。"

又遇到熟人了？怀沙想着。她乖乖地走到车站大门旁的柱子前，倚靠在那儿静静地候着。

太远，听不清他们说了些什么。在昏黄的灯光下，只见妈妈的手拉开车门坐了进去，脸贴脸对司机耳语了一番。司机很受用的样子，不断地点着头。想是熟人好说话，妈妈很快谈好了租车的价钱，随即高兴地向怀沙招着手："过来，过来！"

怀沙跑过去钻进了那辆小轿车。

"小妹妹叫什么名字？"司机发动车子不忘扭过头来问。

怀沙讨厌司机狡黠的嘴脸，不悦地看向窗外。

"呵呵——"妈妈尴尬地笑了两声，不无讨好地对司机说，"这孩子不爱说话。别见怪，别见怪！"

一杯茶的工夫，妈妈的家到了。在高高的路灯照亮下，怀沙抬头看到一座临时搭建的砖瓦房，薄薄的墙皮，简易的石棉瓦。这应是不远处建筑工地弃下不用的工棚。这屋子唯一的辨识度是那张挂着"老妹理发屋"的白底红字的牌子。

妈妈拿出钥匙在开卷帘门。怀沙不禁想笑，这房子唯一结实值钱的反倒是这扇铝皮的卷帘门了。要是贼来了，会偷哪样？怀沙想得入了神。

只听妈妈说："你在外面透透气，我和叔叔进去说点事。"妈妈说这话的时候，那司机已先一步跨进了门槛。

怀沙在外面吹着凉风，听着屋里传出奇怪的声音——

"求你了，小声点——"只听妈妈用责怪的语气说。

"老子花了钱要弄安逸了——你还要我憋着啊！"司机没有收敛反倒更猖狂了，说这话时还连吼两声。

怀沙联想起在家里被她撞见的那些耳根发热的事情，脸一下子羞得通红，赶紧捂着耳朵向一边跑远了。

"又要当婊子又要立牌坊的，还怕人听见？"约摸一刻钟，男人意犹未尽骂骂咧咧地提着裤子出来扣好皮带，看见路边瑟瑟发抖的怀沙，老远冲着她吐了一口痰，"都他妈骚货！"

"我宁愿在家被爸爸打，也不想看着她在我眼皮底下做这低贱的事啊！"怀沙叹着气，"外表光鲜的妈妈，就是在这样的环境下生活。我就像从高峰跌到谷底。"

怀沙的讲述有如一个倒转的卡带，我们的童年如出一辙。

堕落之中，我的灵魂，如此疲惫

苦难来袭，我的心承受着煎熬

如是，我止住，寂然谨守

直到你显现于我的那一刻

此刻，我正在听西域男孩《YOU RAISE ME UP》。这首歌红遍全球，唱的人太多。每个版本的歌词都不一样。比如，Celtic Woman这个版本。

"真是有意思，我恨透了上帝，我却在听一首歌颂上帝的歌。这其实是一首福音歌曲。其中有句：You Raise Me Up, To Walk Stormy Seas.你鼓舞了我，让我能走过狂风暴雨的海，这句话就是从《圣经》"耶稣走在海面上"的典故而来，你知道那个典故吗？"

"不知道。"怀沙摇着头。

"其实起初我也不知。当知道这首歌版本众多之后，也就刻意留心了一下。这个典故在《圣经里的故事》307节。"

故事是这样的：

话说黎明时分耶稣要到海的对面去帮助有需要的人。但他要乘的小船却一直在风浪中颠簸，迟迟没有过来。

但这并没有难住耶稣。他想，我掌管一切，是风和浪的主。于是，他在水面上行走，却没有沉下去。他朝小船走去。

此时，门徒们却没有认出他来，以为迎面而来的是魔鬼。都十分害怕，惊叫着："鬼怪来了啊！"

主温和地安抚他们，说："你们放心，是我，不要怕！"

他们听到主的声音，都安静下来。

彼得非常激动，他想立刻走到主的身边。他想，主可以在水面上行走，那么他同样也可以让他的门徒在水面上行走。风浪必定不会伤害他们。

彼得向救主伸出手。

"主啊。"他说，"如果是你，请叫我从水面上走到你那里去。"

"你来吧！"主说。

彼得立刻下了船，从水面上向主走过去，他能够这样做，是因为他的信心，因为他看见了主耶稣和他的大能。

彼得能顺利地过去吗？在行走中，他的目光离开主，瞟向大海。看着狂风怒吼，波涛汹涌。他害怕了。彼得忘记了耶稣在那里，他的眼里只看见要吞没他的波浪。此时，一个巨浪打了过来。

"我躲不过去了。"彼得想着，大声叫喊，"我要沉下去了！"

眼看着大海淹没他，他害怕极了，大声喊："主啊，救我！"

主赶紧伸手拉住彼得。

"你这个人哪。"他说，"你为什么要疑惑呢？"

彼得上船后，风突然停住了，大海平静了。

门徒们也平静下来，他们的恐惧烟消云散了，主又跟他们在一起了。他行了一个又一个神迹，门徒们终于明白主耶稣是上帝的儿子，凡信他的都必得救。

"谁都懂得道理，要有坚强的信念我们才能战胜困难。"

"或许我们没有见过上帝，但心中一定要有上帝。"我发现我挺会安慰人的，我在心中笑了："这是信仰，知道吗？这是生活的态度。"

"嗯！姐姐。"怀沙笑着，"'你若不疑，人间不寒；你若不恨，苍天有暖。'"

妈妈被那人折腾得够呛，加上三个小时的长途跋涉。她累了！

这屋子用布帘一分为二，外间正墙面挂着一块长方形的一米见方的玻璃，梳妆台面上凌乱摆放着几件理发用的工具。右边斜放着一把掉了扶手的理发椅。怀沙拉开帘子，见妈妈躺在床上一动不动，被子半裹着她瘦小的身子。头发挡住了她半张脸。除了怀沙的脚步声，屋里静得没有一丝气息。

"我以为她死了。"怀沙说，"我忍不住上前用手探了探她的鼻孔，有热气冒出来，我才安心了。"

妈妈突然一把打开怀沙的手，说："还不去烧点热水。"

怀沙不敢和她睡在一起，在她的眼里，妈妈是个异类，怪物。她烧了水后，自己也蜷缩在理发椅上睡了。感觉是天亮了，身体瞬间弹起。妈妈已打扮好站在她的面前。

她看了我多久？怀沙想。

"为什么不叫醒我？"

"你看到了。"妈妈说，"我挣钱不容易。但我还是会让你读书，前面不远有个民工子弟学校，我去看看。"

怀沙对妈妈的话不知该作何反应，各种滋味掺杂一起，无法品味。

"屋里有方便面。饿了就烧点水泡面吃。"说完这话，妈妈便出去了。

怀沙在床底下找到了方便面。妈妈一去就是一上午。回来时，大包小包丢了满满一床。

见到它们，怀沙有点想哭，这些都是她曾经想拥有的——漂亮可爱的书包和精致卡通的学习用品。

在压迫的环境中煎熬出来的性格会是怎样的呢？

妈妈盯着她，似乎想听她说点什么。最终，怀沙强忍着内心的波涛汹涌报以浅笑。妈妈无所谓的挑了一下眉毛，坐在一旁自顾自说："该重新租个像样点的房子，这样凑合不是办法。"

"我给你泡面。"怀沙说，心里却嘀咕着，租房子的钱哪里来？

下午，妈妈又出去了。晚上带着一身的酒气回来郎当着往床上一躺，在胸口摸索出一把钞票，眉飞色舞地说："有租房子的钱了。"

次日一早，妈妈领着怀沙去了民工子弟学校。

"你叫什么名字？"办手续的一个女老师问。

"叫怀沙。"妈妈打断她的话，冲那老师认真地说，"怀念的怀，沙子的沙。"格式化的填了基本入读信息，怀沙就读三年级了。

"哈哈哈——"怀沙冲我一笑，嘲讽着说："我这小名的出处是屈原的楚辞《九章·怀沙》。之前年纪小不懂，现在真的是喜欢这两个字。人要脸树要皮，妈妈也是要脸面的人。她大概是不想别人知道我的大名，另一方面也在下意识地保护我。想她大字不识几个，凭着惊人的记忆力却记住了标题和第一句。"

原来怀沙生下来后，妈妈发愁该为她取什么样的名字。无巧不成书，某天她惊喜地在地上捡起一块钱的同时还发现了一张旧报纸，不禁想着，试试在报纸上寻找好字好词？就这样，屈原的《九章·怀沙》就跑到她的眼前来了。

"滔滔孟夏兮，草木莽莽——"

啥意思？背后的意义已经不重要了。有一点让怀沙心里明朗起来，原来，她也是受上帝欢迎来到了这个世界，她也并不是一开始就不受待见的？从取名字这件事情上来看，妈妈对她的到来充满了无限的幻想和期盼。

"真是想不到，我们名字的出处也是一样。"我和怀沙惺惺相惜一见如故。

4. 贞操的价值

在这个城市的边缘，我被小姨守护着生活。闻着厚重的尾气，吃着建筑工地的扬尘。

"喂"这个字眼成了我们彼此的称呼！我早上七点半出门，下午四点半背着书包回家。见她挣钱辛苦，我主动承担起做饭的重任。我现在好吃好喝还有书读，做点力所能及的事也心安理得。小姨交友广阔，男人们总为她大方地掏着腰包。她比妈妈出手阔绰，帮了忙总有奖励，几角到一元不等，我下意识把这些钱攒了起来放进一个饼干盒子里。偶尔，会从中拿出一些看部录相，吃一根冰棒。但大部分被我花在了书店。对我来说，那是少有的幸福日子。

时间真的是让人忘却伤痛的良药。那几年，我忘了上井村，忘了离开上井村的妈妈。尽管我不是出生在都市，但我已把成都当成我的家，对于妈妈是否回去过我一无所知。

有一次，小姨不知是有意还是无意地叹着气，说："你妈妈要是回来了首先定是来找我。"

"你就是我妈妈啊！"我头也不抬对小姨说，"别再提那个人了。"

"这话听着高兴。"小姨乐了，端坐在饭桌前，"再叫一声。"

"妈妈！"我盛了饭送到她手里，"母亲大人请了。"

不过是一声"妈妈"，小姨乐开了花。她哪里知道，我在心里"妈妈""妈妈"的叫了她无数次。小姨的爱抚平了被母亲抛弃的伤痛。

没有一成不变的生活。

不久来了一个人，我们短暂平静的日子被他搅乱了。他不是别人，正是从上井村出来的孟东，我户口簿上的父亲。见到他，我心里如塞了一团棉花。

"没女人的日子不好过。婆娘孩子都走了，叫我怎么活？"爸爸在房里对小姨说："我打算在附近的工地找个活干。不走了。"

"你这玩笑开得——家里的猪不养了，地不种了？"小姨听他一说，惊讶地张大嘴，"离我远点。我讲，你暂住证都没有，待不久的。"

"好，走着瞧——"

爸爸从房里走出来，一下没认出我。但走出门没多远他突然想起了什么，停下脚步回过头来。我赶紧转过脸去。

"哟，长成大姑娘了——"爸爸死死盯着我，一改他凶狠的目光，走到我跟前说，"你还是姓孟的。知道吗？老子年纪大了，该你供养了。"

"滚——在上井村时说好了别来烦的。"小姨跑了出来，把爸爸连推带扯地拉到门外，"身上有钱不？给，先用着。"

"拜拜——"看着手里的一百块钱爸爸大喜过望，冲小姨得意地挥了挥手。

爸爸走的第二天，来了几个便衣。他们踹开小姨的房门，把小姨和她的朋友衣衫不整地抓走了。那个时辰，我还在学校。关于小姨被抓的情形，街坊邻里热心地绘声绘色地传达给了我。我犹如目睹了现场般无地自容，只想化作一缕青烟飘上云霄。

紧接着晚上爸爸又来了。他反客为主，进了家便忙着翻箱倒柜，把小姨唯一值钱的金戒指揣到自己怀里。然后睡到小姨的床上，像在上井村那般，让我给他端茶送水，为他做饭吃。

我想，我暂时没法上学了，谎称生了病写了张请假条让同学捎给老师。一连几天，他就跟个残疾人似的躺在床上，听着收音机。

饿了吃，饱了睡。

"不是说在工地干活么？"我按捺不住小心翼翼地上前问。

"死丫头，伺候老子几天就不耐烦了。"他把脚上的鞋子朝我扔来。按道理，人老了不是要变得和蔼一些么？算他的年纪快五十了，还是变态的残暴相。或许，这一切都是他的假相，那张嘴脸恐怕也只会对我作威作福罢了。在外，一定是个怂样！

"爸，小姨要多久才会出来呀？"我又去问他。

他跷着二郎腿吃着我买的苹果一副幸灾乐祸的样子。

"常在河边走，哪有不湿鞋啊！活该。"爸爸说着，顺手把果核扔出窗外。只听一声尖叫，像是小姨的声音。我赶紧跑出去，果然是小姨回来了。算一算，她在派出所足足待了一星期。

"果核是他扔的！"我迎上去说。

"出去！走远点。"小姨对我吼道。我想，她是在派出所被电棒打了受了委屈，回来发无名火。我只好默默地朝外走，绕了一圈到窗口的不远处观察屋里的动静。

不一会儿，只见她从厨房抱着小气罐出来走到爸爸床边。

"起来，滚——"只听小姨说着，一手扣开一个打火机，"你今天要是不走，咱们同归于尽！"

我倒吸一口凉气，全身发抖。

"妈哟——"爸爸惊叫着从床上跳起来，"你个瓜婆娘——你——你下得了手嗦——"

"滚——"小姨歇斯底里地大叫，"不滚，我们就一起死——"

"你个瓜婆娘！"爸爸骂骂咧咧地逃走了。

此情此景，看在眼里我是无比紧张的，但毫不怀疑小姨故作威胁的伎俩里有对生活绝望的成分。我也不禁悲从中来，第一次与她感同身受不可自抑。我哭着跑进屋，一把夺下她手中的打火机扔出门外，"砰"地一声传来，打火机竟然撞到电线杆上爆炸了。

我和小姨不约而同地捂嘴尖叫起来。

"好在外面没人！"小姨把气罐放在地上，脸色发白的拍着胸口，"看你傻乎乎的，我是跟那狼心狗肺的闹着玩呢！"

我没有吱声，拿起气罐到厨房准备做饭。

"和我一起被抓进去的那个男的家里花了五百块就把人取走了。"小姨站在厨房门口叹着气，苦笑着说，"蹲一个星期还是值得的，节约了五百块钱呢！这可是你一个学期的学费呢！"

"我不想读书了。"我装作若无其事地样子，"学门手艺更实际一些。要么，我也去学理发。"

小姨不吭声了，她看了门外许久，突然转过脸抬手连扇我两耳光。

"孟夏兮啊——"

和小姨一起相依为命的这五年，她第一次连名带姓这么叫了我，并打了我。一种熟悉又奇怪的情愫始料未及的把我包围，小姨的耳光让我明白，我们能相安无事的生活着，其实早已在内心接纳彼此，感情无异于任何一对真正的母女。我克制拥抱她的冲动，只是拉起她的手，静静地说："我的理想是成为一个作家！"

"好！"小姨只说了一个字。

对于小姨今天丰富的表情变化，我是不太适应。用时髦的话就是，她今天耍了酷练了胆，还笑着流了泪。一切高难度全上演了。

2001年9月，因为有痛经，连着几天没有好好写字。例假结束，我人轻松了一大截。晚上，一个阳生人突然闯入我的阁楼，从身后用一块布严严实实的捂住了我的嘴巴，紧跟着肩膀与双臂也被他强而有力的大手给钳住压制而不能动弹。

我虽害怕，但想小偷一定是来图钱财的，人便冷静下来，因为抽屉里有出书的版税。他拿了钱必然会走，我不闹就是。要不然把他激怒会吃大亏，也可能因此丢了性命。

可是，一切不是那么回事。小偷并没有按我的推想进行，他一直在身后站着，约摸过了三十秒，他又把我的眼睛蒙上了。然后像司机摆弄方向盘，粗鲁地扳过我僵硬的身体——他的双手开始在我身上缓缓游走着，那感觉犹如一条毒蛇在我的身体上爬行。不一会儿，我的衬衣被解开了一个扣子，接着一连几个扣子都开了。

我想到那个不寒而栗的夜晚，坦胸露怀的我全身发抖，汗珠如小虫从耳根滑到了胸口。一丝热气袭来，那人的脸正靠向我。突然，他的嘴贴在我的耳边。

"啊——啊——"我惊叫，却叫不出声。

"小妖精，你果然又没穿内衣啊！"小偷突然开口说话了。

我一愣，这不是路冬篱的声音么？他这是玩的什么把戏？

"先说好，别打我。"路冬篱说，"我这是试试你的应变能力。如果有一天，你遇到这样的事了，你会怎么做。

"我怎么做？如果抢钱就给钱，如果要人，没有办法反抗的话，就试着享受呗。"我有气无力地说。

路冬篱扯下我眼睛和嘴上的布。

"混蛋，有你这样吓人的吗？"我二话不说，喘着粗气狠甩了他一巴掌。他也不气，耸耸肩无趣地看着我软软地走到床边倒了下去。

细想，我应该猜得到是路冬篱的。只是我整个人沉浸在创作的情境中，对于突然发生的一切无法及时做出分辨和反应。

他上前宽衣解带，三两下扯下我的裤头。

"我的星星——我的宝贝！"他也沉浸在自导自演的戏码中不可自拔。

我挣扎着拉着他的脖子大叫："知道吗？我需要安慰！"

那晚，我还是没有"登顶"。

有没有人告诉我，那是一种什么可贵的味道？不会是咸的，应该是甜的。接近抹茶拿铁的绵绵的滑滑的香中带涩的——

收获还是有的，他第一次跟我说了好多话，表面上有点事不关己，但我感觉他似乎在向我敞开心扉。

"我并不表扬自己'聪明'，其实，人人都有一种天生的睿智。"路冬篱又点燃一支烟，"我从小就对一些事物和现象很敏感，大凡看不惯的，抑或令人鄙视的我都在私下里与自己打赌。"

"和自己打赌？"这话好奇怪。

"是的。在心里和自己打赌。那些要赌的人和事往往短期内无法分出输赢。有的甚至要花去人一生的时间。比如你，我第一次看见你的文字的时候，我就决定不写诗歌了，因为这是一个不需要诗歌的年代。我和自己打赌，要扶持你写出好作品。"

"我成了你的梦想了？"

"的确，无须怀疑。至于，最终会怎么样？我们会有什么结局，是非功过任历史评说。"

情形便是如此。我在不知不觉中被他"私有化"，或者说我不由自主地依赖他信赖他。至少当时，他把我当成私人财产我一点也不反感。甚至听他说到"关于梦想"这番言论时，我心中油然升起一股悲壮的情绪：我们是一条船上的蚂蚱，是福是祸要一起消受了。

"小时候，邻居家有个小女孩。天天变着花样梳妆打扮，而且，充分利用各种机会展示自己——"

"这本无可非议。"我说。

"问题的关键是她的言行，就很令我'产生'不满情绪。"他吐出一口烟圈，"说难听点，就是嫉妒。那时，我在乡下。也就是八九岁光景。家里穷，置不起像样的衣服，常常被爱美的邻家女孩嘲弄奚落。我就在心里打赌：得意什么？白天过了有黑夜。没几天，你就是黄脸婆了。我十八岁离开家乡去外面闯荡，十年后当我回家时，那小女孩真的大变样。一天，她从我家门前过，满脸黄褐斑凸着肚子，青春不在。她跟我打招呼，我却认不出来她是谁。"

"你是赢了。"我叹了口气，"这样的赌多没劲啊？人可以和人斗，却不能和天斗。人生就是这样。"

"我心里也为此悲哀。这种悲哀无法与自然法则抗衡，但我不得不感叹：女人的一生，像长篇连续剧一样，少女——妻子——母亲——永远是看不完的。我们身边还有一些所谓的富人，他们的行为也总让我在心里与之赌气。村里有这样一个富人，听说如今飞西天了——"路冬篱说到这时顿了顿转过身看看我，语调慢了下来："这人发了财后言行就大不一样，一家人财大气粗我行我素的样子，欺压弱小。那时我想，这样的人不顾天时地利人和，总有一天要倒霉的。说这话的时候，我已成年，准备提着一个破旅行袋去远方了。"

"又被你言中了吧。"我翻身下床倒了一杯凉水一饮而尽，"先别说，我猜猜。三十年河东，若干年后你回来，这一家子已家道中落了。要么是炒股失败了，要么是子女吸毒败光家产。"

"具体什么原因就不知道了。没钱了倒是事实。我并不幸灾乐祸。反倒有一种宗教式的悲哀。"

"钱财如粪土，仁义值千金。"

听路冬篱讲这些的时候，我也不由得想了许多。身边拼命想过好日子的，为了梦想没日没夜挣扎着的那些人。甚至包括我自己。哪一天不是在和自己赌搏呢？人一生下来，就注定做一个赌徒，赌注就是这无奈有限的人生。我们总想让人刮目相看，总盼着士别三日会有所改变，总想从穷人变成富人——总之，在老天的看管下，我们赌胜了吗？

"以此类推，社会上形形色色的人，各种各样的——只要我愿意，我都会在心里琢磨一番。看到好的，我就会想到坏的。见到坏的我就会想到好的。"路冬篱已经抽第三根香烟了，"我喜欢逆向思维。从哲学的角度来说，任何事物都是相依相存的。以民间的眼光来看，任何事物都祸福相依。所以我总在想，有些得意的人，应该知道原谅别人就是善待自己；有些得理的人，应该得饶人处且饶人；那些富有的人，要明白有钱不能买来快乐，问心无愧最好。失意的人不要小看自己，落魄的人要想想最大的敌人可能是自己。贫困的人，应该知道，面包会有的牛奶会有的，一切都会有的——哈哈哈，我曾经也是这么说服我自己挺过一个又一个难关。"

我到浴室冲了澡，重新回到我的书桌前。手放在键盘上却敲不出一个字。思维打乱无法集中了，我没好气地盯着路冬篱，我告诉自己不能发火，控制情绪，要不然一连几个小时难以平复势必会影响我的创作了。

"没什么大不了的。"路冬篱漫不经心地穿好了他的衣裳，"我们去看看装修好的工作室吧。"

情绪从冰点又回沸点，拥有自己的文学工作室是一件奇妙的事。我心情一下子好了起来，套上吊带裙，把长发轻拢在脑后，快快乐乐地和路冬篱出发了。去的路上天空突然下起了雨，漫不经心的行人开始急匆匆地四处躲避。好在，我俩在车里。收音机里放着舒缓的音乐，过了没多久路冬篱转换频道。

"今天《法制在线》有老刘的访谈。"路冬篱眉毛一抬，笑着说，"喔，已经开始了。"

"听众朋友，我们今天请到的是我市法律界资深的刘启律师。"男主持人有着浑厚富有磁性的声音，"之前，有女性听众打来电话询问关于贞操的价值。这个问题呢，我们就交给刘律师替我们解答。"

"贞操也拿来讨论，真有意思。老刘只会做些无聊的事吗？他给电台多少广告费了。"贞操？想想，我怎么会喜欢这个词语。我顺手关掉收音机。

"你这是怎么啦？"路冬篱莫名地瞟了我一眼，很快地又打开收音机。我扭过头不理他。还是主持人的声音。

"其实，从情感上来讲，贞操应是无价的。但是从法律的角度来讲，贞操的价值又该怎么衡定呢？"

"我给大家讲两个案例。"刘启说。

1998年8月，深圳一名26岁的女子被李某强暴了。在李某判处有期徒刑十二年之后，这名女子又向市中级法院提起刑事附带民事诉讼，要求赔偿精神损失45万元人民币。法院判决认定，李某的犯罪行为实际是一种严重的侵权行为，其直接侵害的对象是原告的生命健康权和贞操权，造成的直接后果是给原告造成终身精神痛苦，并由此导致原告社会评价降低，被告应承担赔偿责任。又因原告是处女，受损害的结果严重，最后判决被告支付原告精神赔偿金人民币8万元——听到这里，我心中变得莫名的烦躁不安起来，再次伸手关掉收音机。

"你这是干吗？"路冬篱看了我一眼，一只手伸过来拍拍我，"你不能老是这么极端好吗？这个世界不是老围着你转的。你的举动不要太奇怪。反应怎么这么激烈？"

无独有偶，在广东佛山有一个女孩被他的老板——

路冬篱不顾我的情绪再次打开收音机，刘启讨厌的声音在那里"呱呱呱"地讲起了第二个案件。

"他是吃饱了撑的。贞操究竟值多少钱？从法律角度上说，就是有没有精神赔偿标准和具体金额？这都是屁话，屁话——金钱能抚慰伤痛？什么叫疤啊？疤就是印记。长不好洗不掉！会跟你一辈子。"

"哎，女人的贞操是个敏感的话题。也难怪你这么激动。它包含了人权和隐私权，以及个人的道德名誉评判。这种案件目前尚无精神赔偿标准和具体金额。因人因地因事而异。令我们欣慰的是，女人终于拿起保卫'贞操'的法律武器，今后若有人胆敢侵犯，就得付出'高昂'的代价。我们明知钱不能解决一切，可是站在法律的角度又不得不去探讨。"路冬篱看了我一眼，一改严谨的语气，充满柔情地说，"夏兮，我会好好对你的。从那晚我们在一起，就意味着我们不可能轻易地分开了。"

真是讽刺，贞操有了'价值'了。我别扭地看向窗外，淅淅沥沥的小雨打在玻璃上。

那个该死的夜晚——

小姨抱着小瓦斯罐的壮举并没有一劳永逸，当她被一个电话叫出门后，一个陌生的男人潜入了我们的屋子。

我至今不知道他是谁。他悄无声息地出现在我的身后捂住我的嘴，在半梦半醒的迷糊状态中，我闻到那个男人身上散发出刺鼻的橡胶水气味——不知过了多久，洒水车的声音响了，在迷离中看到回家的小姨发狂地拿起手中的剪刀刺在那人的背上。满背的鲜血与男人的惨叫让我再次晕死过去。当我醒来时，身上盖着被子，而那个人却不知去向了。我感觉不到下体的疼痛，整个人是麻木的。

"报警吧！"我艰难地从床上爬起来。

小姨不吱声。

"我去吧。"我想，小姨对派出所是有恐惧的，我理解她。

"谁会相信在这个屋里能有人坚守童贞呢？"小姨无奈地说，"你报了警，他就算坐了牢，三五载便会出来。但是你呢？那时候，你被人糟蹋的事闹得满城风雨——哎——不划算。"

小姨的话是不无道理的，可对于"不划算"这三个字眼，我听了心里堵得慌。

"所以，那个人呢——"我反问道。

"我让他走了，他留了几千块钱。"小姨说着，指了一下床头。我扭头看到一叠人民币。

眼前突然发黑，我难道被小姨出卖了吗？我抓起那些钞票一声不吭地撕起来。

"没出息的东西！"这是小姨第二次抬手打我，"作为穷人，任何时候别拿钱出气。钱有什么错？错是我——但是最错的是孟东，是他把你卖给了那个包工头。"

孟东？我应该想到他的。就是这样，没有复杂的原因。

我们迅速搬家了。一个月后，小姨带我去了医院做了处女膜的修补手术。这个时代不再流行处女。可是纠结"处女膜"这件事也无关流行。

你们或许讶异，像我小姨那样的女人怎么会那么介意什么贞操？我只想说，能做凤凰，谁愿做乌鸦？只不过，那些涉及伦理价值观的一些文明的东西，放在城市夹缝中寻找活口的人身上有时候的确是不好使的。

接着又发生了一连串的事，对于老天的眷顾我已经宠辱不惊了。

从学校回来后，看见小姨被派出所的人带走了。

我这次变聪明了，赶紧找出值钱的东西藏好，不能便宜了孟东。

我一直等着孟东上门来。或者说，我惴惴不安的祈祷老天在孟东打我们主意的时候，能像我的生父那样心肌梗死。

那一夜，我没睡。凌晨，我突然想起，搬家后，孟东从哪里知道我们的去向？

事实上，孟东躺在医院的重症病房里生命垂危。这是小姨走了八天后我才知道的事情。

那时，我想着小姨为了省钱，像上次那样苦捱一周后差不多就要打道回府了。小姨没有回来，警察来了。他告诉了我小姨用剪刀刺穿了孟东的喉咙，因此，小姨得为她的行为付出代价。

"死了吗？"我问警察。

他们对年少的我漠然的语气感到诧异。

"你爸爸在重症病房，还没有度过危险期。你平时跟着你小姨，跟她的感情更好，是吗？"

我没有回答。

"你妈妈不在，家里也没其他人？"

我摇摇头。

"我想见小姨。"我说。

只觉得警察的废话真多，我盼着他们能做点正事。

没有涂脂抹粉的小姨老了。

她抓着我的手，反复说着一句话："记住，人可以跟人斗，切记不能跟天斗。以后，不管你做什么，记住我的话。老天的安排我们不能违反，自然规律我们要无条件遵守。"

我点着头，反倒不伤心了。在去福利院的路上，我有点小高兴。因为小姨可以不用卖笑，过点正常的日子了。尽管那是在监狱。我盘算着，孟东最好在病床上死去，我在福利院待够四年，那年该考大学了，小姨也顺利度完她狱中的清静日子。

孟东在医院躺了一年，没有死却落了个残疾，他的脖子不能正常扭动，半边身子时不时要奇怪地抽搐。不仅如此，他还得到了一笔巨大的农村土地征收的赔偿款和一套二百平方米的城市商品房。

听到这个消息，我笑了。我相信上帝要毁灭谁，必定会先让谁膨胀。我宁愿这样相信。

孟东并没有回到上井村，也没有住进那套开发商补贴的公寓里。他选择留在省城，在城郊接合处另买了一处四合院。而我，在福利院规规距距地接受着照料。我们都相安无事地生活着。

日子过得很快，这一年我快十七了。没有一点预兆，没听见窗口老鸦叫，也没看见蜻蜓在肩头飞。

孟东来找我了。

此时，路一瑾刚刚成为路冬篱的孩子。

小姨在监狱里死了，院长文绉绉的给沉默的我讲了个典故。

"这个课本里应讲过了。古乐府诗《鸡鸣》：'桃生露井上，李树生桃旁。虫来啮桃根，李树代桃僵。树木身相代，兄弟还相忘。'"

李代桃僵！？我想着，难道小姨临死，托人转达的仅仅是这个我早已知晓的事实？她代妈妈辛苦养育了我？就这样吗？是这样吗？

"就这些吗？"

"是。本来是要带你去见她的。她说，她病得太难看不想见你。知道你读书成绩好，她很高兴。一再交代，不要去追究你妈妈为何要抛弃你？任何事都有苦衷，她死了，追究下去没有意义。"

我是不是要遵从她的遗愿，让秘密归于尘土？或者压根也没什么秘密，是我太在意她的突然离开。事实上，在那段时间，小姨对我承担的都是母亲的事。如今，时间它就像个笨小偷，把我的所有幸福打破，只留下碎片让人难过——

我没有理由在福利院待了，我跟孟东回到他的家。

孟东的如意算盘我是知道的，他行动不便，想利用我使唤我罢了，在外请个保姆应该会花不少钱。过后，我又在想，他怎么不怕死呢？不怕我像小姨那样报复他？在他心里，钱还是比命重要。

我的生活又回归到八年前。孟东躺在医院里一年多，却把酒给戒了。现在身手不敏捷了，也就很少打我。最多是追着我房前屋后跑一圈，夸张的动作，丑态百出的姿势惹来周围小孩的嘲讽。这时，我就冷冷地在一旁看他与那帮小孩纠缠在一起。有段时间，他身体不知哪出了毛病，在床上一直呻吟着自己就拨了附近诊所的电话，不久便有人上门来服务了。

你以为有钱能使鬼推磨？我一边协助护士给他输液，一边恶毒地想着，没有人会代你生病？没有人帮你痛苦，老天对你不薄了。

孟东，等死吧！

现在有人让我离开这儿，我都不愿意。我就想看孟东怎么死。

唯一不同的是，我学着开始写一些小文章。偶尔，还能发表一个豆腐块。每每这时，我就觉得梦想离我越来越近，可以向小姨交一张完美答卷。

要读大学的那年暑假。孟东中风进了医院。

他像往常那样追着我到了门前的那条水泥路上，前方拐脚正好开来一辆车。他吓傻了，人软了下去——

车子急刹停了下来，一个西装笔挺，面容饱满有着深邃目光的男人从司机位上钻了出来。以我的阅历，实在无法辨别他的身份年龄。车里正播放着刘德华的歌，孟东的死活我才不放在心上，我被音乐吸引了。

那男人解开上衣领口的扣子，看了我一眼，向我说："小妹妹，不要怕——"

我就不禁对他纳闷了，你又没撞上，急什么啊？

"你走你的。"我说。

"什么？"这下轮到他对我奇怪了。他没有等着我的回答，抬手拨通了手机呼叫了救护车。

　　这男人举手投足那么的镇静自若，说话不急不缓的，在他身上有一股强烈的磁场把我吸引了——这就是安全感！

　　我听见心底深处有个声音在对我说，不要让他跑了，跟着他。

　　我需要他！

　　是的，他是二十八岁的路冬篱！

　　我扎着怀沙式的马尾。穿着洗得发白的T恤。挺着已经成熟的胸。扬着透白的脸。我向他迈进，指着前面不远的房子，说："我家在前面，天热容易中暑，我们把他弄到屋里去吧！"

　　这是1999年。

第二章　奢侈的爱

1. 蝴蝶原理

勤劳踏实的金牛做事雷历风行。路冬篱打造的"孟夏兮文学工作室"在金沙社区一处靠花园的写字楼里。地方不大，一百三十个平方的样子。明亮的落地窗。可移动花架。大型书桌和书柜。质地柔软的沙发。样式简洁的壁挂式音箱。带香熏的加湿器。一切都是我喜欢的。除了我的创作室刻意布置了一番外，其余区域显得很随意舒适。

"这里所有的陈设都是为了你的创作而服务。"路冬篱说。

"我压力好大！这得花不少钱吧？"我问。

"没花钱。"

"没花钱？天下有免费的午餐吗？"

"首先，房子是自己的。其次，装修是出版社的朋友赞助的。"

"条件呢？"我问，"羊毛出在羊身上。"

"你可真聪明。条件是这次小说的版权。"

"包括对外发行和影视改编吗？"

"当然不会。我傻子啊！"

人的梦想总是无止尽的，不同的人生阶段都会产生一些要么实际要么天真的想法。当我去咖啡馆喝咖啡，去书吧看书的时候，我就想着一定要成为一家书吧的老板娘。

诗人坐在书桌前面，连着椅子转了过来，右手两指夹着烟卷，左手招着我们的太太，说，"美，这玻璃底下的画，又是新的罢？你的笔意越来越秀逸了。"我们的太太拉着彬彬的手，走到桌前，说："金老先生倒是隔天一来，他催得紧，我也只好敷衍敷衍。春天一到，我的臂腕又有些作酸，真有些不耐烦了。"哲学家还在看着《妇女论》，听了便合上书，微笑说："太太，我看你也太要强了，身体本来不很好，又要什么都会，什么都做，依我说，一个女人，看看书，陪陪孩子……"我们的太太笑了起来，说："你看的是叔本华的《妇女论》呀，又骂开女人了，女人便怎样？看看书，陪陪孩子，就算一生的事业吗？你趁早搁下叔本华，看一看萧伯纳罢。萧老头子借着女杰周安的口里，向你们这一班男人大声疾呼：'这些女人的事情，一般的女人都能做，但没有一个女人能做我的事情……'"回头又问着文学教授说："对不对？是不是他说过这几句话？"文学教授赶紧说："是。"哲学家忽然大笑了，他似乎觉得很滑稽——

怀沙念的是冰心1933年10月27日发表于大公报副刊的一篇文章，名字叫《我们太太的客厅》。

"这里头的太太真的是有趣。"怀沙笑着："里面的男人女人好有特点，他们说的每一句话，做的每个动作，眼神，笑容，太传神了。哪怕是读一个片断，都像放映一部电影画面。让人好一阵琢磨。"

"嚼得出滋味的文章才是好文章，话说里面的人物都是有原型的。当时读了这篇文章的人都去对号入座，因为文章里影射了当时一些名人和一些现象问题，发表时造成了很大的轰动。"我合上手中书本，端起一旁的咖啡，"我才不管冰心写这篇文章之前的目的是什么？我只觉得字里行间，遣词造句太讲究了。对人物的描写细致入微，这不仅仅是表面上的功夫。冰心的那双眼睛有如神灵！太厉害！"

"我回去要好好阅读一番。"

"其实，读了这篇文章，我突然想要做一件事。想拥有一间咖啡馆，里面有大量供人阅读的书籍，有宽大的书桌供人涂鸦。隔三岔五搞个沙龙。约上热爱文艺的朋友，分享音乐，书法，文章，诗歌。想想都让人兴奋，这似乎是我追求的最理想的生活境界。"

"对，这个咖啡吧的名字就叫'太太的客厅'。"怀沙跳跃着，"有音乐，有咖啡，有书读——姐姐，我可以免费吗？或者，我来做小二。"

"当然不能啦！我们的工作室正在筹备一份青年刊物，我推荐你去做编辑吧！那时候，你就有钱埋单了。"

"太抠了！"怀沙故作不满地样子，"不理你了。回家了。"

"喂——先别走啊，填份简历啊——"

怀沙似乎没听到我的话，拉开门一阵风似的跑远了。这时，季言送了出版社的传真进来。

"我听你说话好大声，还不时地笑，谁来电话了？"季言见我叉着腰，直愣愣地盯着门口，不解地问。

"我刚和一个朋友聊天呢！她刚出去，你没看见吗？"

"来客人了吗？不好意思。"季言似乎怕我责怪她招待不周，忙着解释，"我刚忙着收传真了。"

"没事儿，忙去吧。"我说。

"给！我要结婚了。夏兮姐，你一定要来啊。"季言随后又拿出一个红色请帖放在我的电脑前。

我看了一下台历，2011年9月20日。

还有十天就是国庆了，想来是要赶在这个好日子办大事了。

"太突然了，没听说你有对象啊？怎么就——你不是才二十三吗？太急了吧！"总之，对于三十多岁还没结婚的我来说，听到某某结婚就会发憷，人就没法矜持了。

"其实，计划不如变化。"季言显得害羞起来，"我也不想早早地进入围城。像你和路总这样若即若离却又如胶似膝岂不更好。但是，不小心怀上了，没办法。"

"奉子成婚！？"我又一愣，尽量克制自己羡慕的神情，让表情自然些，胡乱地点头道，"好——好——好——"

传真内容是"孟夏兮工作室成立9周年活动计划安排。"看着那份传真，我一把撕得粉碎。我的举动吓坏了季言，她不再吱声，轻轻走了出去。

我气馁地一屁股窝在沙发里再也没有创作的欲望。是的，我想结婚，想生孩子，想有个家。我虽有那么多的愿望，可这个梦想却是最实际最真切也最迫切最强烈。季言是上帝的宠儿，我却是个弃儿。一股不能言状的悲伤弥漫在我的周围，侵蚀我全身的细胞，这种情绪让我不能自抑，想哭，想吼——甚至想毁灭自己。

我反锁房门，打开音响，把音量开到极限。

"你不是说婚姻就像黑社会吗？"怀沙的话在我耳边响起，"有的人拼命地要往外逃，而你一心在琢磨怎么加入。我是不想结婚的，你看咱俩的出生够悲催的吧。这是托谁的福啊，不是那生养我们的父母吗？"

我是何时在沙发上睡着了不得而知。醒来时，已是晚上九点钟了。该走的都走了。我拿起外套准备回家，锁门的一刹那，我看到走廊上多了一幅我的半身像。长发侧披，深邃忧郁的眼里好像住着一个准备向谁复仇的魔鬼。

那是我吗？

2010年立秋，我向路冬篱提出结婚的事。换句话说，我向他求婚了。我拿出新完稿的小说，放在他的面前。

"这本书非比寻常。它的诞生不是为了挣钱，是纪念我俩在一起的时光。"我说，"我们是不是该把结婚提到议事日程了？"

他愣了，看着我半天，嘴巴儿欲张开，犹疑的样子使空气凝固有两分钟之久。他如此模样，反倒显得我强人所难有点滑稽。

我笑了，作出无所谓的样子说："算了，哪有女人向男人求婚的。我这是逗你玩呢！"

一切的无所谓都是有所谓的。

他终于说话了："2012年我们找个日子，行吗？"

我搬到他的住处。路冬篱相比我的暗自兴奋，他显得极其烦躁和紧张，甚至可以说有点心不甘情不愿似的。但那时的我无暇顾及太多，我只是独自沉浸在个人的喜悦中，做着许多新嫁娘该做的事情。婚姻对我来说，是一个家庭的诞生。我有家了，我的第一个生活梦想就要实现了。这一天，我等得太久来得太迟。相反，人到中年的路冬篱却乐得单身自在，床上有女人，身旁有女儿，口袋里也有稳定的银子，他啥都不缺。婚姻这个形式对他好像有点多此一举了。

在一次讨论是否该结婚的问题上，他不止一次反复问我："为什么要结婚？你看，我把一瑾都能照顾得好好的，我一样能照顾好你的。"

"别角色错乱！我是谁，一瑾是谁？"我说，"什么自私逻辑嘛？能混为一谈吗？"

他妥协的同时，嗓门却要把天花板给掀开了。

"夏兮，我不喜欢一板一眼的生活。讨厌模式化。我们的婚姻也不会例外，就跟所有天下的家庭一样，麻烦将一一复制过来。等着瞧！"

管它呢！我想，不试试谁知道。难不成传言是真的，他在海南有过失败的婚姻。所以才如此恐婚？

听人说，恋爱中有很多道理，你不懂，吃亏的就是你！就像追逐蝴蝶，你放弃时它会自己停在肩上；你死命追求一个人，他（她）不会答应你。一旦你放弃了，他（她）就开始记起你的各种好了。

我盼着2012年的到来。

我喜欢在夜晚的街上漫无目的瞎逛，行走在两日交替之际的时光里，我的步履会一反常日的轻快，行动思维变得异常敏捷起来。前方天桥上，我看见那个叫怀沙的可怜的孩子。

为什么喜欢黑夜呢？

怀沙说我是不自信的表现。只有乌龟才喜欢把头缩在壳里。我不介意她这么讽刺我。有时候，我确实表现得很怯懦。比如，在路冬篱面前。他对我指手画脚说东道西的时候，尽管我不乐意，不赞同，我还是只有点头的份。他说，他吃的盐比我吃的饭都要多，不是白白长我十几岁的。也是仰仗他这个伯乐，我才有了今天——可以自信地去创作。

我是天蝎座。与这个星座常常联系起来的一个词语是"腹黑"——有心机有手段。

其次才是神秘与性感。

星相大师认为，天蝎是最容易感受到光明和黑暗的星座。我喜欢白天，但更爱漆黑的夜晚。夜晚不只是拿来睡觉的，在暧昧的灯光下，坐在飘窗边的我可以冥想沉思，可以仰望星空小声的笑，还可以把头埋在膝间大声地哭。

"夜晚可以让构思发酵。"洛春迟对我说，"文字在黑夜中酝酿就像说梦话，所以你的文字清新而朦胧，散发出的神秘气息让人沉醉。"

他不知道，我多么希望翱翔于各种情境中不受影响，只做自己喜欢的一切。我不想太感性地创作，不想让读者觉得我的文字总是沉溺在稚嫩的不理智的叙述中。更不想我的主人公总是在妒嫉、仇恨、愤怒、报复的情绪中不可自拔。尽管不想，我还是刻画了他们。

黑暗可以让我作出明智的选择，我认为。我的确也那么做了。有一段时间，我开始努力尝试写一些鼓舞人心的明快的作品。读者奇怪了，我的文风怎么变了。是不是找人代笔了？

有人在贴吧上问：女王，你的梦想是什么？

我想生个姓路的孩子。像我一般美丽，如路冬篱那样的精明。尽管我讨厌路冬篱世故的生活态度，但在不违背他做人的底线和原则前面，耍点小智慧顺风顺水的生活未尝不可。若笨笨如我（有城府有心机都是表象）在这个世界上如此生活还真是不可收拾。这是我早期的梦想，听起来，就跟自行车想变成宝马一样（不一定）。

贴吧里赞声一片：母性果然伟大！

"那是你的梦想？"怀沙盯着我的眼睛，"梦想而已。"

2. 私生女路一瑾

梦想与现实是有距离的，我知道。

生个孩子有那么困难吗？或许你会问。

生孩子对于天蝎座女子来说应是小菜一碟。天蝎是什么？我自信自己性感的身体能孕育一个绝世无双的宝宝。可前提是，这个宝宝得姓路。不能跟我姓孟吧？可是，在我和路冬篱中间早早有了一个路一瑾。

说实话，路一瑾对我们所有人来说是一个传奇的孩子。

怀沙，你又要笑了？的确，我这个白痴不了解路冬篱。只知他是个写诗的，在沿海城市卖过报纸做过总编还开过火锅店。然后有一天，突然颓废地回到他的家乡，怀中还抱着个孩子。这个孩子就是路一瑾。

有人说，这是他的私生女。

还有人说他在那边结了婚，不过老婆跟大款跑了。

路冬篱对他妈妈说："我们好好把她养大吧！"

这孩子很幸运地姓路，户口簿的父亲一栏上，赫然写着：路冬篱。

她比我幸福！比我的孩子捷足先登！这也意味着路冬篱放弃自己生养孩子的机会。

路冬篱的梦想，也是在被残酷的生活一个个扼杀后，突然有一天发现猪爬上了树一样，把我的手绑在他的腿上：我们将是文坛的神雕侠侣！

梦想和欲望能画等号吗？

我想超脱欲望向光明靠近，我想在明晃晃的阳光下晒太阳，想把雪白的肌肤晒成小麦色。想牵着路路的小手（我未来的孩子）去海边游泳在沙滩奔跑。

亚洲的化妆品市场百分之九十九都打着一白到底的旗号。把皮肤晒成小麦色，这对我，对很多人来说是件疯狂的事——多少人羡慕我白瓷一般的肌肤。

2009年初夏，图书顺利出版。是谁提出去洱海庆祝。紫外线多毒啊！戴着的那顶飘纱阔檐编织帽，几乎是摆设。浪漫满分，防晒不及格！为了蹭个机会去旅游，季言这个摄影发烧友承诺为我多拍一些美照！

"哎，十足不自信。"怀沙叹着气，"你有的是资本啊。"

对镜头恐惧，加上不会摆姿势。我焦躁不安起来。

我们商量好，到了洱海第二天一早去看日出。如果有时间，我们再去泸沽湖。

泸沽湖一直是我想要去的地方。若是加上堵车的时间，路上跋涉的时间要十多个小时。我恐惧在一个狭小的空间里待着，特别是在汽车上。没有直达的飞机是遗憾。

各种原因，泸沽湖最终没有成行。

次日醒来，不见季言。我想她是把我甩开自己美去了。不管了，我胡乱用手理了理头发，蓬头垢面地跑出去。抬头看远方，太阳犹抱琵琶半遮面了。这时季言出现在门口，她手中拿着一条白底蓝色碎花的长裙。

"日出呢？啊，你怎么不叫我啊？"

"还日出呢！睡得像猪似的。我特意让你多睡一会儿。要不然拍出的照片不好看，漂亮的卧蚕变成菜青虫一样的大眼袋了。求求你，这几天晚上可不可以停笔啊？我们先把照拍了。任务不完成，我心里不踏实。"

"你买的裙子？"我问。

"当我送你吧。谁叫女神要长裙呢！"

"给我？"我一愣，想来是拍照的道具，应该不值几个钱，"让我猜猜，二百五？"

季言摇摇头，"扑哧"笑出声来。

"二百？"

"六十元。"季言得意地把裙子散开在我身上比画着，说，"要是你去买，还真是被那些人当作二百五来砍了。"

那天拍了很多照片，知性妩媚的，活泼性感的。人生中又诞生了一个第一次。

"不错啊。我就喜欢白天，我恐惧黑夜。到了夜晚有做不完的噩梦！"怀沙耸了耸肩撇了一下嘴角说。

我知道，无论白天黑夜，光明黑暗都是太阳系中身体构筑的过程。人类也是这样在这种双重对立下出生的。就像死是生的一部分，阴是阳的一部分。我是路冬篱的一部分吗？我又在乱想了：这世界上会不会有另一个我呢？

"就算有，那也是你的影子。"怀沙笑了。

我讨厌大笑露齿的人，可我却由衷地喜欢她笑的样子。十八岁的怀沙长发马尾，红润的脸蛋，光洁的额头，浓眉大眼。笑时，眼睛弯弯的长睫毛在抖动，贝壳般细细的牙齿闪闪发亮。看着她的笑容，心里的阴暗也就被她赶走了，冰冷的心似乎要被她融化了。

这样的女子，男人们是招架不住的。

她会爱上谁？谁会爱上她？

当然，我晒黑了。这次旅行得不偿失！我发现中国女人的皮肤还是白白的好看。回到成都的第一天还庆幸，虽然黑了一点干了一点，做几次面膜就可恢复如初。次日，鼻腔冒出血丝，脸上"痘君"纷至沓来！电脑面前操劳过度，眼部细纹原形毕露。真正是要向岁月投降的样子啊！

"痘姐！"季言调侃着端来一杯咖啡放在我的桌前。

看着季言的脸，二十三岁，正是青春逼人的年纪。经得起风吹雨打，同一片阳光下，脸上泛着细腻的光泽。真是让人生恨！

我装作没听到，咬牙切齿地在心里骂着："小屁孩，小妖精，熊孩子，你这是挑战姐姐脾气的极限呢？还是炫耀你的青春无敌啊？！花无百日红，到时有你好看！"

做个小调查，女人喜欢独自走夜路吗？

瞧，有人回答了，我喜欢夜生活，但不喜欢走夜路。

我是个例外。

在小区门口，路冬篱在焦急地踱着步子。我看了一下腕表，天啦！凌晨一点半。我怎么这么贪玩，和怀沙聊天总让人忘了时间。

"你等我？"我跑上前，"对不起，外面多冷啊！"

"到哪里要说一声。"路冬篱强忍住怒火，"你的手机也不带，我不想发火，但你不是小孩子了。你不要老给别人添麻烦！"

我明知不在理，也不答话。闷声闷气地跟在他的身后往家走。

到了家，他进厨房拿出一桶方便面。

"你没吃饭？"我问。

"我有空吃吗？一直在找你。"路冬篱说完意识到了什么，反问我，"你吃了吗？"

干吗去了？

我细想了一下，和怀沙聊天好似也没吃饭。很奇怪，铁打的肚子铜铸的胃，为何不觉得饿呢？

我不想理他，谁是小孩子？我进了浴室，仗着大我一丢丢，一直把我当小孩的不是你吗？

睡觉的时候，路冬篱把安眠药和一杯热牛奶递过来。

"怎么只有一颗呢？"

"医生交代要慢慢减量了，不能依赖药物来睡觉。如果因为创作把身体搞垮了，这是我不愿看到的。"

我就着牛奶吃了药，见路冬篱还站在床边不走，一副欲语还休的样子。

"有话快说，有屁快放。"我躺了下去，"要不然就关灯，好累。我走了很久。"

"明天说吧。"他总是习惯吊人胃口。说完，他掀开我的被子欲上来。

"干吗？"我心里一紧，明知故问。

对于让路冬篱上我的床，我是十万个不乐意。说不清道不明，或许自那龌龊的事件后我就下意识抗拒了。随着各方面状况的发生，我的身体越来越反感他对我的接触。但还是那句话，早知如此，何必当初呢？

"只有彼此靠近，一切才会靠近。"曾善美的话立时在耳边响起："我和我爱人会说一句话，'身体远了，心会近；心远了，身体也会远。'不管你心里有多么排斥，先尝试接纳吧。他也在做努力。"

是这样的吗？我应该努力吗？怎么感觉像我做了错事一般？如今，我和他之间隔了不止一个路一瑾！

我朝床的一边挪了挪，路冬篱熄灯上来。

在我的第四本书要完稿的下午，怀沙又来。而这次，是我们认识以来，她第一次用严肃的神情狠狠地看着我，整个人像一只发怒的小猴子。

"姐姐，《蝎子的网》为什么会这么红？"怀沙质问我，"难道真的是你漂亮的文笔和构思精巧的故事？那时你才二十三岁，一个小女孩能写出什么深刻的东西？"

"你说呢？"

"那是因为你出卖了自己的经历！"怀沙用严历的眼神看着我，"我偶然间，看到过去那些对你的报道了，无一不是一些吸睛的字眼。什么'孤女''处女'，什么'心机女''复仇女'？我在想，你不觉得丢人吗？"

"丢人？你是不是受了你爸爸的气没地方撒，跑到我这里耍嘴皮子？"怀沙劈头盖脸的话让我心虚，没了底气。尽管她说的是事实，可我硬着头皮也是不能承认的。

我也抬高了嗓门来掩饰我的慌张："我真想扇你一巴掌！你屁大的小孩对我指指点点。在我面前放肆惯了。我靠双手创作来养活自己。你呢？你是没双手啊？还是缺胳膊短腿啊？！你不会自力更生啊？你不是也要写小说吗？去啊，写出一部来啊！让我看看你的实力啊！为啥还要留在那个讨厌的人身边？"

"孟夏兮——你坏透了——"我竟然方寸大乱地骂起了怀沙，而且我的话尖酸刻薄毒气冲天，她睁大眼睛，招架不住仓惶地逃走了。

"滚——滚——去伺候那个天底下最坏的人。"冲着怀沙的背影我吼着，而我的眼睛已经水漫金山了。

路一瑾是个不需要妈妈的孩子。因为她一出生，就有人把人世所有的爱都给她了。"妈妈"这两个字对她来说是完全没有概念的，她对"妈妈"是没有知觉的。从我进路家的门开始，她就摆着一副欠揍的嘴脸：挑着稀疏的八字眉，眯眯眼闪着诅咒的贼光，大门牙死死咬着下嘴唇。就是这副讨债的德性让我横竖看不顺眼。我承认，我潜意识对她就有成见，因为她喧宾夺主抢了我家"路路"的名分和地位。她也在嫉妒我，她恨我抢走了路冬篱，但是我想说，这年月欠钱的是大爷嘛！我在心里无数次对她说，请收回你充满敌意的眼神，见个面不容易，别不欢而散！但是，隔三岔五的，她都要登门来挑战我糟糕的情绪。

那天也是如此，和怀沙吵了架，我心里还没有平静，她就来找茬了。

"你能不能小声点？"路一瑾用脚敲门的节奏。"我要做作业呢！"

"我也有作业要做啊！"我说，"我的小说赶着完稿呢！知道吗？要挣钱！挣钱供你。"

"供我？"路一瑾不屑地挑起了她那难看的眉毛，"你想写就写，不写就不写，你都成毁约女王了，爸爸为了你在倒贴。"

"你们在干嘛？"路冬篱从外面回来了。

"爸爸，她就是一个神经病，她大吼大叫。吵得人没法睡，我还要考试。我怎么复习啊？"

看到了吧？她哪里来的底气啊！要不是路冬篱宠她，惯着她。她也不会肆无忌惮地一点儿也不把我放在眼里。

我也委屈呢！我想着，你这个得了便宜还卖乖的死孩子，我还是不是长辈了？

"阿姨在讨论小说呢，你体谅一下啊！"路冬篱和风细雨地对路一瑾说，一边不忘向我使着眼色让我回避着。

就从这点我就心有不甘，路一瑾的猖狂因何而来啊？她是一个小辈。路冬篱这就是本末倒置！

路冬篱把头伸进我房间瞅了瞅，跟我说："既然朋友在，认识一下？"

"她走了一会儿了。"我说。

路一瑾撇着嘴："她搞同性恋啊。整天和那个怀沙一起。"

听听，她说话的语气，张牙舞爪的样子真是没法让人不来气。但是，现在，我也只是在心里与她掐掐架罢了。我怎么会与小孩子计较呢？我吵着她了，她踢我的门。随她吧！原来我或许会揪着不放让路冬篱说说理，那时的心里多少也有爱屋及乌的自然意识。如今，我讨厌路冬篱，也无意识地对他身边的一些人和事不再上心了。哪怕是斗个嘴，闲扯个什么，都会觉得费劲多余。

3. 我是谁的一部分

我回到我的小说中，我回到我的世界中。

三个小时后平静被路冬篱打破，他拿出一张疗养院寄来的信。打开一看，抬头醒目写着：孟东下半年疗养费催缴通知。

"这是怎么回事？"我一下子被电击似的站起来，我多久没有想起这个人了。

中风后，他怎么可以近十几年不死？他是猫吗？他有九条命？我以为他死了。

"冷静！别激动！"路冬篱把我扶到床边，"先闭目养神。脑子累了一天。这些事都不重要，由我去处理。他是你爸爸，我们不能不管。"

我不待路冬篱说完，从他手里拿过那张通知单撕成碎片扔到地上。

回忆不过只是生活的节点，日子依然蹒跚地迈着小步。

因为这么多年过去了，孟东尽然还活着，他还在那里好好的。

那次被路冬篱的车子惊倒在路边，我们费了好大的劲才把肥胖的他抬回家中。

不久，他清醒过来。似乎还没有从惊吓中回过神来，一动不动地坐在那椅子上，一双浑浊的眼睛却眨巴着盯着我看，那感觉像我是他久别重逢的亲人。怕他说些不中听的话，我吓得拉着路冬篱到了一旁。

"你回去吧，看来他没什么事。你给我留个电话，有什么事我给你联系。"

路冬篱看了孟东片刻犹豫着。与此同时，他接了一个电话，匆忙中看了看手表，像是有走的意思了。

"你有重要的事情等着要做吧。你就先走吧。"我说。

他的行为举止前后判若两人，乱了方寸。想是真有什么急事，他掏出一张名片给我后离开了。

他一走，我急忙端详那张名片。为了认定真实性，我连忙拨通了他的电话。

熟悉的声音从远方传来，我大喜，顺口说道："路——路冬篱，是我——"

"喔——请问——"他应该没有料到我会这么快打电话给他，电话那头沉吟了片刻，像是在分辨我的声音是出自哪个女子的身体。

我暗自骂自己太傻，之前都没好好向他作自我介绍。

"我是孟夏兮。"我说，"你才离开我家，不是吗？救护车已经来了吗？"

"我看着没有大碍，通知120回去了。"他的语气着急起来，

"别急，我马上回来！"

没错，让路冬篱瞬间像没头的苍蝇的那个女人是路一瑾，在褴褛中的路一瑾。

当时我想，他要么是去赴一场重要的商业谈判，要么是去参加非他不可的聚会。但是，当他开了车把我和孟东送到就近的医院时，说了一句："我女儿一瑾在发高烧，也着急等着我往医院送。这儿，只好你看着办了啊！"

我对他的憧憬还没有展开，恋爱的幻想才刚萌芽呢！但是他有女儿了，叫我如何是好？我坐在医院的长椅上像一株要渴死的小花。

"别——别——想不开。"有人突然拍了拍我的肩膀，我回过头，一看是孟东。他说话怎么不利索了？看来，他是被路冬篱的车子吓傻了，忘了自己的前世今生了，忘了我是他耻辱的标签了，要不然，怎会对我说出这么反常的话来？

"没事吧？"我问。事实上，孟东现在手颤抖个不停，已经有口歪嘴斜的迹象了。

"你这做女儿的像没事一样，赶紧去办住院手续啊。"护士过来交给我一个单子嚷着，"钱带了没？先到一楼缴费。"

钱带了没？谁都知道没几千上万的，医院的床是不会让你睡的。我想着，冲那个讨厌的护士点点头，说："来得匆忙，没带上钱。"

"药和床位都开好了。回头缴了钱，就到住院部去吧。"护士拿腔拿调的，"床位紧，要赶紧啊。"

"给！"待护士走了，孟冬摇晃着从口袋里拿出一张存折和身份证，"取——取钱，有钱。密码是你的生日。"

密码是我的生日？天啦！我没听错吧。他是对我有多的厌恶，无时无刻不念着我不记恨我？

他是有钱的。据说，上井村被开发，人人都成了暴发户。我跟护士交代了一声，叮嘱孟东在医生办公室候着。然后，不急不忙地朝医院外走去。

此时，我的脚步看起来稳健，实则是凌乱急躁的。我快速打开存折看了一眼余额，这里有多少个零啊？应该是不少钱了。我没敢数，马上合起来，感觉像在偷窥别人的钱包，有劫财的嫌疑。说实话，一瞬间，我有那样的想法。上井村的钱也有孟夏兮的份喔！这一份他孟东是紧紧捏在手里的，变成自己的了。我把钱转到自己名下，让他没钱看病自生自灭吧！

现实就是，我就是个思想家，不是行动家。所以，我的职业最终是一个安分守己的天马行空的作家。

我抬眼扫射了一下四周，医院附近真的不差银行。大中午，人不多。很快我就取到钱了。

到了医院，孟东却不在医生办公室了。护士说："有人带他去办手续了。"

谁呢？我想到了路冬篱。肯定是他了。在成都，我们没有一个能帮得上忙的朋友。

果然，我跑到缴费处的时候，他已经搀扶着孟东拿着缴费收据进了电梯。

啊！这个人——

我像个发现了食物的小鲤鱼，摇着尾巴高兴地跑去与他们会合。

"孟夏兮！"他叫我，"我不放心，又过来。果然，你们身上没带钱。"

"是啊。我刚取钱了。多少钱？我还给你。"我问。

"我没听错吧？"路冬篱突然笑了，眼角有小小的放射状细纹："受害方退钱给肇事者？"

"你没撞到他啊！"我轻轻地傻笑着，不自觉脸红了。

"是啊。"他摇了摇头，又点了点头，我实在猜不透他这动作意味着什么，"从道义上讲，我也应该帮忙。我也详细问了医生，他早就有脑溢血的迹象，应该不是被我吓着了，而是追着你跑的时候，血管就要爆了。好在，他不严重，还能走几步，还知道让你去取钱。"

路冬篱待了没多久，接了电话又急着走了。

孟东开始输液，嘴不方便还不省事，一个劲儿地说："这——这几天——好——好好伺候我。这小子——没多久——会再来的。"

话是这么说，我不方便近身照顾他，只好请了一位男护工为他服务。

路冬篱再来的时候，孟东已经进了重症病房。短期出院显然是不可能了。

"今天已经发病危通知了。"我说，"看天命吧。"

暑假快结束的时候，孟东从医院的重症监护室里被推了出来。眼看要回校了，路冬篱建议，病情稳定了可以送疗养院。

孟东听着路冬篱的话，虽不能说，却点着头。我心里却犯愁了，马上要读书了，一大笔学费孟东是否愿意拿出来。

路冬篱帮我联系了他朋友的疗养院。

临去疗养院的前晚，孟东突然开口说话了："学费和生活费你从我存折里看着取吧。只是别忘了，有空过来缴我的疗养费啊！"

孟东自他生病后对我的表现着实让我费解，他说的话无一不是回光返照大彻大悟的作派。我憧憬着大学生活，也没工夫细想，学费不愁对我来说是石头落地了。

在路冬篱的帮助下，孟东顺利迅速地进了疗养院。在妥当安置他后，转身离开的一刹那，我感觉他坐在轮椅上目送我的眼光哀切之至。是的，我这样想的时候，说明我心软了。我对他的仇恨在慢慢瓦解。我恨自己是个软骨头！手里攥着的这本存折犹如卖身契约，把我多年强烈的羞耻感涤荡得一去不回。我竟然心安理得的就接受了这个罪犯的施舍？孟夏兮啊孟夏兮，你还真把自己当成货真价实的小孟了？你是谁的一部分还不知道呢。

我想起小姨在监狱里跟我说的话，顺应天命吧！

4. 爱上大叔是宿命

我除了按时转账到疗养院的账户外，便没有再去看过他，也没有接到过他的电话。路冬篙倒是比儿子还亲，跑得无比殷勤。所以，关于孟东的一切我都清楚明白。孟东对他很是信任，甚至还委托他到老家卖了公寓。

如此，也没有什么我可以操心的事。天下有免费的午餐吗？那时，我只想着他已经结了婚，有家有女了。一心在学业上用功，我得实现我的梦想不是吗？尽管有些小情愫在心里波动，我会毫不犹豫把他从神龛上撤下。他除了记挂着孟东，时不时也要跑到学校来给我送点贴心的女人玩意儿，或者周末以文学的名义约我去咖啡馆喝杯咖啡。我想，路冬篙就是活雷锋，这好人做得太巴适太过瘾。这时，我已经在他的鼓励下完成了《蝎子的网》，并把稿子交托于他了。当书出版后，我才知道他一直暗暗为我的书稿做着努力，联络评论家，出版社，甚至亲手写媒体的宣传稿。我的成功离不开他的一手打造。

有好几个周末，他都带我去乡下他的老家。想起看到他的第一眼，举手投足之间散发的是亲切与洒脱，虽然一副城里人的作派，骨子里却有浓郁的草根气息，让我觉得和他在一起很自在很踏实。

不过，心中难免会有疑惑。对于农村生活我深有感触，小农活没有我不会做的。难道他仅仅是想带我体验农家乐？从小养成的孤僻性格让我朋友很少，他能这么对我我心里偷偷高兴。不问东不问西不问目的，被喜欢的人牵着，到哪里都无所谓。

第一次与路冬篱去农村看了与小叔生活在一起的八十多岁的祖婆。

对于家中有老人，我特别羡慕。话说，这世间好像没有我不羡慕的事了，连上井村兰子姐养的"豆花"我都曾暗生妒嫉，因为它有骨头吃，还可在兰子妈的膝头坐。记得兰子姐不听话被妈妈打，她就一溜烟跑到婆婆身后藏起来，婆婆就成了她的保护伞。婆婆拄着拐棍挡在前面，妈妈这只"老鹰"也一时气急败坏没法子。

我躲在大槐树下看那局势，也替兰子姐偷乐呢！

"有个婆婆好！"我对路冬篱说。

"我出生的时候，我婆婆五十多岁。"路冬篱给我讲他和婆婆在一起的故事，"正是国家闹饥荒的年代。婆婆总饿着把米汤留给我喝。"

我虽然没有经历那个时代，但一直在半饥饿状态下长到了八岁，那种感觉我是深有体会的。

穿过竹林和菜地，我们就到了小叔的家。祖婆早就在门前翘首盼望。

真是眼不花耳不聋的，嗓门还响亮。

"豆芽儿——"听她这么一叫，我一愣。路冬篱脸却红了。这个小名显然是他极力要回避的。

"听起来，感觉是豆花的好兄弟呢！"饭后，我小声取笑他说。

因为没吃的，小时候的路冬篱长得面黄饥瘦，发育缓慢。眼看快五岁了，小身板却停留在两岁多的光景上。婆婆也就心疼地一边干活一边念叨着："我的小豆芽儿——可怜的小豆芽儿——要快快长大——"

莺飞草长的季节，我们把从城里带回的花苗准备栽到院子里去。

路冬篱做的第一件事就是去松土。他脱掉鞋子，把脚插进泥土，说："这些泥土都熟悉我的脚，虽然这双脚长大长白了，但泥土们一眼还是能把它认出来。"

这话说得人全身都起了鸡皮，心中一笑："诗人有感而发了。"

路冬篱把手插进泥土，俏皮地说："我摸到故乡的根须，也摸到了故乡的心跳了。"

看着他动情的样子，我也有感而发："你说，这些花栽到泥土里，长大后开出的花会不会是世界上最纯洁的花呢？"

"当然！"他专注地看着我的眼睛，随后不忘捏捏我的鼻子。他这个动作是恶作剧的，后来照了镜子，才知鼻头有一块泥巴。

那天，祖婆拉我去后院看结满了肉肉的红褐色桑葚的桑树。

"我全包了。"我嚷着。路冬篱找来篮子摘了满满一筐。

黄昏的时候，路冬篱骑着自行车带我转悠。我们东瞅西看，没有目的。路上他跟我讲了一个关于大龄青年的故事。因为出身贫寒，收入微薄，一直找不到对象。公开征婚都没人问津。后来，他灵机一动。在征婚广告中写上"有私家车一辆"云云。一时间应征者趋之若鹜。有个女的要求试车，此君便指着自行车说，那不是我的私家车么。那女人转身而去，呸！自行车算个屁！

"当今摩托车都被讽刺为'狗驴子'。自行车何足挂齿呢。"我笑，"你这朋友还真是脑壳扯。"

"我七八岁的时候，一直渴望拥有一辆自行车。"路冬篱说，"看见村里有人骑上了车，我可羡慕了。我们村真正拥有一辆自行车是我爸从成都扛回去的。"

"花了多少钱？"

"83元。"

路冬篱的父亲从成都将车子扛回村子后，放在家门前的竹林里。前来围观的人络绎不绝，一些抽叶子烟的老农啧啧称赞他家有本事。一些平时与路冬篱"作对"的小伙伴也开始"讨好"地与他说话。瘦弱的他那时觉得自己强壮极了。之后，路冬篱的父亲便在生产队晒坝上学骑自行车，没多久便左摇右晃地学会了。自然，路冬篱成了父亲的好徒弟。十天半月的工夫，路家亲戚老表，七大姑八大姨也都学会了骑车。路冬篱父亲很有成就感，接着，热心的他又把车子借给村里其他想骑的人。于是，夜晚的生产队晒坝围满了人，一辆破旧的自行车周围跟满了人，大家你喊我呼，争先恐后，成了一道亮丽的风景线。

听路冬篱讲故事，就像吃丰盛的大餐，津津有味欲罢不能。我的头情不自禁地靠在他的背上，看着天边云卷云舒。有时候爱情的种子发芽了只有一个原因，土壤肥沃，培育环境良好！我需要爱，如此而已，爱上大叔是宿命。这就是他最初带给我的爱情上唯美的享受。

我想，我们每个人身上都有一些潜在的诗性。一旦某种东西触动了你，你就会下意识寻找它。在路冬篱身边，我就像个好问的小孩，总有好多话要问要说。而他总不厌其烦地回答我，顺便摸摸我的头。这种别样的幸福感是从来没有过的。

那个夏天，因为有路冬篱，我第一次感到乡下的日子实在是安逸万分。

祖婆要我们住一晚。

她说："明早栀子花要开了。"

露珠未干的清晨，我和路冬篱睡眼迷蒙的去摘栀子花。没有比这更浪漫的事了。

我在无限的遐想中进入梦乡。

鸡叫三遍的时候，路冬篱敲了敲我的门，在外叫着："懒虫起床了。"

无梦是福！小姨原来说。一觉睡到大天亮，实在让我诧异。开门前，我赶紧揉了揉眼角又摸了摸嘴角，怕留下不雅的痕迹。

路冬篱却急了，推门便进，拉起手足无措的我朝后院走。来到大水缸前，他让我乖乖闭上眼。

"我数三下。"路冬篱神秘的样子像足了魔术师，"一，二，三——请看——"

我知道秘密在缸里，可到底有什么可以不怕水能在缸里存放呢？

"是鱼吗？"我问，与此同时，盖子被揭开，整个大水缸充满了雪一般开放的栀子花。栀子花的清香扑面而来，像一个顽皮的精灵与你捉着迷藏，无声无息中跑出了水缸跳到院子里，在那里肆无忌惮地流淌着。

"我喜欢这种绿色的香水。"我说，"应该是昨晚就摘下放进水缸里了。"

路冬篱点点头，我喜欢他给我的惊喜。我忍不住伸过头去在他的脸上蜻蜓点水地亲了亲，他镇定的若无其事的样子看着我一笑，我有点小受伤。我想，他为什么可以稳如泰山呢？他为什么那么理所应当的接受了，却不作出回应呢？

要回去了，我心事重重起来。其实，我哪知早已点燃他体内熊熊大火，只是成熟稳重的他克制着。

他后来说了，"我一直希望那一天于你于我都是有意义的一天。我不想随便就拥有你。"

路冬篱说，要给我做早饭。

我对他的话表示怀疑。他会做饭？

记起冬天的时候，他在电话中说，他正在学做饭，想跟心爱的人表达爱意。

"你做的饭你爱人打了几分？"我忍不住问他。

"什么？"他似乎忘了电话里跟我提过的事。

"年初，你就说你在学做菜了。"我说。

"喔！"他点着头表情有点夸张，然后摇着头一笑，"还没机会表现呢！"

路冬篱说干就干。

"需要我协助吗？"我问。

"你在一旁等吃好了。"

他自信满满的，转身便开始去找食材了。不一会儿，常见的青椒玉米，蕃茄炒蛋，凉拌仔姜就上桌了。我想，满脑子都是大事情的他，能把这些简单的菜式色香味全地展现出来真是不错了。

"泡菜，泡菜，百菜之王，不能没有。"我说。

祖婆听了，乐呵呵地去老坛子里抓泡菜了。

"我小时候也不是没煮过饭。"路冬篱边吃边说，"只是，在这方面我确实没天赋。我堂弟就是个好厨子。"

"家里怎么没见你堂弟？"

"他本可以成为一个好厨师，却要在城里做建筑工人。"

"你不也是，为什么不好好写诗，却要做个文化商人？"

祖婆笑了，说："豆芽儿，你最拿手的是啥？你说说。"

路冬篱挤挤眼，说起他的丰功伟迹。放学回家，婆婆拌黄瓜，让他捣蒜。他却只顾拿起玻璃瓶，在墙头捉起了蚂蚁。然后待婆婆做好了饭，让他去地头叫回干活的人。他却拿着火钳去房前屋后的溪沟里夹螃蟹。

"村里的生态平衡都给我破坏了。螃蟹绝种了。"路冬篱笑着，盯着我片刻，想起什么似的，问我，"夏兮，你小时候有啥故事给我们讲讲吧！"

我的笑容僵在脸上，不说话只顾刨着饭。

"孟大叔有点想你。"他说。

想我？我没听错吧。我心想，应该是讨厌我吧！

当然，对于我的冷漠，路冬篱也质疑我们的关系："你跟爸爸的关系看似不融洽呢？"

"我是跟小姨长大的嘛！"我说得含糊，不知能否掩盖过去了。怕是路冬篱没那么好糊弄，他心里应多少有自己的推测。

2000年《蝎子的网》诞生了，我的作品在全国书店公开发行。那时我大学还没有毕业。那时，我开始贴上路冬篱的标签。

"孟夏兮与生俱来是我的人。"他逢人便说，以我为傲。

事实上，我不知他的骄傲有几分是因为我，还是他本身。

总之。我很喜欢他这么说。他出现在我眼前的那一刻，我就认可了我们的缘分，认定他的爱是我一个人的。

5. 假装疯一回

现在，孟东凭白冒出来了？

"路冬篱。"我说，"这些年他的疗养费一幢房子的钱都不够啊？这疗养院吃人不吐骨头啊？"

"我哪知道啊。"路冬篱觉得冤枉，"一个小商品房的钱能折腾几下啊？别说，他还进医院大修过几次。"

或许，是我这些年故意回避与孟东相关的一切。想他有吃有喝有人伺候就行。却不知，他反复病发进医院数次，再多的钱也被这个无底洞吸得干干净净。

我想，要是摊上大事，如今的钱还是钱吗？

这时，路冬篱电话响起。只见他接起来一个劲儿地"嗯啊"着，约一分钟后收了线，人便杵在那没有吭声。随后却笑了，那神情像解决了一件老大难的问题。

莫不是快跌停的股票起死回升了？我想着。

"孟大爷刚才在午睡中归天了。"路冬篱一字一顿地说完，彻底放声大笑，"哈哈哈——妈啊！解脱了。对一个人来说，最悲哀的事情就是连死都没有能力啊。"

孟东死了？我看了一眼地上被我撕碎的催费通知单。

这个消息对我是不是也意味着解脱？有段时间，我活着的唯一理由，根本就是盼着孟东哪一天被老天处决了。

难道，真应了那句话，不是不报是时候未到？老天也真是，想让谁死谁就得死，不想你死，哪怕如蝼蚁苟延残喘一般，你也得活着。

怕是他报应够了。我想。

我再次去见孟东，是在疗养院搭建的灵堂里。当天，我就把他的遗体运走火化，匆匆在公墓安葬。

在路冬篱的陪同下，我回了孟东成都的家。

我看到他藏在抽屉里妈妈的来信。

孟东：

别发酒疯就打孩子，那可是你的种。要是怀疑，就去做个鉴定不就得了。我们姐妹俩真是欠你孟家的，我虽没替你生儿子，好歹你也落了个女儿。现在是啥时代，还重男轻女？生个带把的像你似的没出息？

　　我很好，我在江苏找了个男人，你不用等我回去了。

碧莲

　　抽屉里还有一张亲子鉴定。

　　真是一出恶俗的大戏！

　　有瞬间脱离时空的感觉。灵魂出了窍吗？此刻，唯一闪出的念头是，我不想配合老天演戏了，这一出一出的剧非我的强项。接下来的一颦一笑一招一式怕是没精力拿捏揣摩了。

　　我晕了过去，我想，我是死了。

　　装死都不行！当我睁开无神的双眼，就觉得空气被人抢了一半，好几张嘴在我的上方。劳师动众，我们尊敬的曾善美都上门了。

　　她是路冬篱的朋友。

　　记得第一次见她的时候，身材丰满。短发，丝巾，衬衣扎在牛仔裤里。看着我听我说话的时候，眼睛也是笑着的，双手自然地下垂交错于腰部。她递给我一杯水，慢慢等着我向她倾诉。这次，她依然是不急不躁的。她让路冬篱驱走了以关切名义来看热闹的人。然后煞有介事地坐在我的身旁竖起了耳朵。对，这个世界有一种人，专门堂而皇之的挖空心思的窃取别人内心的秘密。他们有个好听而专业的名字：心理咨询师。

　　我一动不动地躺着，像个被老天玩弄的倔强的孩子不小心摔了个狗吃屎而委屈的难堪着。我的眼睛没闲着，在她看我的同时，我的脑电波也从里到外把这位在我心里有点分量的好久不见的曾医生扫描个透了。

　　别忘了，我是专业作家。作家和心理咨询师的共同点就是：收集隐私。

虽然有些日子没见，但我肯定她有重要约会，为了我，她要么推掉了约会，要么是从约会途中过来。你看嘛，有板有眼的她难得穿着长裙踩着高跟鞋。约会对象应该是个男的，这男的她一定很在意（后面才知是和宝贝儿子看电影了）。

一石击起千层浪。

四十岁的曾善美这汪平静的湖水被一粒小石子不小心荡起涟漪后，思量许久向老公郑重提出离婚。

心理咨询师也有失控的时候，她给我看了两条短信。

一则是他老公的：离与不离，决定权在你！我会尊重你的选择！洋洋洒洒二百字，苦口婆心旁敲侧击举一反三，总之，希望再给他一次机会，他还她一个惊喜！

再来看儿子的：我可以想象得出，如果你们离婚了，我们的生活该会是怎么样的：当我从学校（住校生）回到家时，也许没人为我做可口饭菜；当我生病受伤时，或许你恰恰不在身边，无法给我熬药，给我安慰；当我也在大城市孤独的时候，也就没人听我无聊的话语，也不能和你逛街了——爸爸也会失去家里的贤内助的。没有人在家拖地，没有人洗衣做饭，也没有人在我们困惑时给我们建议给我们叮咛了。以前，或许我和爸爸觉得妈妈的存在不是那么重要，可现在想起来却是举足轻重，任谁也无法替代——如果爸爸是一片天，那么你就是天边的彩虹，我谁也不想失去。

儿子的话让人动容，但读完之后，我怎么觉得像是对多年的住家保姆依依不舍呢？

"你打算怎么办？"我说，我们的角色戏剧性地调换了，"你给我看他们的短信，无疑是已经有了决定。"

"良心与感情。"曾善美很会控制情绪，她的气色很快好转，姿势向专业靠拢，"先有心才能体会到情。所以，我想把良心放在第一位。"

"明白了。这是女人的惯性思维，也是正常的决定。"我说，"小石子哪斗得过大铁锤呢！"

"我是尊崇我良心的选择。"曾善美笑了，说，"儿子的班主任要一本你的书，你得给我这个面子喔。"

"举手之劳！"

"你呢？"

"我爸死了，我就晕倒了。然后做了一个梦。"我大笑起来，也不知自己为何发笑，我很累，既然装死不行，就装疯卖傻一回。我说着慢慢从床上坐起身来。

"什么梦？"

"梦见我杀了怀沙。我吓醒了跑到了楼下。又晕了。再然后，你来了。"

"你都说了，这是梦。梦不是真的。不存在的。"

"自从我骂了她之后，就很久没来找我了。快一个月了，她一定有危险，她会不会出了什么事？"

"听你说了她好几次，我很有兴趣认识这位可爱的朋友。"曾善美说，"有机会你一定要为我引见。"

说这话时，路冬篱走进来关上门。

"让怀沙来工作室帮忙吧？让她来做我的助手。"我瞟了一眼路冬篱，说，"除了我，不许外人使唤她。"

曾善美电话响了，儿子催了。我们约好明天去她的工作室。路冬篱送她出去，我可以猜到他们在门口一定会小声嘀咕着交换着某些关于我的想法。

我对曾善美的感觉理不清，严格来说，她仅仅是我的心理咨询师而已。可是，我脑子里却闪出了与她做好朋友的想法。这能说是信任吗？也不尽然。我看重的是与她的分享。美的丑的，好的坏的。看得出，她是乐意与我做朋友的。比如，她刚才的举动，她跟我讲她对婚姻的选择，其实已经把我作为朋友来看待了。

事实证明，不是异性才会相吸引，同性也会。

那么，怀沙去哪里了？像刚才，听到"怀沙"二字，路冬篱就跟房顶的猫闻到了鱼腥味儿，摇着尾巴"汪汪"叫着跳下来。再想想曾善美的表情，她也似乎对怀沙产生了好奇。

不能再真实的梦境。在公园里我把她推倒在地，她的头撞到石凳上血流如注——我却冷冷地注视着她奄奄一息地死去。

我为什么不救她？我那么喜欢她，她无疑是我最好的无人可替代的朋友，我怎么能那么对她？我想不通。

趁曾善美一走，我下了床披上风衣穿上短靴跑出了门，我没有听到身后路冬篱的呼叫。我想去公园看看。

天气越渐寒冷，黄昏的公园显得十分寂寥。零星的人在树下，在花圃边，在湖边。宽阔地带有老头儿放着风筝。相反，我喜欢这种感觉，小石子路上的落叶被我踩在脚下"吱悠吱悠"地响着，云看起来很高，枫叶很红，雌菊很黄。我很清楚这些景象给我的是快乐的感觉，但为什么鼻子发酸想流泪呢？

如此忧伤的情绪总是如怀沙来无声去无影。我加紧脚步一路狂奔，梦是假的，那么怀沙会不会就在樱花树下？

到了——我喘着气跑到我的秘密圣地，那里空无一人。我们的石桌上仅有小鸟光顾了，在那儿跳得欢腾。

"孟夏兮！"路冬篱的怒吼出现在身后，"你疯了吗？"

我在风中闻到树脂的味道以及一些添加物的混合气味——我的头开始巨烈的疼痛，身子摇摇欲坠。

"求你，别再晕了——别再晕了。"路冬篱无奈地叫着，我还是软弱无力的倒在他的怀里，他连声叹着气，"我欠你的。算了，你不能再写下去。"

"你是欠我的，你说要做牛做马来还的。"我只是全身无力却并没有失去意识。

"好。我抱你回去。"见我半撒娇的语气，路冬篱笑着一把抱起了我，"滔滔孟夏兮，草木莽莽。到了冬天，难道你就打霜了？话说，屈原的《九章·怀沙》，我最喜欢这第一句了。"

"怀沙在哪里呢？"我闭着眼在他怀里喃喃自语着，我知道路冬篱听了一定又皱起了眉头。

我很久没有与他这么亲近了。

第三章　无耻的博弈

1. 哥就是传说

秘密一经出口

也就，不再成为秘密

只能，使一个人畏惧

最好，继续畏惧下去

　　　　——狄金森《秘密》

怀沙曾问，你爱路冬篱什么？

我爱他什么呢？还真说不上来。只觉得见到他的那一刻，有如一缕阳光洒在我的身上，我只有一个强烈念头，似乎只有抓住他，才能见到头顶的青天。

我们俩看对眼了，他觉得我是可造之材，我认为他一定是我的伯乐。

看似不紧不慢地生活着，我却是铆足了劲儿在他那里展现自己最好的一面。

尽管我的理想是成为一名作家。在他没出现之前，我不知道该从哪里着手哪里起步，就如一个没有电池的电动自行车。他来了，我的马达转动了。

对过去严防死守的我，终究是需要一个宣泄的出口。是的，如怀沙说，我出卖了自己十七年来不堪回首的经历。

可这有错么？我为什么要否定那些年的我。我虽是上帝不小心制造的一个错误，但我不是妈妈写的一个错字。拿出橡皮擦来抹掉就行啊？那些生活中的印迹一样不少地牢牢地扎根我的肉体里。除非我死去。恐怕也不行！

我是一个随性的崇尚自然的人。如果此刻我想要拥抱，我会说，我们去睡觉吧。而他正好相反，形式对他来说极其重要。比如，元旦的戒烟，出差前啪啪，生日写首诗。

关于那天写的诗暂且不说。

别人说他是个诗人，可我一次也没见到他提笔写过诗。怀揣着落魄的气息和嗷嗷待哺的路一瑾回到成都。

对于路冬篱在海南的事情要么是从旁人口中得知一些，要么是他三三两两的避重就轻的装作不经意的样子透露一点给我。或许，他也意识到于情于理也应该让我了解一些可以了解的吧。其实，到现在为止，我还是会在心里问自己，他在那边怎么了？他不愿说的，这于我是秘密。

在相交不久的那年去刘家巷，在满院的栀子花香中我们谈笑风声，但我还是隐隐察觉到他心中潜藏着怀才不遇的落寞。在院子的一角我偷偷捡起他丢掉的纸团。那却是他写给我的诗。而我至今也没有勇气告诉他，我其实一直保存着他情真意切的告白——《今生抵来世》

夏兮，请售我一束火焰
这些日子我一直结着冰

再售我一盏灯

一滴雨，一声涪江的虫鸣

我还要向你扯半尺红颜

打二两青春

没完没了，我还要你眼里的春天

以及春天里的闲云野鹤

别嫌弃我一事无成，还早生白发

我愿为这一切，今生抵来世

不是好奇心作祟。我认为一个男人是否愿意把自己的过去告诉他的枕边人，是起码的尊重。不可否认那女人在他心中的分量。

他身上神秘的气质像磁铁牢牢地吸引着我。

我一直在等，等他告诉我，他在那边怎么了？我不是要揭开他的伤疤，而是要他自己把伤疤撩开给我看，然后说，宝贝儿，有你，我已不痛了！

这对我是一种肯定！而我也会回馈他，我会在他面前哭，我会一五一十的告诉他那些年的那个我。

我一直介怀他什么都不肯说。时间久了，一株仙人掌的小苗在我们中间培育成功了！

他一直做着好男人！我一直做着他的乖孩子！他一直完美地守护在我身边。

我多想他快乐，因为看见他快乐我就有活下去的力量。可是，正如我无法走进他的心里，而他也无法深入我的悲伤。

他总是有计划而有条不紊地做着所有的事情。包括推销我。偶尔，我会认为我是贴着路冬篱标签的商品。但我又会自我安慰在心底说，没有他，我真是不行！我没有缜密的营销思维和高超的交际手段，更没有累积的人脉。我有的，是不成熟的文字。而写这样文字的女子何其多啊？

请不要批评我不自信！怀沙。

我的自信是阶段性的。什么场合什么情况什么人。我清楚地知道我需要量力而行。

1997年三月，乌山市市委宣传部某部长一封信把他从海南招回了。那封信恰到好处地解了他燃眉之急。或者说，无疑是雪中送碳的帮他作出了何去何从的选择。尽管他没有到山穷水尽之地，更没有到落叶归根的白发年纪。但，有了路一瑾，他深深思忖后认为该是回老家的时刻了。

从海南回来的路冬篱拿着所剩不多的钱做了规划，一部分给了老娘，余下的买了一辆雪铁龙。

"瘦死的骆驼比马大。"他曾对我说起他为什么要买座驾，"骑驴找马吧。我不是为了拿1000多块钱的工资，坐在办公室喝着清茶等死的人。骑电驴谈的是骑电驴的活儿，开着汽车当然是另当别论了。"

这个道理我很小就懂了。如今世界就是这样，先敬罗衣后敬人。尽管别人对他的回归议论纷纷，大多都是不怀好意的猜忌。毕竟，他是个空降兵，占了别人觊觎已久的编制。

他驾驶着那辆黑色雪铁龙在别人羡慕的眼神中缓缓地进了市委大院，光荣的成为当地政府"喉舌"——《乌山报》的副刊编辑。每月工资1300元。好在，那辆车的贡献是大的，挽回了他不少的颜面，尽管这一切是些虚无的东西。但那时，他的处境似乎有必要武装阵势。最重要的是，路冬篱把自己独到的编缉经验运用自如，文学水平发挥得淋沥尽致。读者回响不断。这样一来，没多久也就抚平了周围的愤恨之声。也没让招他回来的好友为难失望。

那段时间，他是得意的。顶着青年诗人的头衔，挂着记者职务，开着他的雪铁龙别说有多风光。若是到乡镇采访，都会有文学女青年闻讯而来索要签名。俨然一个明星！往往这时，他都很慷慨地从车里拿出他的诗集，在扉页签上大名的同时还多情地写上两句诗意的话"你比我天真，我比你成熟，传说中心与心相逢——"

在报社风声水起之后，他被调往文学艺术联合会。依然是科员一名，但好在领导器重他，他开始喜欢这份工作，并为此而努力。为市委书记写讲话稿，策划作品研讨会，编辑乌山宣传画册，组织名家采风等，大大小小不一而足。

"头衔算什么？在海南我什么大官没见过？"他曾自嘲的对我说，"有事让你做，而且做得又快乐。这就是活着的价值。御用文人嘛！"

是的，他就是这样表面闲散，做起事来认真谨慎的人。既来之则安之，名利在乌山江似乎不那么重要了。回小城半年多，凭着《乌山报》这个平台人们都认识了他。他不是没有存在感，休闲品茗饭局，小到简易的茶寮，大到精致的咖啡馆酒楼，能请到路冬篱似乎是很多人的荣幸。所谓附庸风雅！

可生活怎能如此一帆风顺？他开始感到工作不是那么得心应手了。

这一年，老领导退休，来了一位姓白的书法家。

这人听起来似乎是个呼风唤雨的人物。很少在单位看见他，一年三百六十五天，有二分之一的时间在全国各地座谈交流。有一天，他突然提着公文包出现在文联。新来的一个打字员不认识，礼貌地请他出去。正好，路冬篱回来，他火冒三丈，猛拍桌子一甩大背头，说："别告诉我你不会打字？我们现在需要的都是综合型人才，专门请个打字员来供着，这不是浪费国家经费吗？"

"请打字员可是他之前拍板决定的。他哪有那么多会要开呢？"路冬篱说，"有一次，他说去了上海。我有个同事却看见他下午走进一家茶楼呢！"

突然之间，人们开始不喜欢诗歌。乌山市的书法培训如雨后春笋般一茬茬冒了出来。成人的书法沙龙搞得热火朝天，连挤不出时间的市委常委也跑去捧哏了。这似乎是个苗头，他感觉，小城职场里的行事作风与他的为人处世格格不入，沿海城市的那套作派在乌山市行不通了。所谓枪打出头鸟，锋芒太露，势必会招人妒忌排挤了。到了周末，饭局少了，茶馆里聊小说诗歌的作者们也跑到白老那里凑热闹了。迫于形式，路冬篱也跟着交了"过路费"。

"我喜欢书法，它是我们的国粹。"路冬篱说，"文学活动也不能弃之不管。现在这情况，哪里是文学艺术联合会，干脆他妈的就是书法协会得了。"

明眼人都明白的，一山岂能容二虎。谁叫路冬篱是个小科员呢？

天无绝人之路，上帝岂会埋没他的才能。成都媒体向他抛出了橄榄枝。现在不走，更待何时？

1999年暑假，我在家门前的马路上遇见开着雪铁龙的他。

我对他的了解仅此而已。

2. 鱼和水的关系

我和路冬篱身边随时都拥有一样东西。这个东西你看不见摸不着，在某时某刻便不经意就拿了出来挂在脸上。没错，那是我们的面具！

我就是这副模样——时常发呆的表情，警惕的目光忧郁的眼神，紧抿的双唇，任谁看一眼我的脸，只能读到两个字——秘密！

我也就没理由在心里怨他了，是吗？

有时候，爱需要面具去伪装吗？我也常在心底问自己。

或者，他心里的某个角落藏着一个人。要不然，怎么会面对面，却更像是背对背？相拥而眠，而心里泛起的却是思念他的滋味。

那个我想要的他去了哪里？

我有时候倒期待他的目光能够停留在我的身上久一点，能够在脑子里把我当青花瓷琢磨一番。

他爱我吗？

我为什么爱他？我爱他吗？

他什么时候把我变成路太太？

他将是我唯一的男人吗？

他老了，会是一个邋遢老头吗？

哈哈哈——事实上这些莫名其妙可笑的问题，我渴望他有一天神经质的反问我。我觉得爱人之间偶尔筛边打网地说些无聊的话是很有趣的事情。

我从没有听到那些调侃。他并不是一个不擅言辞的人，在朋友面前得体的举止谈吐，时而还能幽默的说个段子这应是他拿手的活儿了。想是外面应酬累了，能量用完，在我面前，不屑不愿没精力了。

翻开我的第四本书。当时它的用途是来向路冬篱求婚的。

《在我看得见你的地方》的扉页上，我写道：

"若你是那光芒四射的太阳，我伸手便可触及。可你只是远方那遥不可及的梦，我只好把这撕心裂肺的思念，都留给破碎的旧时光。"

如此，我们也似乎学会了等待，习惯了等待。更像是角力运动员，看谁有毅力？等到完整的拥有对方，把对方据为己有！（或许这是我单方面的想法）

至少我想贴近他，温暖他，并让他为此而把我抱得更紧。

可我感觉除了在等待中消耗了时间外，我们的关系依然在原地踏步。我每天抱着恋爱的心情与我的文字对话，再抱着失恋的心情躺到他的身边。我们亲吻，做爱一样不落下。我是他的，他是我的。似乎只有这样的方式才能告诫彼此，我们相爱：我们应该在一起，我们的宿命是一直走下去。

这是一种自杀似的捆绑？冒出这个想法的时候，悲哀如一桶凉水从头淋到脚。痛彻心扉的是，我却默默接受这样的不知所谓的爱。如果这就是爱？

所以，追根溯源。惯性而麻木的是我。我需要被人爱，故我在妥协。我想要他的爱，我便开始承受这样的局面。在一段感情中受伤的必定是投入最多的那个人。

事实上，不是路冬篱看上了我，是我选择了他。我们都对彼此寄予厚望，希望对方把自己带往一条绿树成荫更光明广阔的大道。

这是等价交换？还是鱼和水的关系？

当我把和他的感情理出一些端倪的时候，心里的恐惧更强烈。那种感觉找不到源头，像阳光下的影子追随着我，又像黑暗中一双看不见的大手控制着我——我无法呼吸，不能尽情呐喊，我想要一股力量从天而降把我解救出来！

我们快乐的日子一去不复返了？是谁偷了去？把它藏在何处？

或者我压根也没拥有过那所谓的路冬篱给的快乐。我躲在自己编织的情网里，美化我的初恋，美化我人生的第一次遇见——

当时，我是不是迫切想要离开我之前的生活？

或者——

也许——

可能——

状况是怎样的？我是一棵长了虫的小树，啄木鸟来了吗？

可能我背负太多的莫须有的东西，下意识把路冬篱复杂化了。他应是一个极其简单的人，和那些平凡的男子一样，当把理想的女子变成自己的女人后，他张罗的方向就逐渐发生转变。罗曼蒂克不能当饭吃的玩意儿如何能够武装他的强大？

我发现我没有做作家的潜质。作为我一直想靠近的男人，我身边最亲近的男人，我竟然找不出可写的东西。

我看不懂路冬篱，我更看不懂自己。瞅瞅写字间，花架的花还是那几样。除了电脑在不断更新外，一切还是原地原位原境。

我从里到外正在石化。

是的。

路冬篱还是那个魔术师吗？他怎样才会把我的血液输进去。

他的魔术棒遗失在哪里了？

喔——他不是魔术师！那只是我给他封的一个没名堂的头衔。

当然，你们也可以把"魔术师"这三个字变成他响亮的绰号。

有一个人变了，那是季言。每次听见手机信息提示音，拿起来一看，保管是她丰满可爱姿态像个肉包一样的儿子，稍带还露一下销魂的三点。无时无刻不在刷屏。往日是炫青春，现在没日没夜改成炫儿子了。

"要刷爆了，适可而止。"我说。

得意忘形的家伙一边点头，一边手机不离身又开始拇指运动，频繁按着快门，压根没把我的话放在心上。

也是，她没有必要把我的话放在心里。可既然在好友圈，作为好友我有义务提醒她。孩子被她这么瞎折腾，她的眼睛不累，小家伙那没发育完好的视力百分之百要搞残了。屁大点，戴个博士镜，学富五车小模小样看上去挺逗。老了呢？医院门槛就得被他踏破了。

要不，有可能还是个难看的斗鸡眼？白长了个小鸡鸡，没准找不到媳妇。

到那时，又有啥高大上的电子软件，她都没工夫使了。

回去，我二话不说，把她屏蔽了。我要用行动告诉她，你这行为太让人纠心了。姐姐我不掺和！

当然没多久，她就知道了。

"姐，你怎么啦？我哪里做错了？我还想着让萌萌认你做干妈呢？"看看，一副无辜不食人间烟火的可怜样儿，其实心里明镜似的。

我是嫉妒了，怎么啦？

我也不是完全不在理吧？她这样把儿子当玩具耍合适吗？我们知道，生下头胎捧在手里怕掉了，含在嘴里怕化了。你爱儿子是你私人的事吧？我们作为朋友也替你喝个彩。可三天两头，这巴掌拍得不疼啊？

要别人天天这么配合这不是干扰吗？微博，空间都不敢看了。

我可以说，我心里其实喜欢季言和路一瑾吗？

懂吗？

我也不懂。

我开始怀疑一切，包括我自己以及我为之奋斗的方向。

敲键盘的手在这儿一下停住了。头脑空白，写什么好呢？

路冬篱忙完我的策划，还要忙着他的本职工作。我似乎没事可干，只有忙着码字。

他在证明什么？我在证明什么？那种愚笨之极的存在感吗？

我现在删掉大约5000多字的喃喃自语，我都不明白在讲些什么。

无聊袭上心头，具体来说应是一种孤独感笼罩了我。原来，灵魂的寂寞比肉体的寂寞更让人不知所措。我拿起手机，翻阅相册里的照片。相依相偎的竟然没有，那一张张的合影中间总是多了某个男的或者某个女的，老的，或者少的。

霎时明白，我们囿于生活这个相框里，路冬篱一直面朝大海，而我却总是顾影自怜！

他越来越模糊，而我——突然想要一只边牧。

3. 所谓遇见

2013年夏。

我如愿以偿的在我工作室的隔壁相中了一个空置的单位，经营起了我的书吧，卖起了咖啡。按照路冬篱的建议，我从粉丝中征集顺眼顺口的书吧名称。最后取名为"丽书"。总之，这个名字让怀沙大失所望。

开吧不久，一位个子高大结实强壮，皮肤黝黑，穿着破洞牛仔马丁靴的男生正欲走进书吧。

风儿把他拦在了门外。

他怀里抱着一只大约三个月大的"狗娃儿"。毛绒绒的一团，两只眼睛滴溜转个不停。

书吧里规定是不允许客人带宠物入内的。那个男生求了风儿很久，他说他急需找一本书，去了好多家书店都没找到。

感觉是火烧眉毛的事儿，我在写字间的落地窗前看着他们在门外交涉，迟迟未果。几分钟后，风儿转身进店，不再理他。

风儿是有他的难处，他得按店规办事，为其他品茗阅读休闲的客人着想啊。

"得，麻烦您看管一会儿了。"见我从工作室里出来，他冲我一笑，便放心地把小狗儿给了我。

这个陌生人在我毫无准备的状态下把小狗儿塞到我怀里，吓得我犹如怀中揣着一枚炸弹。我有被兰子姐的狗咬过的阴影，脚后跟没流血破了一点皮。至那以后，见到狗我就怕了。

他自以为是的觉得所有女人都应是喜欢小狗儿的吧？我无奈地想。

"喂！我认识你吗？"我大声问这个行为奇怪的男人。

他没有回答，在双脚迈进书吧门槛的一刹那，他突然回头向我眨了一下深邃的右眼。

这算是对我的回答了吗？我怎么一出来就变成帮你看狗的了？

我又恼又惊地站在那里，看他进了书吧。一怒，本想把手里的小狗就那么随手扔在地上，可眼前的小东西"嗯唧唧"轻昵地舔了一下我的手臂。

"哎哟，恶心死了，你的口水。"我冲它做出厌恶的表情。

它像是听懂了我的话，小脑袋赶紧蹭了几下它舔过的地方，然后用无辜地小眼神看着我，像是央求我别不管它。

"好吧。"我笑着说，"人以群分，物以类聚。狗和人也是一样的，也有好坏是不是？"

我抱着它坐到书吧门前的太阳伞下，一等就是半个小时。没觉得一丝一毫的烦闷，反倒有一种很奇妙的感觉。像是一个妈妈抱着刚生下不久的孩子，正幸福而温暖的等候着外出办事的爸爸归来。

风儿贴心地给我倒了一杯冰咖出来，顺便逗了一会小狗儿才跑进吧里忙活。

终于，那人手里拿着一本书出现在我面前，微笑着缓缓蹲下。小狗儿欢叫着"哧啦"纵身一跃便到他的怀里去了。

我的心里有小许的沮丧，有如得到的糖果被人又收回一般。

"认识一下，秋实！"他腾出一只手来。

我可不想与你握手。我想。先是卖弄潇洒地眨电眼，现在是商务性地要握手，风格不一致嘛？

我只是瞟了一眼他淘的书，醒目的攀岩封面——《户外运动与拓展训练教程》。

他并没有觉得尴尬，耸耸肩，抚摸着小狗儿，说："喜欢姐姐吗？阿波罗。"

"你是这本书的作者？"我问。

"你怎么知道？你喜欢户外运动？你看过这本书？"他一连串的发问让我想笑。

书吧进了新书，我都会大致看上几眼。这算是我的长处，经过我翻阅的书，一般会牢牢记在脑子里。

"我不喜欢运动，但我喜欢看书。"我说着看了一眼阿波罗，"我猜，你应该不只养了这一条狗狗吧？这条狗狗是男生？"

"你看到了？"他坏笑，"你怎么知道我还有一条呢？"

其实，我也就那么一说。

我轻蔑地挑起眉毛。

"更无柳絮因风起，惟有葵花向日倾。"

"哎，果然是作家。"我的话让秋实兴趣快然。听他的口气，想必也是知道我。可我在脑子里搜索不出在哪里见过他，"传说，太阳神阿波罗每天都很忙。有位克丽泰仙女疯狂的爱上了他，每天注视他的行程直到他下山。后来，她的脸变成了花盘，永远向着太阳。而这位阿波罗也永远不知道有这么一个傻瓜深深地爱着他。"

"暗恋无处不在。有时候暗恋比依恋好！"我说，"有阿波罗，不能没有克丽泰啊？"

"是的，我带你去见克丽泰。"他说。

"在哪里？"

"停车场。我实在没法把两个都给带出来。"

"一样的狗狗吗？我也好想买一只来。"

"是的。"秋实说，"边牧相当于一个八岁孩童的智商。我认为，爱情需要去追寻，而狗，跟我们的知己朋友一样，只能偶遇。所以，靠缘分吧。就像咱们这样，在这里，我遇见了你！你遇见了阿波罗。"

其实，我很想问他，我们是不是第一次见面，但最终还是没有开口。我想，到了他认为的时机，他应该会告诉我吧！而我，虽然有正常的好奇心，但是，这对我来说，也不是什么非要知道的事。

是无关紧要吗？

写了一天的字，活动一下筋骨也无妨。停车场有十分钟的距离呢！我们没有说话，他只是把"阿波罗"递给我。我不至于一路的不自在，我是想看克丽泰的。他取下戴着的棒球帽突然"筐"在我头上，这举动实在让人捉摸不透，不适应。还好，我觉得他率性自在，跟他的笑容一样。

"太阳大了。"他用手指了一下天。我发现他是平头，浓眉细眼，鼻梁挺挺的，表情淡淡的。侧脸看着轮廓分明，嘴角有一丝不经意的笑。他的样子反而让我感到了一点点刻意的关怀。

"为什么要一直偷看我？"他冷不丁地发问，吓了我一跳，好在他并没有转过脸来，而是一直看着前方。

"请注意你的措词，什么叫'偷'啊？我这是在一旁光明正大的打量呢！"

他笑了，长睫毛扫过下眼睑。

男生怎么能有这么漂亮的睫毛呢？我在心里嘀咕着，下意识抬手摸了摸自己的眼睛。真是的，太不该了。都赶上我的了。

我和秋实一前一后的走着，太阳把我们的影子拉得长长的。步行街的人多了起来，你踩着我的头我踏着你的胸。

骨子里有一丝悸动。像一朵芬芳的花在我心里睡醒了一样正悄悄开放。

他皱了一下眉头，他在想什么呢？是在为关在车里的克丽泰焦虑了吗？

我和他一定在哪里见过。在哪里见过呢？我整理了一下帽子，与此同时大脑努力地搜索着一些蛛丝马迹，最终却没能理出一些头绪。

"你在这儿等我。"到了停车场的闸口，他说，"我去开车。"

很快，他开着一辆路虎出来。

我走到拐角处，他的车稳稳地开过来停在我的身边。他摇下后位半个窗户，我看见一只体态健硕黑白相间的狗狗。想必是克丽泰了。比阿波罗应该大三个月吧？我猜测。看情形，这两姐弟从来没这么分开过，只不过一时半刻不见，便"嗷嗷"叫个不停。克丽泰眼巴巴地凑着玻璃窗叫了两下，不时还用爪子往驾驶位扒搭一下秋实，似乎在问"弟弟要被别人抱走了么？"

克丽泰的样子让我的处境无异于可恶的"狗肉贩子"。我窘笑着示意秋实把窗户打开，好让我把阿波罗放进去让它们姐弟团聚。

"你似乎挺喜欢姐姐的。"秋实没有开窗，他走出车子来到我们面前，很温情地伸出手摸了摸阿波罗的小耳朵，半开着玩笑喂了一片类似于钙片的白色片剂，"和姐姐结婚吧？过几天，哥哥给你们送结婚礼物来哈！"

我以为秋实会接过阿波罗。但是，他转过身又上了他的路虎，直到他缓缓踩了油门，我才知他来真格的了。

他这是送我了吗？把他的宝贝狗弟弟就这样送我了！

看着他们风驰电掣般远去，我就像从老虎嘴里骗到了肥肉的狐狸。尽管阿波罗可怜地"嗯啊——嗷啊——"地叫着。

"阿波罗，别闹了！克丽泰过几天就会来看你的。"我乐不可支抱着阿波罗回到工作室，吩咐风儿去买狗屋，狗粮，然后上美团看看附近有没有动物诊所。

天啦！其实，我真的需要一个孩子，可我还没成为路太太。

生命中很多的遇见，无关何时何地云淡风轻，更是无关年龄与风月，只是能够惺惺相惜，能够明白你。这样自然实在的感觉比爱情的微妙飘忽来得更重要！所谓遇见，就是在等咖啡的时间意外拥有一只叫阿波罗的小狗儿。

秋实是谁？我又在想。

可是，路一瑾讨厌阿波罗。

当我的思维无处安放，我的手指不知该抓住谁的时候，奇怪，路一瑾便理直气壮地出现了。她两手叉着腰，盛气凌人把我的阿波罗踢到我的脚跟前。

可怜我的阿波罗眼泪汪汪地躲在我的身后，我赶紧把它抱起来。这才第一天，如此没有安全感的环境，它能待得下去吗？

"讨厌鬼——邋遢鬼——"路一瑾大叫着，"它在围巾上撒尿了。咋办？"

"它刚来到一个新的环境，自然乱了阵脚。我们慢慢教它。"阿波罗一直在我怀中抖个不停，心里疼得慌，"你打它了？"

"我小时候犯了错，奶奶都会打我。难道它犯了错就不该打？"

"你是个中学生，它是个小婴儿。你是小大人，它是狗孩子。你觉得你该打它吗？"

"你讥讽我连狗都不如？"

"我是这意思吗？"

这时路冬篱从外面的躺椅上起身了，他双手叉在口袋里不紧不慢地走进来。估计没闲着，一直竖起耳朵听屋里头的动静呢！瞧这时间把控得刚刚好。

讨厌的"和事佬"！

"瑾儿，别钻牛角尖。阿姨的意思是，大人不计小人过。"

"谁是小人啊？"我听了也不乐意了，"听好了，它叫阿波罗。"

"它配叫阿波罗么？老爸。"

"这——"

路冬篱的犹疑让我火冒三丈。

"不知道回答是吧？"我瞟了一眼路冬篱，盯着路一瑾，"我想问你，你配姓路吗？"

"孟夏兮——"我的话让路冬篱抓狂，他突然冲我大吼。

原因不言自明！

"这是我的工作室，别没事到这来胡闹。"我也觉得自己太过了，放低了音量，说，"阿波罗被你们这样虐待也是会得忧郁症的。"

"那不关我的事，就算得了忧郁症也是你这个女人传染的。"

"没大没小的口无遮拦，你这丫头太不像话了。"路冬篱回过头又冲路一瑾吼着。动作顺溜的小晴帮忙收拾好了书包递了过去。

看着路冬篱做出怒发冲冠的样子牵着路一瑾的耳朵走了出去，我忍不住笑出声来。

"隔壁书吧不去，偏到这边来。"见他们走了，小晴讨好似的过来抚摸着阿波罗的头，嘟囔着，"可怜喔！看把我们阿波罗吓得。"

"别马后炮，明知她不是个省油的灯，还不把阿波罗照顾好！"我的气不打一处来。

说老实话，我不得不为阿波罗的未来担心！它现在年幼，还需在室内好好养育。我查了相关的资料，据说边牧成长中的变化一天一个样，二三个月后个头儿就大了，骨胳已经发育健全。天生精力充沛的它活动量自不必说，我哪有那么多时间陪它呢？

我不禁想起秋实，想起他说的话。我把它抱在怀里的那一刻起，我们的命运就紧密相连，它不是生命的过客，而是我唯一没有距离感的家人。

我得到了阿波罗，我必须得舍弃一些什么呢？

4. 路路来了

我总是感到路冬篱像我手中断了线的风筝，越飞越远，他开始在我心里模糊，我怕抓不住他。我们都玩过拼图吧？就是那样，东找西寻上拼下凑。我对他的回忆就像拼图，让人着急，却不想放弃。

路一瑾是一个"始作俑者"。

我这么定义她在我们中间的角色。不要误会，她不是我的眼中钉。我比任何人需要朋友，需要关爱。我甚至无数次幻想我们合睦相处嬉戏玩耍，像兰子姐和我。

如果要让所有一切明朗起来，让我和路冬篱的关系正常化。我突然意识到路一瑾是一把开启神秘之门的钥匙。

这么一想，我亢奋万分。思想进入死胡同，我发现自己已经没有办法集中精力专注写作了。脑子里时刻琢磨着如何向路冬篱探听路一瑾的身世。

"晚报的专栏还写吗?"路冬篱问。

"不写了。"我说,"我想休息一阵子,这样失眠下去,没法写。"

"出版社有个选题,你明天看一下。"

"不看了。"

"为什么?"

"都说了要休息,看什么?"我有点烦躁。

"看个选题就影响休息了?"路冬篱放下手中的报纸,把烟头死劲摁灭在烟灰缸里,"这次是我做出版人。咱俩的钱全投进去了,签了这么多作家。我按每人的长处分发了任务,这个选题适合你去创作。"

"别人生了孩子都要休产假。你看季言,专心在家带孩子。"

"这是哪跟哪啊?说话没头没脑的,又是哪里有毛病了?"

"你又不跟我结婚生孩子,我这不才养了阿波罗吗?"我勉强笑着,"所以,我要休息几个月,好好把它带大。"

"疯子!"我听到路一瑾的声音,她穿着溜冰鞋从沙发背后飘过,像个小鬼。这家伙已不是第一次偷听到我们的谈话,我没吓着,阿波罗却在我怀里"嗯啊嗯嗷"地叫开了。自从那次路一瑾踢了它一脚,它便对她竖起警惕的耳朵。

"不写就是不写。我从2000年开始,一写就是十几年。我需要休息,需要补充能量。"

"阿波罗是谁送的?"路冬篱转移话题。

"她生的呗!她刚不是说要休产假吗?"路一瑾又冒了出来,我这心跳加快,狠不得跑过去抓住她的头按在鱼缸里。

见我脸色变了，路冬篱说："粉丝送的？还有那帽子？"

"阿波罗，姐姐带你出去玩吧！"

这俩父女此刻在我眼里就像碗里两条恶心的菜青虫，唯恐避之不及。

另外，我还在寻找那把钥匙，不是吗？学会控制情绪吧！

傍晚，阿波罗对于出门是欢喜之至。

瞧它还是个婴儿，真是有奶便是娘了。仅仅与克丽泰分离一个多月的时间，你就忘了分离之痛了吗？你想秋实了吗？大概也忘了呢！

原谅你了！你一定也在想，是秋实不要你了呢。

我只要与它说话，它都是昂着头听得认真极了。

专注的神情就像听话的一年级小学生。

我发现不能再抱着它。走了一段不远的路，我已经气喘吁吁。看见有个水果摊，我求老板娘借秤帮我称一称。好家伙，比刚来时长了三斤多。我把它放在地上，拿出随身的软尺量了一下，肩高快三十五厘米了。

"这狗好动。"老板娘笑嘻嘻地说，"把狗绳解了。"

哪敢解下它的狗绳。我想，不把我折腾惨。

"它的骨骼在发育中，不能太大的活动量。"我说。

想来当妈妈的情形就是这样，孩子刚学爬哪能让他跑。妈妈这时候也是累的。

"我还是想她。"怀沙的话在我耳边响起，"不管怎样，是她给了我生命。"

我们一身臭汗回家准备洗澡。水里的阿波罗太调皮了，路冬篱进来讨好地协助我。一般这时候，他是有话要说的。因为之前我们的谈话不愉快的中断了。

调好水温，我把阿波罗放进澡盆里。

"别忘了在耳道塞棉球啊。"路冬篱说。

嘿！这家伙还知道些什么？我想。

"你这么了解？"我一边梳理阿波罗的毛发一边问。

"阿波罗进了家，我能不操心吗？"路冬篱开始卖乖了，"别跟瑾儿过不去，她只是个孩子，故意与你对着干呢。她其实背着你对阿波罗可好了。"

"别偷偷掐它踢它，我就烧高香了。"我说。

"你别不信。多久洗一次澡，用什么样的沐浴露不伤皮毛，盆底要用防滑垫，如何用毛巾擦身子。都是这丫头跟我说的。还要我带它去医院给它查一查，缺不缺微量元素呢！"

"你在说梦话吧！"这话从路冬篱口中说出来，我还是不敢轻信，有偏袒女儿之嫌。

我寻思着，是不是该暗地里观察看看。

"要证据是吧。"路冬篱似乎看穿了我的心思，拿出手机，"看这是啥？"

这一看不打紧，把我吓得直哆嗦。手机相册里正是路一瑾正噘着嘴脸贴脸的与阿波罗装丑作怪的合影呢！

这是应证了那句话吗？甜言蜜语的不见得是好人，恶言相向的不见得就是坏人。

受不了——受不了——

见我直摇头。他又翻出一张照片。

"你瞧，这是老照片了。我前几天整理旧物件看到了，翻拍出来的。"

不看！我想着，什么闹心的人？我这小心脏可吃不消！我硬着头皮给阿波罗抹沐浴露。

"不看就算了。"路冬篱出乎意料没有勉强,用激将的口吻说:"你可要吃大亏了。"

老照片?关于路冬篱和某个女的?脑子里闪出一个与我八竿子打不着的念头。

"那就看看吧!"我说着,抓起毛巾擦擦手上的水,拿过手机。

一个长发马尾的少女和一个五岁左右的孩子在草地上追逐着。两人手里都拿着吸管吹着肥皂泡,晶莹的泡泡满天飞,她们的表情无疑是昭告天下,在那一刻是多么多么多么的亲密自在而欢喜。

"谁啊?"我装作不认识的样子,手里突然像捧了个烫手的山芋把手机塞给路冬篱。

"鸭子嘴硬。"路冬篱说,"我回头给瑾儿看看。"

"不许!有些东西不需要证明而是要用心去感受。那时候她才多大啊?你通过一张照片就想让她改变对我的看法啊?"我狠狠地盯着他的眼,心里却像吃了一粒怪味豆,又像吃了一颗酒心巧克力。总之,五味杂陈。

"冰箱里还有冰啤酒吗?"我问。

"哎——"路冬篱无奈地摇摇头,起身,说,"我给你去拿。差不多了给它冲了吧。"

我把阿波罗捯饬干净了也不见啤酒拿来,便赶紧把它安置,自己也去冲了凉跑回房间。心情像潮水忽涨忽落,开了音乐,路冬篱才拿了啤酒过来。

"到乌拉圭去了?"我说。

"差不多,冰箱没有了。去便利店买的。"

"我前天还看见好些呢?你把它承包了?"

"最近思考的东西多。"

"又是烟又是酒的改不了了。"我说着,心想,连老婆都不想娶的人，我如何改变他的不良生活方式。

很多男人的恶习反倒是在娶了老婆之后，当面一套背后一套的变本加厉了。

所以，尊重吧！不要轻易试图改变某个人，先把自己做好。

"你换个角度想一想。她和你一样，都寂寞。想要有个伴儿。她心里看见阿波罗不知有多欢喜呢！"

"那别做措施了，我给你生一个。这样，路一瑾就有伴了。"

"扯远了啊！说好了，咱们的事业还不稳定，我刚做了出版人，你呢，还需要拿出更有分量的作品奠定你在文坛的地位。理顺了，咱们热热闹闹地办，好么？"

我真的是孙猴子逃不出如来佛的手掌心，脑子被他轻声细语的这么一洗刷，心甘情愿了。

算了，既然是猴子，就顺竿爬吧！

"我一直想问，这么多年了。瑾儿——"

"以后找个机会再谈。"我话说到一半，他生硬地打断我的话，站起身把护体乳递给我，随后便走了出去。

他的反应我早料到，我也懒得配合他做出失望的表情。

这么些年，我虽吃不透他，可他的行为多少也领教过了。要是他想告诉我，一早就主动跟我讲明，何必等到今天我去问他。刚才那也是投石问路探探口风。

路冬篱的嘴依然跟保险柜似的！等着——我暗自想，我哪天非要撬开你的铁嘴银牙。

我无声地笑了——我自顾自低着头，用乳液轻轻按摩我柔软的身子。当手滑至小腹我停住了，肚脐感觉有些不一样。原来的肚脐眼要大要深一些，现在却有点往外翻，眼儿也小了。为了证明不是眼花，我走到衣帽间的穿衣镜前，打开大灯。没错，肚皮也圆了，有点儿微凸。

我想起了那个无心插柳的晚上，路冬篱喝了小酒性致勃勃地来到我的房间，各自为"政"的我们睡到了一张床上，相信没有比我更憎恨酒精的人了，我想我不能在糟糕的状态下得到我的路路。但是，在其他条件都不具备的情况下，唯有这个"偶然"是最好的选择。

在几个月前，我就思量着生我的"路路"。我算是对结婚妥协了，但做个未婚妈妈却不是难事吧？再不做准备，我便走向高龄产妇的队列。我悄无声息地拟好了孕前备战计划书。大家不要笑我！在你们的眼里，这有可能是些奇怪的举动。原因也很清晰，或许是我个人没有在好的环境下成长，所以下意识希望有个孩子，并强烈渴望我的孩子在最完美的状态下出生。换个角度，我希望在最佳状态做个完美妈妈，我认为现在是最棒的时机。这也是为什么我果断停笔的原因——为了阿波罗，也为了迎接我的路路。

来个先斩后奏，看你路冬篱能把我咋样？当不了路太太，娃娃还是能养得起。

在第一次去医院咨询的时候，专门去了产科，看见育婴室刚出生的婴儿像个粉嫩的肉疙瘩直想拿过来吃进肚里，隔着玻璃墙我感动得泪流满面，几次依依不舍，走到电梯口又返过去。有个护士见了，匆忙间停下来对我一笑，露出不太整齐的牙齿。我的举止让她以为我是要抛弃孩子的母亲，她厉声道："你这妈妈有意思？这么舍不得刚出生的孩子，就留在他身边好了。哪个是您孩子啊？"

对于她的怀疑我并没有为此而生气，反而有种幸福感。我犹豫了片刻，随手胡乱朝孩子堆里指了指，说："那——那是我的孩子——"

"哪个啊？"她问："孩子都有名牌的，叫啥啊？"

"叫——叫路路。"我说。

"好，您要是不放心，我去帮你看看啊——"好心负责的护士笑着走进了育婴室，我趁机躲到安全通道里了。

我像个捣乱的孩子心虚地向医生那儿跑去。

一对对幸福的父母在我眼前走过，看着孕妇们挺着大肚踮着脚，我心里就直乐呵。不久的将来，我也是如她们一般。在医生的建议下，我做了一次全面的体检，并当即注射了乙肝疫苗。

"有空的话让你爱人也要做一次检查。"医生说。

那天是前所未有的充实，觉得生活变得十分美好。

现在，算算日子，从医院检查备孕直至阿波罗到我的身边，三月有余了。

我停经有三个月了？天啦！我这是怀上了？一定是的。

虽然暗自准备，惊喜却那么突然。我想欢呼，只觉胃里一阵翻腾，要呕吐的感觉。慌乱中跑到马桶前，稀里哗啦的几下把胃掏空了。

怎么办？之前还理直气状的。现在生米煮成熟饭了，却不知如何开口告诉路冬篱。

我想着那些看过的电视剧，那些初为人父的男子得知妻子女友怀孕的表现。都是皆大欢喜！

路冬篱我无法想象。他就是一口古井，深不可测。

"婚姻只是一个形式。我虽然注重形式，一切按常理出牌，但是我讨厌婚姻模式化。我不希望我们落入俗套。"我想起他抵触婚姻的话语。

这边他的话音未落，另一边他反对生孩子的咆哮又在耳边响起。

"看到瑾儿了吗？养她一个，已经一团糟。你是个大孩子，她是小孩子，再来个小小孩。我们家成了儿童乐园，孟夏兮工作室以后只管出版童书。我要花精力打造新一代童书皇后，然后，山穷水尽，老命呜呼。总之，我还没准备好！"

"等你准备好，我已经老了，而你的精子也是老弱病残了。"

那次，就这么吵着不欢而散。

现在情形不一样了。孕妇怎么能吵架？怎么能焦虑忧心？

按兵不动！我想着。该吃的吃该补的补！该干啥就干啥，别跟他唱反调了。怀孕早期应该也影响不到啥？还可以作为胎教呢！一切以大局为重！

这么一想，整个人安静下来。我照照镜子，满脸都是光亮，那是母性的光辉。

"阿波罗，不久你就会有妹妹啦！"我掩饰不住内心的喜悦把它抱进小窝里。

我拉开门缝往客厅里看了看，电视还开着，路冬篱的鼾声此起彼伏。在沙发上睡着了。这不就是传说中初老症状么？电视催眠。

不管他，乐得自在一个人睡了。路路的小脸蛋在我的脑子里浮现，不一会儿我的宝贝儿伴我进入了甜蜜的梦乡。

5. 寻找陌生人的拥抱

当秘密不能说，欢乐无处分享时，人就会像发情的母狗一般。

静——

躁——

躁——

静——

行为反复如单曲循环而不自知。什么"**孤独是繁华的最高境**

界"就成了他妈的放屁。

病症出现不能等死吧？我想起了怀沙，但作为女人我更想见的是秋实。

在他面前我可以什么都不说，他便一切都会明白一样。我的喜怒哀乐我的粗俗雅致，他也不会惊讶地叫着有多糟糕，甚至还会认为恰到好处！

他会不会拿根牙签剔掉我牙缝里的青菜叶呢？

当然，这是我的所想。我的直觉告诉我会是这样！就算想得有所出入，也不会遗憾到不能接受的程度。

或者说，他没必要介怀，而我也不需要矜持！可以放肆地无所不谈，也可以沉默不语四目相对。

秋实！一面之缘的男人，怎么会如此亲切。像老熟人一般，仿佛在溪边弹琴而引来一条鲤鱼，又像是在自家的屋檐看到南归的燕子。

我相信他是我的老熟人。

秋天来了。

这么想着的时候，我牵着阿波罗已经冲出了家门。我拦了一辆的士。

去哪里？司机问。

是啊，去哪里？我一阵茫然。

秋实在哪里？现在想想，这个人有点可恶，没有给我联系方式。而我自己更是无药可救的傲慢，从见面再到停车场，倔强的只言片语里没有说出一点有价值的话题。至少，在此刻体现出来。看吧，你没有线索可以找到他。

我亢奋地跑出门，司机的一句"去哪里"瞬间让我陷入绝望的境地。

为什么要绝望？我——

因为我发现我竟然想要一个陌生人的拥抱。

是的，如伸手不见五指的黑夜，如悬崖边——我要他拉着我的手。

"女娃子。"司机回头看着我，"不要哭嘛！有啥子想不开的。"

我哭了吗？司机真会开玩笑啊。

回家吧！我推开车门的手没有一丝的力气，泪一颗接着一颗落在阿波罗的耳朵上了。

我是哭了，不能否认。

社区街边的户外用品店里我看到卖it MLB帽子。我一下子精神了。

"回家取帽子去。"我冲阿波罗说。

来回如一阵风，路冬篱用不解的眼神看着我。但他很快投入他的电视新闻中了。

"嘘！"我示意阿波罗安静。

我把帽子戴上，蹑手蹑脚地抱着它重新踏上神秘之旅。

"去宽窄巷子。"这回不待司机问我，我脱口而出。

听说那里小酒馆众多，像他那样热情洋溢，酷爱户外运动的男人应该喜欢泡在那里。累了，可以和三五好友喝酒解乏。闷了，也可以和乐队纵情嗨歌。

去碰碰运气吧！！

在车上，我取下帽子。阿波罗嗅到"哥哥"的气味，"哼唧哼唧"着拱我的小肚子，高兴之极。

"别闹啊，肚子里有小妹妹。"我笑。

原来一心专注小狗儿了，想不到这帽子有乾坤呢！潮爆的款式自不必说，在帽子的左右两侧靠后脑处，各有一枚红色的指印。这指印想必是有意为之，确是极具创意。一个可以断定是拇指印无疑，但另外一个看不出是中指还是食指了。

想到他的那本户外拓展的书，封面也是他攀岩的照片，苍劲的五指嵌在石缝中——这帽子意义深远，心中不禁升起一丝歉意。当时忘了还给他。

这指印是他的吗？还是别人对他的期许，而留的纪念？

想是前者。拇指印呈椭圆形，摁下去时应该用了不少腕力，一圈圈纹路厚实而清晰。原来是个"锣"呢！

至于右侧这个稍显模糊，我要去当面问他，是中指还是食指，是他的还是别人的？是长辈的，还是女友的？

酒吧？！我说是平生第一次去，你们一定会见怪了。没有合适的人陪更没有合适的机会，这次也算是逮着了理由。

酒吧，在英语里是BAR，原意是长条的木头或金属，像门把或栅栏之类的东西。据说，从前美国中西部的人骑马出行，到了路边的一个小店，就把马缰绳系在门口的一根横木上，进去喝上一杯，略作休息，然后继续赶路，这样的小店就称为BAR。

当然，这也是书本里的传说。

不过有意思的是，在17世纪70年代，酒吧和咖啡馆刚刚诞生的时候，就承担了一定的市民议政功能。也使得当时的国家权力机构号召人们提防咖啡馆或酒吧辩论所引发的危险，并将其视为政治动乱的温床。

不管如何，酒吧，这一词语，都是给人一种"灵魂开小差"的感觉。

有消费群，才会有生产力。有求自然有供，万事万物都是相生的。酒吧的诞生也是如此，偶尔的闲暇也未必不好。

司机把我送到目的地，我又茫然了，此刻是晚上八点半。

一排排酒吧房子大同小异，招揽生意的帅哥靓女在霓虹灯的闪烁下跟双生子似的。我的眼睛不太适应那些刺眼的灯光。

"秋实经常会去哪里？"乱花渐入迷人眼，我进哪家去看看呢？

我下了车，司机追下来。

"小妹，还没付钱呢？"

我恍然大悟，随身去找钱包，这才发现手里除了狗绳，我啥都没带。

我做贼心虚地站在那里——咋办？我着急地想着。

"对不起——"我窘得无地自容，"师傅，要不你给我个银行账号。"

"我没听错吧？小姐。"司机脸色一下发绿了，"看你长得清秀模样，你还坐霸王车？"

"要不——"我取下腕上的手链，"抵押在你那，回头我再与你联系。你给我个电话。"

"谁知道是真的假的啊！你有病啊！"司机嗓门一下升高了几倍。

在我与司机商量的当口，阿波罗挣脱我的绳子尾巴摇得欢脚也跑得快，一溜烟的工夫，闪到前方好远了。

"阿波罗！"我大声呼唤它，这家伙却头也不回。我急忙紧跟着追了上去，却也跟不上它的步伐。

这是回了老家。我有预感，我来对地方了。不需我寻找，只要阿波罗前方带路就行。

"你别走！"这边司机却不让走，他大步追上来拉着我的臂膀不放，"坐了车不给钱，你女流氓啊？"

"不是给你手链了吗？"不一会儿左右酒吧门前的人围了上

113

来，好难堪。

"拿去！"那司机把手链塞到我手里："我要钱！五十。"

"你这位师傅是怎么说话的。"身后一个女人的声音冒了出来，她怀里正抱着我的阿波罗，"人活着谁不会遇到几件措手不及的事啊？是女流氓会这么轻言细语地跟你说话吗？"

司机愣了，我也愣了。细细打量那女人，四十岁上下，五官平平，棕色齐肩长发。耳环很夺目，像海星，白红相间。手里夹着一根烟，吸了二分之一，说话的工夫，烟灰吊了老长了。

女人转过脸看着我由怒为笑，这笑有点相似。像秋实。或者说，她身上浸染着秋实一样的味道。

她把阿波罗交到我怀里，朝身后一个酒保模样的男人说："不就五十吗？去，拿一百多的当是小费。"

司机也当仁不让拿了钱，依然气哼哼地走了。

看那女人与阿波罗亲密的样子，自然与秋实关系非同一般。我也不奇怪她仗义为我付车钱了。顺眼看到酒吧墙头草绳上挂着一块不规则木牌，上面写着"少吃盐多吃醋"。我笑了。

"你是'地下成都'的？"她问。

"啥？"她的话让我摸不着头脑。

她指了指我的帽子。

"喔——"我含糊其辞地点点头，试探地问，"阿波罗还认识你呢？"

"叫我娟子。"她答非所问。只是狠狠地吸了最后一口烟，再走到一旁垃圾桶小心地把烟头扔掉，"我在这里经营小酒馆。"

"今天穷，没钱买单。"我自嘲地说着，跟她朝前走。

"嘿——绿葡萄石镶钻的手链，那家伙不识货。"娟子突然神经质地哈哈大笑，身手敏捷向空中挥了两下，"啪啪——真想抽他两耳光子。"

阿波罗一反常态的一路安静地在我们俩中间走着，时不时抬头盯着娟子，连个斜视也没给我一下。

我算是看透这家伙了！我心想。

"就是这儿，我的阵地。"娟子停住脚步，指着头上的招牌。

来Coffee and beer。

"我的招牌有点俗。就一个字"来"。意喻，招财进宝，四方之财都来，城里城外的都来，友情爱情都在我这里落地开花。"

这还俗？"来"——我可是好爱这个字。简单，不同凡响。

酒馆简单的原木门，白漆墙头左边写着"花要半开人要微醉"，右边写着"将革命进行到底"。

与其他酒吧不同，这里稍显清静。门口也没有推销啤酒的少爷小姐。只有个醒目的展示牌："交点乐队专场十点开演。门票五十。酒水自便！"

我纳闷了，酒吧不卖酒水。靠什么维持日常的开支呢？

跟着娟子我走进她的酒馆。舒缓的音乐很轻很轻地充斥每个角落。室内以蓝色为基调，右侧靠墙是玻璃打底的半镂空木楼梯，上面悬挂的是名家与客人字画。

阁楼客位不多，只能容纳二十个人的样子。楼下四周错落有致的清一色原木桌椅，桌上均摆着温馨摇曳的烛台。楼上楼下尽收眼底的是酒吧房廊的尽头，最为空旷，U形小舞台在那里，上面摆着演出的乐器。背景估测是四米红色的幕墙，上面用毛笔写着一米左右的"来"字。

"我前夫写的。"娟子说，"这酒吧原是我们离婚前一起做的。"

"后来呢？"

"这故事太老套，讲不出口。"她笑着，"哪有后来——还不是男人跟女人那些事儿。"

我不好说什么，所谓的后来是什么？就是重复重复再重复的苟且，只要人活着。

"我们到那边坐。"顺着她手指的方向，这是酒吧大门到舞台沿边的中间位置。一个三米见长的直线型浅棕色原木吧台，配置六把高背高脚的改良太师椅。

此时已是晚上九点，酒保看上去很清闲，零星的几对男女闲散地坐着，一会儿咬着耳朵小声交谈，一会儿疯了似的大叫大笑。

娟子带我坐到了吧台边。

"想喝什么？"她问。

见我沉吟了片刻，便又神经质地笑着："没事，不是还有手链吗？"

"我怀孕了。"我也被她逗笑了，我说，"只能喝水了。"

她打了个响指，酒保像抽了鸦片来了精神，说："好嘞！"

"是秋实的？"她指指我肚子，她这一问，我有点好笑。

看不到秋实，我没有说话的欲望。娟子于我，无非是两个陌生人。我沉默着，回头看阿波罗坐在高背椅上狗模人样的，酒保不知给它喂了什么，正吃得津津有味。

娟子是个聪明的女人，她没有追问。

"是狗粮，别担心。秋实一年半载的你是见不着了。"她说，我心里一震。

"他两个月前带着一队人去尼泊尔登山了，完了回来还要带人去年保玉则。"

在娟子面前，我想我会不会是个怪人？一声不吭，眼睛只盯着自己的心，不关注别人的脸。想是常年经营酒吧，这察言观色的本领是炉火纯青。她对我的表情以及内心的变化应是一目了然。

娟子似乎一点也不在意我对她的漫不经心，依然对我很有耐心。她还是自说自话，我偶尔配合点个头。

　　客人慢慢多了起来，酒馆开始闹了。浑浊的空气中烟酒的味道一点点变得浓烈。昏黄的灯光下酒保振作起来，跟着节奏摇着胖胖的身子为一位妆容精致的女士调配好了一杯鸡尾酒。

　　很奇怪，她一直没问我的名字。

　　这时一个背着吉他的年轻人走了过来，他拍了一下娟子的肩算是打了招呼。我看到他手上戴着一根没有任何雕饰粗溜圆的银手镯。

　　快近十点了，我猜是乐队的人来了。果不其然，待他走后，娟子告诉我，那个男生是"交点"的主唱亮子。

　　我有点期待乐队的表现。我想，听完一首歌后，也该走了。

　　当我再次拿起杯子时，才发现我已喝光了整瓶苏打水。

　　我举目四处看看，酒馆的灯都暗了下来，聚光灯都集中在小舞台了。歌手们开始调音清嗓。

　　"走，我带你去洗手间。"娟子起身。

　　呵，这个妖精！她连我上卫生间的小心事都看穿了。

　　见我们起身，阿波罗纵身一跃跳下椅子。

　　"我来抱它，你怀孕了嘛！"娟子弯腰就抱起了阿波罗并亲了它一下，阿波罗讨好地在她的脸上一阵乱啃。

　　"嫉妒了吧？"娟子在洗手间的门外对坐在马桶上的我说，"你说哪有孩子不爱娘的。"

　　听她轻描淡写的一说，我心里"咕咚"几下。

　　这孩子今天会跟我回去不？我脑子里条件反射的第一个念头。

　　方便完，我起身用手抚摸着胸口，花了几秒平复了一下内心。刚要开门，心里一阵恶心，又"哇哇"吐起来！

　　"没事吧？女人怀孕真是辛苦！起身的时候慢点啊！"娟子的举

手投足轻言细语，怎么像把阿波罗抱在怀中的感觉那么踏实呢！

我故作淡定的言行在她这面哈哈镜下，显得是那么拙劣可笑。

"我家小花生的头胎呢！怀在肚里的时候，秋实就来订了娃娃亲。"娟子又咯咯地笑，"我可不干，哪有老妻少夫的。他的克丽泰都快一岁了。可是秋实呢，专等着小花要生的那天来守着，还说，现在流行姐弟恋，你那观念落伍了。没法子，就这么抢走我的小宝宝。敢情是为了你啊！"

我们那会不认识呢！我心里嘀咕着。

开门出去洗手，我已藏不住笑容了。秋实真有趣！

走出洗手间。只听架子鼓哐当响了几下，观众欢呼了起来！看来是要开演了。

"亲爱的朋友，安静！安静！"这声音像是主唱亮子的声音，"今天第一首歌，要献给孟夏兮小姐。"

什么？我想我是听错了？我回头看了一眼娟子。她表情没啥变化，只顾逗着阿波罗。

敢情是同名同姓的人。我确定。

回到吧台。

"孟夏兮来了吗？"一个人经过我们旁边，一副惊喜地表情问酒保。

"是那个作家孟夏兮吗？一连又有几个男生女生过来问。

"我也想看看，她长啥样啊？"酒保无奈地耸肩，又冲娟子眨了下眼。

看酒保冲娟子那神秘地样子，我是明白了大概。

我是谁？他们心中早就有数。答案在秋实那里。

"孟夏兮在哪里？"有客人在底下叫开了，"让我们见一见啊！我们是她的粉丝啊！"

"我走了。"我心有点慌，把手链交给酒保，"买单。"

"'地下成都'在这儿都是免单的。"酒保把链子推给我。

"我不是'地下成都'的。"我说。

"你不是戴着'地下成都'的棒球帽吗？"

"这是秋实的。"

"可它现在是你的。他送给了你意味着他把你发展成会员了。"

"好好坐下听一首歌再走吧。"娟子点上一根烟，"忍不住了，就这一根。"

我是来寻找秋实的不是吗？连这点胆量都没有还真是不配叫孟夏兮了。我揉了揉太阳穴，假装很累的样子。

"我第一次来酒吧，吵得有点心慌。"

"你会还想来的。"娟子揉了揉眉心，侧身吐出一口烟圈。

"这样吧，我们来玩个游戏。"亮子拿着鼓槌猛敲了一下旁边的鼓，观众席安静了许多。

"谁能说出孟夏兮作品的名字。或者作品中的某个人物的描写。那么，这位客人跟随我们的追光灯在场子里把她找出来。要是找错了也没关系。会赠送孟夏兮亲笔签名的'来吧'明信片。你们说好不好？"

"好——"

"我的朋友，旅行探险家秋实刚才从尼泊尔打来电话要求点歌送给孟夏兮小姐。"

"秋实？"我终于忍不住好奇心了，"他怎么知道我在这里？"

"你不知道现在有个东西叫网络吗？还有个东西叫QQ吗？还有一个东西叫视频吗？"娟子挑着眉头，做出不可思议的表情。

"什么？"我方寸有点乱，"他看到我了？"

"不好意思，大作家。"酒保指了指吧台上方的电脑摄像头，又拍了拍手边的电脑，伸过脖子在我耳边说："不是有意的。作为大股东的他偶尔要对我们实施监控。他怕娟子姐偷懒。"

"视频现在还开着。"我恼了，"可以关了吗？"

"先听歌先听歌！"酒保说，"早关了。"

"老朋友就不说了，新朋友听了莫见怪。这首歌对我们乐队来说难度大。首先，第一次唱英文歌。其次又是合唱。"讲到这里亮子扯高了嗓门叫着，"狗日的秋实，没你这么阴险狡诈歹毒的。你这是成心让我们出糗啊！"

这时台下一阵大笑。

"谢谢！'MY LOVE'送给孟夏兮。我们爱你！"亮子真的是具有谐星天赋，表情动作极具煽动性，他冲队员们一招手："follow me baby！"

音乐响起——

An empty street

An empty house

A hole inside my heart

I'm all alone

The rooms are getting smaller

I wonder how

——

在乐队的歌声中我陷入回忆——

2000年10月西域男孩推出他们的单曲《My Love》。这是西域男孩第二张专辑的主打歌曲。记得第一次听这首歌曲的时候是2001年冬天，我坐在路冬篱的车里。收音机打开，这五个男孩温暖磁性的声线一下子迷倒了我。

回到家后，英文不好的我找来同学帮忙打印歌词并翻译。紧跟着又去找酷爱音乐的同学借来歌碟，然后又去买来MP3到电脑上把歌曲下载。

那时候，我才开始去弄懂什么是民谣。我搞清楚了，大概明白了这首歌里大量使用有钢琴，还有许多弦乐器。后来，我每天塞着耳机拿着MP3单曲循环，那时每天的每个空闲，整个人被一种既甜美又苦涩的情感包裹着。

对我来说这首歌不仅仅是一首情歌，这里面还包含了五个男孩他们对祖国爱尔兰的深情热爱，是一首激发人奋进的歌曲。

我找来了《My love》的MV。其中最经典的是5个成员走在路上，场景不断的转换，由空寂的大厅到人杂的街道，随着Shane的一个响指，场景又到了露天的火车站，在这里朝气蓬勃的五个年轻男孩尽情地玩耍着。

在MV里，最后五个男孩他们边走边唱到了广阔的海滩，一直到了海滩山崖的最高点，五个人张开双手闭上双眼，仿佛在享受那清凉的海风，最后在一个远景中，MV结束。

在我的回忆里，我两次想到了西域男孩。亲爱的你一定也感受我对他们的喜爱程度。很长一段时间，我都是沉迷在他们的歌声中。写作前后的高兴悲伤与寂寞，这首歌陪伴我度过了许多个不为人知的白天黑夜，黄昏和晨曦。

我情不自禁抬头看了一眼吧台上方的摄像头，我知道秋实在看着我，我忍不住向那个遥远的方向轻轻挥了挥手。意识到失态后，我瞬即转身。

亮子的歌差不多要唱完了，我必须要抽离出来。是的，胆小的我要逃了。

秋实就这么了解我？他到底是谁？

算了，我不想深究他是谁。

"秋实之前买的。"娟子离开了一会儿又出现了，她把一本书递给我，"签上大名吧！"

《在我看得见你的地方》这本书是我向路冬篱求婚失败的证据。我叹了口气翻开封面，在空白处写上：

    "来"吧！

    "来"吗？

    孟夏兮的2012！

"走起！追光灯。孟夏兮你在哪里？"只听亮子在叫。

娟子抱起阿波罗朝酒馆外走，她这是送我了，我知道。来不及跟酒保说谢谢，趁游戏还没开始，我健步如飞跑了出去！

告别娟子，我的心情翻江倒海无法平静。

第四章　秘密

1. 上梁山写玄幻

还有两个月就是2012年的尾声。

工作按部就班的进行。之前说不想写字了，结果发现只有写字才能使我平静。

其余的时间，我依然如刺猬。总是觉得哪里不对劲，处处设防。人也变得胆小，生怕肚里的孩子有个闪失，却也不敢张扬。

阿罗波长大了，我倒也不紧张它。如路冬篱所说，路一瑾背地里其实与它好得不得了。

既然这样，装装样子合作一下，与路一瑾唱唱戏也未尝不可。小孩子嘛！她在我面前数落百条千条阿波罗的不是，我就看成是她在我面前邀功请赏好了。

隔三岔五，我还特意准备好大包的零食放在客厅显眼的地方。

趁去洗手间的时候，再佯装要去厨房热牛奶的模样瞅上几眼。

零食不见了！

我踏实地回到工作室，加紧完成路冬篱布置的任务。我掐指算了算，冬天衣服穿得厚些，两三个月的样子外人基本看不出来。路冬篱最近也忙得跟总统似的，口里除了说忙再找不出其他可说的了。自然，回家被电视催眠后在沙发上就进入了梦乡。

我的计划是，两个月必须完成小说初稿的创作。这有点夸张有点儿戏。可是与路冬篱无关，是我给自己下的死命令。我必须爱情生活两手抓。

"怀沙，你猜我写的是啥题材？"

"路冬篱这人你都摸不透，我咋知道他会抽什么风？"怀沙说。

"这老家伙，让我迎合市场写玄幻爱情穿越。"我说，"刚看到选题的时候，我以为我拿错了。"

"这像是他的作风。很精明啊！你有一定的号召力啊！"

"可我没精力吃这碗饭。那些网络作家没日没夜的，赚了钱也落下了神经病。得不偿失。"

"试试吧！"怀沙说，"看看你的潜能到底有多深？"

按照路冬篱给的题纲，我心里有了谱。开始抬起手指敲响了键盘。

现在是科技信息时代，若报上说某地有UFO神秘出现，你一定会相信，并且嚷着要去看个究竟。要是我告诉你，某人有先知的本领，想必你会冲我翻白眼，摇着头嘲笑而去。相信与否，我还是要讲讲这位传奇的少女，就当是我送与各位酒足饭饱后的一粒健胃消食丸吧！

"书名是什么？大概内容是什么？"怀沙真讨厌，我是不喜欢进入创作情境时被人打扰。

"反正是一个古代男孩和一个现代白富美的故事。前世今生，冤冤相报，神力与诅咒如此而已。至于书名，由团队去策划好了。我没有心思琢磨这个。"

"天啦！"怀沙无奈地摆摆头，"路冬篱最近很缺钱吗？"

"大概是吧！"

有压力就有动力。这话没错，我写得很顺利。

"我很好奇你第一章怎么写？"怀沙阴魂不散。

"我也不知道。"我有气无力，然后借题发挥对她大吼着，"出去好吗？"

怀沙淡定地用同情的眼神看了我一眼，说："祝你好运！"

"一个好作家应该什么题材、类型都可驾驭，你看扁我吗？"胸有成竹的嘴巴，底气不足的内心。

"怎么了？姐，你叫我吗？"助手小晴挺着簸箕大的肚子进来，"我听你在叫。"

"看了你我心慌。"我说，"生孩子都一波一波的啊？你又几时生啊？"

"下周。"

"天啦！"我说，"你也缺钱吗？"

小晴嘴巴一噘，点点头："奶粉贵着呢！最近，路总没有安排什么活给我。也就是给你端茶送水，找资料。话说，多活动有利于生产。我不想剖腹产。我想穿比基尼呢！"

装模作样的。我想。要是提前生产了那可咋办？

"明天不要来了。"我说，"不想见到你这样。"

"我已经跟路总说不来了呢！"小晴扭着大屁股笑着走出门，向我摆摆手，"姐要好好的啊！不清楚的给我打电话啊！"

我点点头，心想，生孩子别怕痛，把老公的膀子塞进嘴里就好。

……

观自在菩萨，行深般若波罗蜜多时，照见五蕴皆空，度一切苦厄。舍利子，色不异空，空不异色，色即是空，空即是色，受想行识，亦复如是——

收起杂念吧！

"标题要吸引眼球，第一章一定要精彩啊。记住四千字要有个精彩点！"

我脑子里想起了路冬篱的话。

"他妈的日本人！"我骂着，"四千字一个高点。妹妹我跟你睡了十几年还不是平平无奇。"

女主人公的妈妈是个懂风水易经的行家，她肩负家族使命养育自己天生神力的女儿成才并免于仇杀。从战国时期穿越到现代的英俊彪悍的男主人公要解开女主人公身体里的封印，让她的神力重见天日。

喔，亲爱的耶稣！请赐我灵感！

前期不能暴露刚出生的女主人公真正的性别？我摸了摸越来越胀的肚皮，对生孩子这事感到焦虑了——假如女主人公的父亲是路冬篱，母亲是我孟夏兮，小姨就是那来无影去无踪的怀沙，这会不会很有意思呢？瞬间，想起自己即将要写的玄幻小说我不禁哈哈大笑起来——

　　孟夏兮要生了。路冬篱焦躁地在外走来走去。怀沙准备好了生产用的器械，戴上了卫生手套。

　　"目前距离子时还有五分钟了。"怀沙说，豆大的汗珠从她的额头滚落下来。

　　"哈哈哈！"孟夏兮因疼痛而扭曲的脸尽然舒展开来，笑着一个字一个字地说，"怀沙，你……我……我怎么……感觉要……要生孩子的是你！"铆足了劲说完最后一句话，孟夏兮大叫："怀沙，宫口开了多少啊，路路——我的宝贝儿……我们欢迎你！"

"姐姐，你要加油啊！马上看到头了……"怀沙俯身趴在床边盯着夏兮的两腿间。

午夜十一时，路小姐降生了。

洛浦禅师又来了。

"恭喜路府添丁！老衲受路老友的嘱托专程来为小施主取名。"洛浦说。

"哎呀！太好了。"夏兮脸上一下有了生机，对路冬篱说，"快，请大师赐名。"

此时，怀沙已为孩子清洗干净包在襁褓中抱了过来。

"阿弥陀佛！"洛浦欣喜地把孩子抱在怀中，目睹片刻，说，"今年是鼠年。鼠在十二生肖属于首位，十二地支中配属"子"。子月为十一月，此时是阴阳交替，阴将过而阳将至。方向为正北方，属坎宫。在一日中，子时指午夜十一时至凌晨一时，又称"鼠时"，是一天的最后时刻，也是新一天的开始——"

"为什么？"怀沙好奇地插话道。

"这时候，老鼠胆量最壮，活动最频繁。鼠年生的宝宝，为天贵星，性格非常聪明伶俐，志愿颇高。有成就有财富，一生多幸福。不过，利欲心太甚，贵星太多，如他爷爷所卦，吉中带凶。所以，这名字的部首要有'八'或'宝盖头'，则环境好，名利双收。有'米''豆''鱼'就会福寿兴家，有'草'字'金'字'玉'字，则精明公正，操守廉正。我看，就叫'瑾瑜'吧！"

"瑾瑜？"夏兮神采奕奕，眼睛发亮，说，"大师用心良苦。'怀瑾握瑜兮，穷不知所示。'好名字啊！"

"这句话是出自哪里？"怀沙不解地问。

"怀沙，把孩子抱过来，快去请大师留下墨宝。"夏兮说。

"出自《楚辞·九章·怀沙》，大师是希望我们的女儿如美玉一般，有高尚的品德。"路冬篱说着，走到桌边铺好纸笔。

洛浦走到桌边，提笔大气磅礴写下"握瑾怀瑜"四个大字，并郑重落款。临走，犹豫再三回头对夏兮叮嘱道："这孩子将来天赋超出常人，阳气过盛。俗话说，天妒英才。切记，八岁前不易对外透露性别，最好男装示人，才能免于灾祸顺利长大成人。"

"扮男孩子？"听了洛浦的话，路冬篱与夏兮、怀沙大惑不解异口同声。欲问，洛浦摇摇头走了出去。

亲爱的，离四千字还早————

夏兮尽管坐着月子，心也没闲着。女儿的未来扑朔迷离她怎放得下心？但，她是个有智慧的人，心里已有打算。赶紧吩咐怀沙准备红喜蛋。按照俗例，家里生了小孩要给亲戚朋友邻里四周报上喜讯。

怀沙问："是去喜庆公司订购？还是咱们自己做呢？"

夏兮郑重地说："咱们是传统家庭，一切按老规距。这么大的事，不能从简更不能假手他人。"

怀沙面露难色，说："我不会做。"

夏兮笑着："很简单的。把鸡蛋煮熟，再染上可食用的颜色。照理，女孩只有染上红色，送单数，也省了打黑点的工序。

这下，你也省事了。但是，咱现在按男孩规距来办，给每家送的鸡蛋应是双数，鸡蛋上要打上黑点表示大喜。"

怀沙嘴角顿时下垂，弯腰凑到夏兮耳边："姐姐你该多失落啊！日盼夜盼生了小千金，却不能吱声，你们何必把洛浦的话太放在心上。这样做是不是太过杞人忧天了？"

夏兮眉头一皱："这哪里是洛浦禅师的话，这可是公公的遗言啊！不可小视。"

一连几天路府高朋满座，闻讯来朝贺的人挤满了房前屋后，都随了礼取了蛋。

日子一晃而过……孩子满月。夏兮下床。推着婴儿车四处走了一遭，不忘在百货大楼扫了一大堆女婴用品。

在回家的路上，遇上片区民警。

"小贵人上户了没有？"

"有空再说吧。"夏兮有点心不在焉随口说道。

"什么？"片警有点诧异。

夏兮意识到自己恍惚的行为，马上笑着说道："咱家路老师上课忙，要不了几天就会去派出所为孩子登记。"

片警笑了，只见他俯下了身欲撩开婴儿车纱帐。

夏兮心头一紧，想起忘了给孩子盖上小被子。要是孩子叉着腿，看不到小鸡鸡不就露馅了吗？正当夏兮不知如何是好时，那片警猛地打了个喷嚏。这下滑稽了，两行清涕无辜地挂在片警的嘴边。

"给！纸巾。"夏兮按捺住笑。

"想——想看看小家伙长啥样呢！"他无奈地撇起嘴，"呵呵，感冒了还是别看了。把孩子传染了可不行。"

虚惊一场，夏兮回到家心情平静不下来。想着，纸包不住火，随着孩子的成长，屙屎屙尿跑来跳去，总要东窗事发的。可孩子又不能藏起来养，这可怎么办呢？得想个法子才行。

正当她费心思量时，只听啪的一声，怀沙把一本蓝色四方小证摆在她的眼前，硬皮封面上烫着三个金色大字——"出生证"。

"天啦！想得太周道了！"夏兮说，"找谁弄的？"

"我的脑子跟你比是小巫见大巫。"怀沙说，一边放低音量，"用了稍许美人计，刘院长喝了我的迷魂汤，这证就到手了。明天，让冬篱哥给孩子上户口去。"

夏兮眼里放光，拿起来迫不及待地打开。

路瑾瑜——女——

晚上，路冬篱从风水学院归家。两夫妻开始琢磨女儿的成长环境。如洛浦禅师所说，女扮男装得七年时间。这七年的光景正是一个孩子从幼儿到少女的宝贵蜕变期，她还得走出这小家庭跨入学校那个大团体。

天啦！不能想！真真切切一个女生，如何强制性把她变成一个汉子？生活细节言谈举止，一不小心就会穿了帮。

如若两人调教得好，把活脱脱一个女孩整成了一个小子，万一定了性成了事实，这可是两人更不敢想象的画面了。

两夫妻苦思无果，决定去找洛浦。

次日一早，二人抱着孩子上了南山。南山寺建于隋朝，历史悠久景色迷人。寺后有高耸的山峰环绕，寺庙宏伟，建筑卧于峰底。寺前溪水屏屏竹林夹道，寺内苍松巨樟荫荫茂盛。

一片岁月静好！

似乎早料到他们要来拜访，一个小沙弥在山门外早已等候了。待二人抱着孩子虔诚地敬了香拜了佛，小沙弥把他俩迎进寮房，沏上茶。不待说明来意，小沙弥递上一封信，说："师傅远游去了。要说的话在这里边了。"

"哎，扑了空！"路冬篱沉不住气，直跺脚。

夏兮伸手轻拍他的肩膀，示意他静待一旁。然后微笑着打开那封信来。只见纸上只有两个字——"庵堂"。

夏兮豁然开朗。

"去莲蓬寺。"路冬篱顿悟："比丘尼道场皆女性，阴气盛大可压制瑾瑜的阳刚之气。去那里生活一段时间，我们再作打算。"

明白了下一步该如何安排，两人心中暂时轻松下来，说笑着下山去了。

一旁，侧门出来一个老和尚，不是别人，正是洛浦。只见他目送那两夫妻的背影摇头长叹。

"您为什么避而不见呢？"小沙弥莫名地问。

"见与不见——结果都是一样。老衲不想徒增烦恼，只想袖手旁观落个清静。"

"我看，您静不下来哟！"小沙弥笑着说。

"眼不见就为静！"

"师傅，您又哲学家上身了。"小沙弥没大没小的打趣道，见洛浦虎起了脸屁股一撅闪跑了。

回到家已是傍晚，怀沙准备好了饭菜。

"夏兮老师！夏兮老师！"两人还没吃上几口，便听见一个女人在门外呼喊着。

"什么人？正是饭点，这么不知趣呢！"怀沙不悦，起身说："我让她改天来！"

"不用。"夏兮拦住说，"这是老姐妹了，不碍事的！我等会儿再吃。"

131

"你要趁热吃，吃饱了好奶孩子。你不饿，孩子该饿了。"路冬篱也急了，"我去看看。"

"好吧！你搞定她。"夏兮话音一落，女人一把眼泪一把鼻涕地进屋了，见了夏兮，一把抓住她的手，"再帮我看看。帮我看看。"

"来来来，要算卦吗？我们到书房。"路冬篱站起来说。

女人看了路冬篱一眼，说："女人的事当然找女人。您还是忙您的去吧！"

路冬篱无话可说，只得没好气地冲夏兮道："你们聊就请到书房吧，我还要吃饭呢！这是饭桌！"

三个女人去了书房。

待夏兮坐定，女人把手腕伸出来欲让她把脉。夏兮抿嘴一笑，推开她的手说："你已经怀上了。真怀不上，那就不是你的问题了。"

"怀上了？真的假的。"女人惊叫着站起来。

"哪里看出她怀孕了？"怀沙说，"你的眼睛是超声波啊？"

"我是怎么看出来的。首先，我看她的脸。你看她，唇红齿白。这表示身体机能旺盛。其次，耳轮开阔。从相学上来说，耳一般通肾，肾好肾水才足。从中医的角度，肾为人的先天之本，命脉所在。而耳轮圆阔，则是肾功能强劲的标志。再看她的人中，无论男女我们都是从人中看他子女的情况。面相上，要看一个人有无子女都会先参考人中。人中长的往往受孕机率大。接着是头发，头发乌黑，眼睛黑白分明。"夏兮笑着站起来，"哎哟，你这次会一举得男。好了，我饿得扛不住了。你回去吧，不用担心了。"

女人站在原地将信将疑望着夏兮往外走，杵在那儿好半天

132

才跑上前，拿出红包一个劲儿往怀沙手中塞。

"一点小意思！"

"今天的相礼就免了吧。就当是我提前恭贺你。"夏兮说。

"谢谢！谢谢！"女人高兴地朝外走，到了门边不忘回头再次大声问道："真的是儿子？"

"真的。"夏兮点着头。

怀沙被女人夸张的表情逗笑了，笑着笑着眉头皱成一块，嘴巴抿着一收一放，随后手捧着嘴跑到墙角花坛边呕吐起来。

"快去看看，她怎么了。"路冬篱已吃好了饭，泡了奶粉正喂儿子。

夏兮似乎不以为然，她捧着碗吃起来，一边答非所问地说："饭还是温热的。"

路冬篱抱着孩子到院子里散步了，怀沙这才从墙根处起身走到厅里。

"你怎么就能断定那女人会生个男孩？"怀沙问。

"不是我断定，我又不是神仙。这是老祖宗积累下来的经验。虽然她进来时苦瓜着脸，但这只是表象。从她的神态举止，精气十足的满面红光。跟原来的她，相对娴静文雅很多，是生男孩的状态。"

"娴静？文雅？"怀沙故作惊讶，"分明就是一个傻大姑嘛！"

"我就想问问你，这怀孕你也跟着凑什么热闹？"夏兮没理会她的话，突然话锋一转反问道。

怀沙一愣，不说话了。

"谁的？"

"不知道！"

"什么？这个都会不知道？"

133

"赶紧处理了，还好公公不在。公公要是在，非得被你气死！"夏兮被怀沙气得语无伦次。

"哈哈哈——干爹活过来了吗？"怀沙大笑起来，一边却不知天高地厚地冲院中喊："冬篱哥，我终于把她气到了。"

"不可理喻！"夏兮转身要走。

"夏兮。"怀沙感觉到了异样，她紧张地跑上前。

这个不以物喜不以己悲，性格纯净，不愠不火，温柔超凡的女人正背对着她抹眼泪。

"干爹走你都没有哭，因为我，你从仙姑变成凡人了。"怀沙小心地拉拉她的衣袖，"干爹说我是孤城一座。甭管他什么男人也不梦想结什么婚，有人免费播种，我坐享其成不是很好嘛！"

"公公做的最错的一件事，是不该为你占卜。让你背着沉重的枷锁过日子。"夏兮把怀沙拥入怀中，"把孩子生下来吧！让他姓路吧。"

"你咋还拖拖拉拉的？"怀沙的大嗓门把我拉回了现实。

"你不懂！这小说，就是要把简单的复杂化，一件小事你得抽丝剥茧，复杂的却又把它几笔带过。"

铆足了劲儿，高潮的影子也没有！

马上是农历新年，周围的人都在准备年货。看见他人喜庆团聚而自己与妻儿却要分离，路冬篱心中不是滋味。虽说上山避世远离繁华，只是权宜之计，但何时归来却是遥遥无期。

两夫妻抱着孩子无奈地相拥无语。

怀沙执意要陪着夏兮母子上莲蓬寺。夏兮没有反对，怀沙本是未婚妈妈，这怀孕生产必定会有一翻波折，隐居到寺里反倒是好事。

莲蓬寺是一座历史悠久的佛教"女众丛林"——尼姑庵。山门上至今还镌刻着明朝高僧大德彗明和尚的亲笔题字。寺院共分四进：入山门有一院落，院落东为祖堂，西为禅堂，中为弥陀殿。从弥陀殿再进为大雄宝殿，最后一进为藏经楼，寮房仓厨等附属建筑都在东边。

虽是傍晚十分，香火依然鼎盛。在比丘尼的引领下，她们经过一条弧形的水泥路，路的旁边是菜地，右边一对直径约20米的放生池。池内活水清澈，锦鲤摇尾嬉戏；小龟憨态可掬，池边松柏青青菊花香味浓郁。右侧池边，有一眼古井，直径约50厘米，看似深不可测，井水却伸手可及。

"师傅，这井有多深？"怀沙问。

"一丈多呢！"

"瑾瑜，我的宝贝。你要喝这个井水好好长大喔！"夏兮感慨地逗了逗女儿。

比丘尼把她们带入第四重殿堂大彻堂。这里是女众打坐、念经的处所。

主持惠严在说晚课。

"人的一生须炼就两项本领：一是说话让人结缘，二是做事让人感动。"

"什么意思？"怀沙是个好学的孩子，这样的场合她还是管不住嘴巴，忍不住问一旁的夏兮。

"嘘——"

"言不可轻说，若说话更改，不如不说；言不可轻诺，若应诺更改，不如不诺。所以，一言半诺，俱宜谨慎为要。有道德，信义，智谋者，必不多言；唯小人，狂人，妄人者，必会多言。言不中理，不如不言，一言不中，千言无用。口舌祸之门，灭身之斧也。"

听到此处，夏兮情不自禁地点了点头。怀中孩子突然一阵闹腾，听课的女众们被惊扰，都扭头寻声望过来。夏兮抱着孩子难为情地退到堂外。

"怕是肚子饿了。"怀沙说。

"古人说，口能吐玫瑰，也能吐蒺藜。修炼口德，就是修炼自己的气场，一身正气才能有好运势。这就是恶语伤人心，良言利于行。"夏兮一边说着一边坐到圆柱旁的石凳上，侧身解开衣襟给孩子喂起奶来。

"哎！干爹，我是不是不该来啊！碎碎念啊——"怀沙古灵精怪地一屁股坐在石阶上，指着不远处欣喜地说："我闻到斋菜香了，我好饿。我的宝宝也不能饿着啊！"

晚钟响起，晚课结束。比丘尼和修行的女众们鱼贯而出往斋堂而去。

"施主久等了。"只听一声温润的声音在身后响起，主持惠严带着慈祥的笑容出现在眼前。

怀沙见了高兴地叫起来："大师，可以去吃饭了吗？"

夏兮被她这么一惊一乍羞红了脸。

"民以食为天，先填饱肚子再说。"惠严哈哈地笑着挽袖抬手："施主，前面请！"

斋堂口，一个小比丘尼守候在那里。向三人见了礼，然后对惠严说："主持，斋饭准备在贵宾房了。"

贵宾房？怀沙听了冲夏兮偷偷做了个鬼脸，想着：又是个高人，怎么知道我们要来呢？

所谓的贵宾房其实就是仓厨旁的一排雅致的单间寮房。推门进去，一眼就看到上位供着的弥勒佛，佛香缭绕，窗明几净，原木的桌椅板凳。四方桌上摆好了菜：鲍鱼，烧鸭，什锦，翠绿的青菜。

"天啦！如此丰盛的晚餐？这是在哪儿？"怀沙肚子叫得更响了，眼睛睁得老大。

"小庙迎来大客。小施主不成敬意，这些都是素斋。"

怀沙听了，轻轻地说了句："我知道了，都是豆腐做的。"

惠严笑起来慈眉细目，亲切的容颜让夏兮心中自在不少。

"打扰大师了。"夏兮向她鞠了一躬，抱着孩子在桌边坐下。

惠严向门外侍候的比丘尼招招手，说："暂且把孩子给她照顾。"

夏兮心一紧，没动。怀沙连连摆手，慌忙起身说："不麻烦小师傅，我来就行。"

"不碍事的。"惠严说，"这个小尼叫静怡。我安排她以后专门照顾我的小贵客了。"

听惠严的语气，似乎什么都明白，想是洛浦禅师一早就跟她讲明了。不仅如此，她应该为我们的到来还做了细心的安排。

"谢谢了，他叫瑾瑜。"夏兮对静怡说。

"真是好名字！"静怡轻柔地摸摸路瑾瑜粉扑扑的小脸蛋，然后从夏兮的怀里抱走了他。

目送着儿子被静怡带出去。夏兮心里怪怪的，变得复杂起来，除了怀沙和丈夫，这是女儿第一次被陌生人抱在怀里。短暂的别离，一顿饭的工夫，为什么会是如此的难受？

"施主，防患于未然不是不可以，但是紧张过头，你会乱了分寸。让自己从容一些，一切随缘！"

惠严的话让夏兮心头顿时明亮了。来之则安之。自然就好！

接下来该怎么写——

真是心急吃不了热豆腐。我伸了个懒腰，摸了摸肚皮，是要舒展一下四肢了。我走到落地窗前，看到窗外的几棵绿树不知何时已变得光秃秃的。还有我种的桃树也没有了生机。

"小晴！"我一连叫着那个喜欢管闲事的助手，"小晴！"

没见她风风火火的进来，这才想起她中午说的，下午要正式离开回家生小孩。那棵树是我和她一起种的呢！她怎么不管就走了？

每次思维停顿不前，我都会看看那几棵树，我的桃树！

"我的桃树，我的桃树——"我像个白痴直愣愣地盯着窗外说着连我都听不懂的糊涂话。

"嗨！姐姐。"怀沙来了。她一边向我打招呼一边甩着长长的大马尾向桃树走去。好奇怪，她犹如凌波微步的小仙子，每踏出一步桃树就长出几片新叶，当她走近纵身一跃冲我叫着："姐姐，桃花开了！"

粉白的桃花真的在枝头绽放了，我有飞出窗外抚摸它们的欲望。可这时，灵感像蚂蚁搬家接二连三出洞了————

饭毕，惠严领着夏兮二人参观了寺里的讲习所。讲习所开设了哲学，佛学，棋艺，书法等各类科目，这让夏兮大开眼界。

"真是与时俱进啊。"怀沙说。

"我们这儿还是佛学教育基地呢！每年全国各地到咱们寺里修佛的人上千呢！"惠严说着，不由得望着夏兮片刻，"你可开办玄学讲堂啊！是不是？还可以教我们的比丘尼针灸推拿。哎呀，你来了，太好了，太好了！这事要是做好了便是功德一件啊！"

"容大师收留，夏兮一定尽力。这个志愿者我做定了。"
夏兮心花怒放，一直寻思就算捐了香油钱，也不能就这么白吃
白住。就目前的情形来看，似乎一切命中注定，按部就班便可
水到渠成似的。

寺里的第一晚，母女俩睡得香甜。虽是情理之中，却是想
象之外。而怀沙却辗转难眠，到了半夜好不容易入睡却被小便
闹醒。忙着起夜，一出门就看见一个人。趁着月色，定睛一看
却是路若风。

"干爹？您——您别吓我。我胆儿小！"怀沙看到死去的路
若风腿直打哆嗦。

"傻孩子，干爹疼你都来不及怎么会吓你。"路若风无奈
地笑着，"我担心你，来看看你们。你真要生下这个孩子啊？"

"都快三个月了，当然要生了。"

"你命中有此一子。不过——"

"不要啊——不要预言了。求你了干爹，该怎么着就怎么
着吧！我心累得慌！"怀沙吓得直摆手，"您看到了，我们为了
瑾瑜都背井离乡了。现在冬篱哥一个人在家里呢！"

"哎——夏兮若让你的孩子生下来姓路，那是万万不行
的。这样一来，这孩子便要和瑾瑜一样肩负路家的劫数啊。
他没有瑾瑜的天赋，怕是应劫的时候气数太弱扛不住的！你
要——"

远处，鸡突然叫了——

路若风话没说完便如一股清烟飘散了。

"干爹，您还没说完呢？"怀沙急了，四处乱找没见到路若
风，在原地哭起来"我该怎么做啊！"

"沙沙——沙沙——"听到夏兮在叫，"做梦了啊？别怕啊！"

"做梦？"怀沙一听，人顿时清醒了，睁开眼，呆呆的看着夏兮说不出一句话。

"梦到公公了？"夏兮问。

"干爹——"怀沙突然意识到什么，欲言又止，猛地掀开被子跳下床捧着肚子叫着，"哎哟，上厕所要憋死了。"

夏兮若有所思，随之一笑。想着，你能管得住自己的嘴巴么？

玄学讲堂正式开课了，女众盘腿坐满了教室。夏兮走到门口吓了一跳，这里少不了来自洛城的人，她心一凛灵敏地闪到角落里，一边慌忙从随行的怀沙脖子上取下白色丝巾蒙住脸颊。静怡正好抱着瑾瑜过来，见了莫名地笑了。

怀沙靠在旁边的墙上，嘴角无奈地下垂了。

女众见到有个蒙脸的女人进来，都很惊讶。

"我姓路，大家可以叫我路太太。"夏兮走到台前向众人鞠了躬，说："本人长相丑陋，蒙脸面对大家实属不敬。首先，在这里请接受我的道歉。以后的日子，能与大家分享所学，共勉，我感到非常荣幸。"

听夏兮这么一说，女众们释然了。

"原来如此啊！"有香客在台下小声嘀咕着，"自古才女多丑女。"

"路太太，很多人都认为风水是迷信？您怎么看的呢？"

"是啊！你说是迷信吧，偏偏现在的人们干啥都依赖它。你看，买房子选墓地要去看风水，结婚跑去合八字，搭伙做生意跑去算易经，甚至生孩子也跑去选吉日吉时？"

按捺不住的女众开始提问了。

"这些究竟是不是迷信，有没有科学根据，一两句话说不清楚。但是，我会从科学的角度出发，结合易经八卦、符咒、天文地理以及人体科学相互之间的联系在以后的日子里慢慢跟大家来聊这些神秘的话题——"

身体舒展，某个地方开始震颤缩紧，有点感觉了。

高潮要来了——我要大声喊出来！

2. 死亡是另一种告别

坐着码字几小时，完成了期待的几千字。站起身时两腿力不从心似乎无法支撑我瘦瘦的身体，脚步飘浮着走出写字间。街道沉寂，路灯像我一样表情呆滞傻乎乎的一动不动，我靠在灯柱上，站在那里等待出租车的出现。

天空中飘起了小雨，我把风帽罩在头上。稀稀拉拉的雨点有如女人冲男人撒娇的眼泪落不下几颗。

我看看手机，没有未接来电。没有信息。哎——谁在掌灯盼我归啦？QQ粉丝群里有个叫"芙蓉如面柳如眉"的头像在扑腾扑腾地，我点开他。

"快点回家吧，写字不要太晚。路上注意安全。饿了，及时吃饭哈！"那人说。

难得这时粉丝还记得我，我想。

凌晨，阿波罗该梦见妈妈了。

车来了——

想想路冬篱多久没有开车来接我了？都记不起有多少次，总之有一段时间了。每次晚归，他都窝在沙发上，而阿波罗像儿子一样在他的臂弯里，两人相互依畏着就那么睡了。

我轻手轻脚地洗了热水澡回到温暖的床上，尽管人十分疲倦，脑子却如木头般。无法入睡是老常态了，是什么时候开始陷入这样的状态的呢？我总在想，这种失眠的日子会不会伴我终身直到我死。或者，失眠将是我死亡的诱因。有那么几次，我想好好睡上几天几夜，心里不要去想那些文字，脑子里没有过去和现在。

然后，我吃了一把安眠药……

我虽有死的心却没有死的准备，我仅仅是想睡而已，一个人的被窝，一个人的大床，与我不死的梦想和眷恋相拥而眠。

我侥幸没有死，我不是在与你们对话么？在昏睡中，路一瑾叫来救护车。

当然，我知道这样不好。在好梦与失眠之间，我还是必须依赖那些毒药。

所以，往往在一个小时左右神经麻痹，也意味着我要入睡了。它带给我的只是不必睁着眼辗转反侧到天明，噩梦依然纠缠着。

这可恶的撒旦！

药片不能控制我的生物钟，我还是准时准点地醒来。没睡够，但犹如卸下千斤重担的感觉，我潜意识不愿意留在浊气的黑夜里。只想迎接清新明朗的清晨！

是的，我曾说过我喜欢黑夜。这并不矛盾，此一时彼一时。要是黑夜越来越加重了我的负荷，就算喜欢却也想着要逃离。

每个人都有想要的幸福与自由。如我和路冬篱。我们虽做着同样的事，但慢慢地他想要的与我追求的却是天壤之别。他要的是什么？达到一个什么样的境界？目前依然不知道。而我已深深明白，我只想与我的那个他共同踏实地做好那么一件事。仅此而已。

岁月会为你做些什么呢？还是一切得自己来。一路走来，汗自己擦，泪往肚里咽。最后，你领悟到却是极其残酷的：生活中的一切，包括爱情，付出不一定有回报，我们要的幸福与自由永远在佛的莲花台上。

一早，阿波罗眼巴巴地走到床边看着我，一副饿慌了的表情。我披衣下床，路冬篱两父女都不在家了。回头一看，阿波罗背上贴着一张条：妈妈病了，我去看看。

以往，家中老人有事都会叫上我。今天走得悄无声息，怕是看我累了不好吵醒我。我忙着去给阿波罗找来早饭。我想，我得去看看。

待我收拾妥当，阿波罗也是吃得心满意足地候在一旁。这家伙一副摇头摆尾的模样，敢情以为我是要带它出去透风了。

我拨通了路冬篱的手机，却一直不见接。咋回事？老人生了大病在张罗住院吗？我猜测着。

我挂了电话，路冬篱不一会儿又回拨了过来。对面传来的却是路一瑾的声音："奶奶在医院。"

"哪家医院啊？"

"常去的那家。"

我心里也慌了。路冬篱爸爸早已不在人世，如果他妈妈有个三长两短，他别提会有多难过了。

眼下，怕是麻烦大了，没空接我电话想是忙前忙后的情形。哎，除了医生，恐怕没人喜欢进医院的。我蹲下身把阿波罗搂在怀里，抚摸着它用安抚的口吻说："宝贝儿，你要乖。奶奶病了，我要去看看。只有晚上妈妈带你去逛街，给你买好吃的。"

拍拍它的脑袋，我起身往外走。阿波罗冲过来一连"汪汪"地叫起来。真担心邻居们投诉。

想起楼上的女人是老大的不喜欢狗，只要在电梯里碰了面就一副不待见的表情。时不时还特地跑下楼来抱怨阿波罗的叫声让她有多么地心烦气躁。

我们阿波罗是个有教养的孩子。一般没有异样的响动，它是不会大吼大叫的。这邻居不从自身找找原因，两夫妻是时常大半夜卖力开战，不注意影响，一个是莽夫一个如泼妇，隔壁左右都被吵得不安宁，怎么就好意思来找我家阿波罗的茬呢？

“还叫——还叫妈妈就不要你了。”我也只好连哄带吓地作出威严的样子，“听话！楼上有个坏阿姨，当心她把你给卖了。”

我暂时顾不上它又踢又挠又拱的抓狂表情，趁其不备开门跑了出去。

走到小区门口，正欲打的。想着今天非比寻常，上班高峰不容易打到出租车。只得回转车库又开出自己的小车。从小区门口出门左拐，过了红绿灯路口就可以直接上高架。只盼着不堵车，十分钟就可以赶到医院。而前方标识牌明确指示二环内八点至九点半车牌尾号3限行。迫于形势，我只得入小巷走小道。我暗自祈祷，今天小轿车可别都凑热闹往小巷里开。而我最怕的是两车交会，心是提到嗓子眼了。我已不是第一次与人发生擦挂，虽然后续的事情有保险公司，却也影响了一天做事的心情。不仅如此，还得抽空去修修补补。当然了，怪不了别人，怪自己胆子小，技术也没学到家。

在小巷子里绕得晕头转向了。好在，终于开到了大马路上。此刻，路冬篱也来了电话，此时，刚过了九点半。我舒了口气，像是一个成功爬出迷宫的虫子。

到了目的地，找车位也是个麻烦事，好歹停得也顺利。路一瑾在医院门口拿着手机来回踱着步子。我三步并作两步迎了上去，她冲我噘了一下嘴转身朝里走。我知她是特意来等我，也不与她一般见识。

"奶奶要是死了，你会哭吗？"在电梯上一直不说话的路一瑾突然回头问我。她的话让电梯里的其他人向我们投来奇怪的目光。

我能说什么，我点点头。

走出电梯，她突然一改往日挑衅的表情，停住脚步转过身语气极其凝重地说："你只是会哭，而我却想和奶奶一起死。奶奶没有了，我相当于连妈妈也没有了。"

死亡于我来说没什么可怕。谁没有一死，生离死别我面对的还少吗？我已经坦然的学会面对死亡了。我明白，这个世界没有人要注定陪你一辈子。

我断然没有料到路一瑾会一本正经的与我谈有关死亡的话题。她是不是应该和别人讨论，这样会显得更恰当一些呢？

或者，这与讨论无关。她只是以她的方式告诉我，奶奶对她来说是亲人，但对我而言是个外人而已。又或是，路一瑾瞬间在我俩身上找到共同点——我们都是没有妈妈的人？那么，我可以这么理解吗？我们有了对话的基础了。在她的眼里，我们两人一下子成了惺惺相惜的同一战壕的战友同志。这么比喻似乎有些过了。但是站在路一瑾的角度，此刻，奶奶的生命却是一场与死亡搏斗的硬仗。而她却只能束手无策袖手旁观。奶奶就是她闪光的小幸福，调皮的小任性，可爱的小雨伞——从小到大守护她的一个温馨的大堡垒。奶奶要是真走了，也就意味着妈妈也没有了，美好的童话世界瞬间就这么瓦解了。

我依然没有说话，我能做的只有沉默。此刻无论说什么，她都不会满意我的回答。她现在只顾沉浸在自己的惶恐焦虑当中——

奶奶还活着呢不是吗？我在心里说着。这才是真实的路一瑾啊，她在患得患失。

她此刻的样子让我悲痛万分。这不就是六岁多在上井村的我，八岁之后在民工子弟学校的我，十七岁之前在福利院的我么？哪怕是如今的我，不也时常会有瞬间念头，要是没有路冬篱，我该怎么办？爱也好，恨也罢，总之他就是我的全世界。

我走过去抱住了她。我很惊讶自己的举动。她静静地没有动就那么让我抱了几秒，挣脱出来，说："我对香水过敏。"

哎，我哪有洒香水啊？随她说呗。我心里暗自笑着，这时却见路冬篱搀扶着老妈走了过来。

"没事吧？"我们迎上前去。老妈气色灰白，眼睛无神眼皮耷拉着，脚步颤巍巍的每移动一步似乎费了老大的力气。

"你把妈背着。"我说，接过他手中杂七杂八的药单检验单和药品。

"还有个检查结果要下午两点才拿得到呢！"路冬篱蹲下身把老妈背上。

"现在干啥？"

"住院部去。医生让先观察几天。"

"小心点，走慢一点。"到了自动电梯口，路一瑾大步跑过去伸手扶着路冬篱。

想不到这小家伙还挺细心。

在住院部安妥了老妈，路冬篱催促路一瑾上学去。我这才想起今天不是周末，不用说，显然是太紧张奶奶了，借机逃课了。

"过了今天再说。"路一瑾态度坚决的样子，"我要等检查结果，我得搞清奶奶是啥情况啊。"

"让瑾儿留在这儿。"老妈说，"她在这儿，我心里踏实。不就是一天的课么，花个时间补上就行了。瑾儿是个聪明的孩子！"

老妈这么说，路冬篱还能说什么呢？路一瑾像个小狗儿趴在奶奶旁边娇嗔嗔地说："奶奶，你要好好的。我长大了还要好好孝敬你呢！"

趁她们祖孙你侬我侬之际，路冬篱拉我走出病房，心事重重的样子。我不敢猜测他会告诉我什么？

"这几天就拜托你好好照顾妈妈，她在世的日子不多了。"

老人的状态我是看在眼里，要说与死亡联系起来我真没料到。人年纪大了，身体机能衰退，三天两头的往医院跑这也是平常的事。但路冬篱妈妈平常精神抖擞，打麻将跳广场舞外出旅游可一样没落下。每年的健康体检，除了老年人的小毛病也从没有听说身体哪里有啥大问题。

"怎么这么早下结论？还有结果没出来呢。"我同样心乱如麻，"现在有些医生尽是吓唬人，小病小灾让你又住院又吃药。"

"那是我骗妈妈呢！医生说了，胃癌，低分化腺癌。"

年前还吃嘛嘛香！我想着。怎么就是胃癌了？

"是我太大意了。年初就听说她胃上有点不舒服有几次疼得睡不着觉，她不想让我担心都没敢告诉我，而是自己捡了几服中药调理。前段时间，听瑾儿说，奶奶今年瘦了，我还说千金难买老来瘦。而我也是忙，我要是抽空回去看看她不至于拖成这样。我真是不孝！"路冬篱抑住情绪的同时手不住地颤抖，在死亡面前，人们都是脆弱而六神无主。只等老天施舍突然高抬贵手。没人知道老天在想什么，为何让人生却又让人死？

"安排了手术日子吗？"

"下周一。"

"怎么这么晚啦？"

"这还是找了熟人。七十多了都不敢化疗。一是化疗意义不大，二是她身体太弱怕承受不住走得更早。"说到这儿，路冬篱眼睛湿润了，紧紧拽着我的手，"我们唯一所能做的，现在就是寸步不离地在她身边让她高兴。"

"老妈有什么未了的心愿吗？"

听我这么一说，路冬篱顿了一下，看了我一眼，似乎有话要说却欲言又止。

"进去吧——我们一直待在外面，她会怀疑的。"

我用纸巾抹了抹他的眼角，路冬篱强作笑颜拉着我进去。护士这时进来开始为老妈输液了。

"这是什么液？"路一瑾问。

"止痛的。"

"轻点，我说你轻点。"路一瑾一边叫着，如同扎在自己身上一般，蒙住眼不敢看，把护士弄得不知所措。

"不怕，不怕。"老妈笑着，"一早你们都没吃东西就跑到医院来，快去吃点东西吧。不用守着我。有事我会按铃找护士就行。"

"我去买。"看不出路一瑾在关键时刻是个有担当的孩子，她说，"老路，你好好看着奶奶哈！"

瞬间懂事的路一瑾让我心里一下子涌上了更多的酸楚。我想起了小姨，她重病临终我没能守候在她的身边，小姨一定死不瞑目了。

不一会儿，老妈睡着了。路一瑾也提着一些吃的回来。眼睛红肿，定是哭过了。她是不是也明白了奶奶病情的真相？

我一直在医院陪着路冬篱到了晚上六点。其间，路冬篱围绕老妈的病在医院各科室里来来去去，手中的来电让他焦头烂额。工作业务上的事一波接着一波。

路一瑾趴在床边眼看着要睡着了。噢！天啦。我突然想起了阿波罗。

"要么我回去一下，要么瑾儿回去。"我说，"阿波罗没人管，家里一定被他闹翻天了。"

"我不！"路一瑾可不是一般的倔强。

"书不读啦？你这个时候可不能添乱。回去好好休息，明早乖乖回学校上课。我会给你们老师打电话的。"路冬篱耐着性子把路一瑾拉出病房外。

她还是老大不乐意，一声不吭地杵在那儿。

"给我拿件外套和洗漱用品。另外，把阿波罗送到宠物店去寄托。"我也一边不忘嘱咐，"还有，电脑一定要给我拿来。"

"这个时候能不能不要写那个破小说。"路冬篱小声冲我吼着。

"啥——破小说——"这小说的任务是你路冬篱下的硬性任务，每天写多少字甚至啥时候截稿都规定得清清楚楚！行——你大爷！我费了九牛二虎之力咽下这口气。权当我耳聋。可我明明是听到了，那么就当你放了个臭屁吧！

我一定要理解你的心情。我理解了！

之前，路冬篱妈妈以为只是住院观察休养几天。随着剧痛频繁袭来，药量的加重以及听了马上要手术的事情，她似乎明白了身体真实的状况。

在手术前一个晚上，她突然把我叫到床前。

"夏兮，跟着冬篱觉得亏不亏？"

说老实话，我不明白这句话背后的真正意思，不知如何作答。

"他没结婚，就养了个孩子。这孩子和你一样，没妈妈。你们都是苦命的人，以后，你要答应我好好地待她。"

"当然会的。"我叹了口气，想起自己肚中的孩子，"世事难料，冬篱他不愿结婚，最终照顾瑾儿怕是轮不到我。"

"没有人比你更有资格，你和瑾儿都真切地体会到了妈妈不在身边的痛苦。你们一定会合睦相处的。"路冬篱妈妈笑了笑，"我会让他改变不结婚的想法。"

"我有个问题想问您。"我突然冒出自私的念头，既然路冬篱老妈可以改变他不结婚的想法，是否能让路冬篱顺理成章把生孩子这事也一起办了？

"冬篱为什么不愿意结婚？也不愿意生孩子？"话一出口，我就后悔了。显然老人是不知道真相的。或者知道了真相，也怕是不方便告诉我。做母亲的人首先定是站在亲儿的立场考虑问题了。

听我这么一问，老人的笑容一下转淡了。果不其然，她似乎有意回避我的问话。这时路一瑾背着书包进来，老人两眼就只顾盯着宝贝孙女了。

哎，看着眼前这个在死亡线上挣扎的老人，我不禁暗自惭愧。此时此刻我怎么能借机为她添加烦恼？但是转而一想，我怀孕的事本来是喜事啊。告诉她是最好。这样一来，不需要直接告诉路冬篱，避免我和他直接激烈的情绪碰撞。另一方面，通过他病床上的老妈之口，给他一个缓冲的机会，让他慢慢接受这个事实！

试试吧！

我瞟了眼路一瑾，如看到门窗上停歇着一只可爱的蝴蝶，压抑着惊喜却用平静的语气问她："如果有个弟弟妹妹，你喜欢吗？"

我说这话时，老人突然定定地看着我，表情中难辨惊喜。难道她听出了我的弦外之音？

"有阿波罗就好了。"路一瑾说这话时，拿出口中的棒棒糖，顿了顿，警觉地看着我，"难道你怀孕了？"

我笑着点点头，冲老人说："妈，我怀孕了。"

祖孙俩的脸色在同一时间不同程度的发生了变化。路一瑾像喝了一碗醋，嘴边的肌肉抖动着，突然一下紧紧地咬着下嘴唇把手中的棒棒糖扔到了垃圾桶。

老人的表情让我捉摸不透，似笑非笑，浑浊而惊讶的眼神意味深长，那模样如一个拿着放大镜的考古学家窥探出了一个假冒的青花瓷盘。

这时，路一瑾手机响起，她接通了电话，第一句话便是："爸——孟夏兮怀孕了——"

她的行为让我感到自己像一只被众人驱赶的马蜂，自我防御功能拉响了警报，身体里的毒刺蓄势待发————

我站起了身看向老人，她却扭头闭上了眼——

"喂——爸爸——喂，爸爸你说话啊——"

我紧挨着她站着，我也听到了电话那头传来的忙音，尽管他的态度我心知肚明——有路一瑾足够，再来一个，这个家就成了儿童乐园了。可心里还是抱有一丝幻想，渴望他听到这个讯息有正常男人的正常反应。

在很多种情境下，路冬篱是我的一张白白净净的画纸，我爱把五彩的幻想美美地涂鸦上去。

我的画技太拙劣，总是画不好，擦掉又画画了又擦。如此循环着！

你注定不受欢迎吗？我下意识摸摸肚皮，暗想，我肚中的孩儿也是奶奶的宝贝呢！为何您可以一边千叮咛万嘱托地交代我照顾没有血缘的孩子，而对亲生的却是如此的漠然？

换言之，我是多么的不堪啊！

我看了一眼周围，我意识到这是病房啊。我在心里数了三十秒，慢慢地走到阳台上去——

路冬篱晚上来到医院跑去与手术医生商量了很久，回来也只字不问我怀孕的事。他心事重重的样子，怕也是没心思问。一进门，指着路一瑾对我说："你守了这么多天，今晚我留在这儿。你把瑾儿带回去，她明天还要上课。"

路一瑾虽不情愿，但也一副笑脸跑去老人身边，脸贴脸的吻了奶奶，挥手说再见。

一路上，路一瑾的表现自不必说。不张嘴，看上去像是谁生的乖孩子，但只要开了口，就夹枪带棒的没一句中听的话。我的路路也够可怜！怨谁呢？责任当然在我。

想起阿波罗，定也是眼巴巴地盼着我们去接它。

通过阿波罗的寄养和路冬篱妈妈住院这个事情，才发现我们小区周边极不人性化。去哪儿都不方便！又是绕圈子。

终于是到了宠物店。阿波罗见到我们，委屈得眼泪汪汪的在我怀里磨蹭着。

路一瑾自然不高兴了，嚷着肚子饿，又唠叨着作业太多。

"这个节骨眼上，接什么阿波罗？"她说，"有了阿波罗，还怀什么孩子？我爸都没娶你进门。"

我哪里有心情理她。寻思着我们离开后，关于怀孕的事路冬篱母子会说些什么呢？他们母子为何一副世界末日见鬼鬼嫌弃的表情。

"我跟你说话呢？你的魂跑哪去了？"见我没有回应，路一瑾拍拍驾驶位的后背大吼一声。

不在状态的我被她这么一闹，握方向盘的手猛一哆嗦车子偏离了轨道，好在前方没有车辆，落得虚惊一场。

"你疯了？不要命了？"任她多闹腾路冬篱一次没舍得打过。这下我是没耐心了，这破小孩就是欠揍。今天下决心要好好教训她，要不然我是铁定不能在这个家待了。这么想着，心中气焰越蹿越高，管不了那么多，我加快油门在前方拐弯处把车子停了下来。

"你干吗？你不找地方吃饭了？"瞧，依然是目中无人的语气。

我下车拉开车门，伸手一把拽她下来。

阿波罗也随之跳下车来。

"看着我！"我问她，"我是谁？"

"不知道！"

不知道？

听她这么一说，我气不打一处来，一耳光便抡了过去。路一瑾没料到我会打她，依然用骄横的眼光盯着我："你这女人敢打我？"

"打你怎么了？不知天高地厚的东西。知道你没妈妈，没妈妈就了不起？这个世界上没妈妈的人多着呢。没妈妈就仗着奶奶爸爸要无赖？在这个世界上也只有他们会这么宠着你。没有他们，你试试，你就是一只蚂蚁。我现在就是要告诉你真相，别一天没事找事儿。都要是大学生了，赶紧学学怎么做人吧！"我的举动把阿波罗吓到了，它咬着我的裤脚撕扯着阻止我对路一瑾的责骂，"看看，连阿波罗都知道感恩呢！我欠你的，你要来使唤我？"

几个路人凑上来，不一会儿就形成了包围群。

"教育孩子要好好说，别打嘛！"有个老太太挤到前面来冲我说。

"谁是她的孩子？我没有妈，我奶奶现在要死了。"不待我开口，路一瑾反呛那人一句。她一直强忍的泪水流了出来，胡乱一抹就朝马路对面跑去。

"你给我回来！"我冲她的背影喊。

阿波罗不顾一切追了上去。

就是这样，意外往往是从天而降，没有预兆。我只能这么安慰自己，死亡不是终结，它是开始，是另一种告别！

次日晚，路冬篱老妈手术失败也上了天堂。除了路冬篱，我对于他妈妈临死前的一切一无所知。我们早已学会在对方面前掩藏心事。再说，我的关心和好奇心对他无关紧要。我们是否已经忘了如

153

何把体温传递出去？或者我们已经没有了拥抱的力气？

办理了后事，元旦来了。他说要去北京出差，那里有图书博览订货会。

在这个冬天我们彻底分房而睡。我们都需要一个释怀的空间，我们裹着悲伤的棉被辗转在各自的床上。

生活照旧，我们一切按规划行事。我依然在创作我的玄幻小说，在第二章里，路府的千金还是假小子一个，每晚做着同一个噩梦。

"后来呢？"

"没有后来！"娟子姐说，"男女间的事情无非就是那样。"

没有后来。

生死意外也从不落俗套。

"后悔吗？"怀沙问。

我说不后悔打路一瑾，你们一定说我铁打的心。但有什么机会可谈后悔？事情无法扭转，它已经这样发生了。

3. 路冬篱的桃花运

路冬篱和我商量，若创作稳定，到第三章时可以考虑把小说逐一传到网上，这样避免了一开始为了赚点击率，累得如老鼠没日没夜地啃骨头而抱着电脑奋战。

我们蹒跚地行走在自己的人行道上。

在路冬篱去北京的头十天里，我只要有空便会游走在成都各大甜品店。食物有稀释悲伤的力量，当我意识到这一点时我发现自己胖了两斤。

其实，我更想去"来吧"的。可我没有勇气！

切记，女人的悲哀便是在食物中堕落！若有人问我，你认为你身上最可怕的是什么？我毫不犹豫地告诉你，那便是我的感性和理性。这像是与生俱来，又像是后天炼成一般。

我很快振作起来。我是一个拔出了萝卜的兔子。

这个晚上十点，我的女主人公爸爸"路冬篱"悄然潜到莲蓬寺与女主人公妈妈"孟夏兮"见面被小姨"怀沙"发现的当口——我接到了来自乌山市的电话。

"我——我被路冬篱——他——他是个畜生——"

远方陌生的声音让我一愣，莫非是诈骗电话？

路冬篱不是去了北京吗？接到电话，我整个人凌乱了。

那女的电话还没说完，就被另外的某人抢了过去，声音像母狗的吼叫："你是他老婆吧。你要是不来，他的越野车我们就给废了。"

"老婆？"这两个字在我脑子里过滤了一下，路冬篱跟他们说我是他老婆？我马上说："车可以废，它不值几个钱。人也可以废，他要是真作奸犯科了，在姐姐眼里就更不值钱了。不过提醒你们，做这些之前，先等周围的人走完了，再把天网屏弊了。"

话说得太平，人却是全身哆嗦。是气恼还是害怕，实难分辨清楚。脑袋像被人抢了一棒槌。很奇怪，出发之前我还在心里叮嘱自己穿上有防水台的高跟鞋，这样走路平稳而且有气势。关键时还可以当武器用。我想，另外，我还没忘把"丽书"的风儿叫上。

第一次发现，我有临危不乱的风范。

"要我开吗？"风儿担心地问。

"不用。"我咬牙切齿地说。

我们的目的地是乌山体育场。

一个小时的高速还没难倒我。我让风儿在不远处先下车，交代她与我保持一定的距离远远地观察着，要是发现情形不对，立刻报警。

乌山体育场是这里有名的小吃夜市。顺河一边摆满摊点，灯火通明。我缓缓地开着车打量路边的人群，观察哪一个是我要找的人。

没多少工夫，我便远远看到了路冬篱的城市越野停在体育场桥头的路灯下。旁边，一窝人围着一个黄头发女孩七嘴八舌的说着什么。

这是"受害者"吗？这阵仗还真不小。想来，这些人是充当着军师的角色。

我想着。

这群人怎会如此安静？路冬篱可以确定不在车内了。他在哪里？我拨打着他的电话，却一直没有人接。

我开始急了。

"他娘的，不是人。你不是去了北京吗？"

我并没有把车开过去，而是远远地停在不远处给风儿打电话，引导她装成路人走过去听那些人说些什么。

不一会儿，风儿情况汇报来了。

"姐，那女的好面熟喔。像去年工作室请的一个打字员。干了没几天就走了的。路总不在车上，但是电话却丢在车上了。"

我脑子里一下闪出去年夏天收到的一条短信，那时，正是2008年汶川地震后三个月。

"孟姐姐，你好！你是大忙人一定不知我是谁。我就是你的一个小喽啰而已。我业务能力差，没待多久便被路总开了。话说，我的本行也不是文员。我是孝泉师范学校跳舞的。我姓王，叫王颖。路总平时叫我二王，因为我还有个姐姐，我姐姐是大王。听说您善良，所以求您跟路总说一声，让他把工资按时发给我。我等着这笔钱吃饭呢！"

我看了这条短信后，当时是怎么做的？

我的反应——我的反应——

对了，我满脑子都是小说情节的事。我当时就给路冬篱打了个电话过去，半开着玩笑，跟路冬篱说："年前妈妈跟你算了易经，说你有烂桃花。只要和女人有牵连的乱七八糟的事切记当心。别惹火上身，把工资发给她吧。"

"那个瓜婆娘吗？"路冬篱听了我的话，他骂了一句粗话，"她神经病啊！想钱想疯了。按照合约，一分不少的发给她了。她都没做满一个月。"

这就是我们当时的对话。的确是这么说的，我思维清晰起来。不过，此刻，我的脑子可不在小说情节上。那时他的语气多么公式化啊！一副按原则办事的模样，其实这卖力的样子正是欲盖弥彰，人家一早就暗度陈仓了。就算现在没有上前去与那女的当面对质，但可以认定这条短信绝不仅仅是讨要工资这么简单，第一，向我暗示她和路冬篱的亲昵关系？还二王呢！第二，挑拨我和路冬篱的关系。第三，恐吓路冬篱，你的承诺不对现，就让咱俩的事大白于天下？

总之，决不是上司下属的纯洁关系。

要是这样的情形，谈何把她怎样？两人一早暧昧，就算苟且的关系中止了一些日子，也是藕断丝连扯不清。

要是没猜错，路冬篱是偷鸡不成蚀把米啊。被这亲爱的二王反咬了一口。

看你如何收场！

我兴灾乐祸的同时无限的凄楚涌上心头，我到底是你的什么人啊？

同居伴侣？

工作伙伴？

我苦笑了，现在想方设法清扫垃圾的是我才对啊！我是清扫工。

"我现在过去。"我跟风儿说,"你看着办!"

我向那个女孩迈进,他们也看到了我。确切地说,他们的眼睛一直没有停止对我的搜索。他们焦急地等着我的到来,等了将近两个小时。

这无疑是贪婪的等待。若是想通过法律解决,应该早些报警才是。此刻装可怜也是有必要,但何须劳师动众纠结亲朋,还煞费苦心把我从成都叫到这里?

无非两个字:交易。

如何进行下去,我不得而知。

"王颖,原来是你!"我说。

"孟姐!"看见我,她激动地走上前来梨花带雨:"路总他把我——他把我——"

她举起手臂,让我看她被撕破的袖头。我再往下看,裤子完好的。

"把事情的经过跟我说说吧?"

不待她开始讲述,她身边的人你一句我一句便插了进来。

"人渣——"

"他妈的就是婊子养的。"

"他要是再不出现,我们就打电话到他单位。他以前不是做过记者吗?不是报道别人的不是吗?今天也让他尝尝自己被人曝光的滋味。"

这显然是故意制造混乱,搅乱我的理性思维。路冬篱你这个胆小鬼,可真是聪明。打不赢逃为上。你或许就在远方看着我。我敢肯定!

"叫他来吧!"其中一个貌似女人的男人推了我一把,胃中一股酸水往喉咙口涌上来。随之而来是剧烈的疼痛,我俯下身吐了起来。

"少装可怜。"

顾不上这帮人叽叽喳喳，我吐得脸红筋涨，好半天才说："真的，我也联系不上他。咱们报警吧！"

他们有那么几秒突然不说话，相互交换了一下眼色。

我接着说："瞧，你们一个个都在扮演受害人的角色。我也不是法官。王颖，我之前也收到过你的短信，也不想说你们有什么问题，因为一切靠证据说话。要论谁是受害人，关于你们的短信，我收集了厚厚一本呢！这要是上了法庭，我作为他的合法妻子，我就是原告了。我不管你告不告他。但我可以肯定的告诉你，你和路冬篱我是告定了。"我想，我也是疯了。我这天生不愿在丑恶嘴脸面前妥协的暴脾气，我大叫着，"路冬篱，你这个狗娘养的。去，报警！"

其实，当我大叫着报警，我就意识到自己太冲动了。只要没有见到路冬篱，我就无法分辨真相到底是什么。进了派出所，本是一目了然的事件反倒复杂了。

"你就是太过于信任他。"怀沙无数次对我说过。

不过，我可以明确我心里的想法，就算"仙人跳"是个诈骗的闹剧，我也不可能原谅他。我们信任的基础从这个叫"王颖"的婊子身上瓦解了，要想建立无疑是徒步上青天。

听到警笛声传来，警车来了。想是风儿报了警。车里下来三个警察过来问明情况。

那些七婶八叔们叽叽咕咕跟一窝肮脏的饿着肚子的鸡一样一拥而上。七八张嘴口水四溅，如鸡们抖动身上带有鸡屎味的雨水，好一阵恶心！但一般这种情况，人民警察都是以性别区分，女性此刻作为"弱者"占了优势。我作为"嫌疑犯"的老婆自然是处于劣势。

"你丈夫单位电话？"

我摇摇头。

"你丈夫朋友电话？"

我摇摇头。

"你是怎么管你男人的？"一个警察说。

我的初衷是想保持沉默，因为我也确实无话可说。但是我无法做到一言不发："警察叔叔，要不你教我怎么管男人，好不好？"

"哎哟——这么断案的话不到处都是冤案？"一个溜狗的老婆婆过来看热闹，"做老公的是不是都要把老婆的电话本背个滚瓜烂熟啊？"

我一介良女被当作"女囚"押上警车了。

我人生的很多个第一次是托路冬篱的福。这次也不例外，参观了派出所的值班室和厕所。我也领教了他们是如何民事刑事和稀泥的。

终于，在一位朋友的陪同下"犯罪嫌疑人"路冬篱出现了，在漂亮的接受了被害人亲友团抢过来的一记响亮的耳光后，警察叔叔开始进行调解。

双方登记。

王颖已摆出哭哭啼啼的姿势，她所谓的姨妈也加入到哭诉行列中来。

"去年地震，他到山上去采访就认识颖颖了。那时候，她还在孝泉读书。有空就开车接送，十九岁生日还特地给她办生日酒。"

路冬篱，狗日的。我在心里骂着。

"听了这么多，都是你情我愿的事。窈窕淑女君子好逑，王颖你青春年少，别把屎盆子往身上扣。"我站起来，冲煞有介事的拿着笔杆子做记录的警察说，"当事人来了，我就不奉陪了。"

我已经对结果不感兴趣，就如娟子姐说的："不就是那些男人和女人的屁事么？"

我从派出所的长椅上起身的那一刻，我突然想着：玄幻小说还写么？'路路他爹出轨'要不要写进去？路冬篱，你等着。妹妹我给你凑个高潮数。

次日，路冬篱回来了。那模样身正不怕影子斜似的，端坐在"丽书"的门前喝着咖啡。没有阳光，只有寒气，这姿势是给谁看呢？

这算完了吗？那我算什么？我很好奇他如何摆平了那个女人。但无非一个结果，利益！

"你这个裂了缝的臭蛋。"我自语着给风儿打电话叮嘱，别忘了你是谁的人，别为某些人跑前跑后。

说实话，我不在意他在外面是否有人了。而是在意自己被欺骗和玩弄。爱情没有先来后到，更没有谁对谁错。若性质与爱情无关，那他是不是应该为此而付出代价？总之，我是一条筋钻进了死胡同。

驻足与守望我怕是做不到了。

时光如风，匆匆滑过天际。

"阿波罗！"我摸了摸案头的四方小木盒子。目前这世上唯一对我忠诚的家人，它已经为它的小主人献出了生命。

就在那个晚上，在路一瑾冲过马路的瞬间，那辆面包车迎面而来，我的阿波罗拼尽全力把她拱倒在了一边。

有人说，曾经你有多自卑，脆弱，你的白日梦就会有多大！所以，在爱情这个白日梦里，看似强大的我，是多么的卑微。

"我怎么没完没了的憧憬着？"我自言自语，"我的梦醒时分在哪里？"

泪水无法预见地从我的眼眶决堤了，敲键盘的手停了下来。我的舌头尝到了一丝血腥味儿，我知道我咬破了嘴唇，我怕克制不住叫出来。我的力量似乎也止于此，我不能继续坐在电脑面前了。从柜子里忙乱地找出饼干，我需要咀嚼。只有食物才能让我的情绪略微放松一点。

"你在想什么？"怀沙问我。

我无助地摇了摇头，那一刻，我没有与人交谈的能力。我会做的只有摇头了。

我又开始吐了。我想是我强迫自己吃得太多。

"我的宝宝。"我吐得有点虚脱，肚子里宝宝在踢我？她在抗议我虐待她吗？哎呀！可不是，那些或许是过期的饼干。

我担心把孩子给吐没了，我要去医院。

"去哪里？"见我冲出工作室，路冬篱跑过来问。

"到附近的妇幼保健院。"我没有装作不理他，孩子可是大事。我说，"赶紧送我过去。"

他一听，脸绿了。转身便回到椅子上坐下，稳如泰山的模样。

这个残忍的家伙！

妇幼保健院对孕妇的检查果然详细。问诊完毕，一切常规检查逐一来了一遍。

"多久没来例假？"医生问。

"四个月了。"

"你没有怀孕。"医生似乎怕扫了我的兴，用小心的语气遗憾地说，"你只是停经了。"

停经了？我有点发蒙。我不过才三十六岁，我真的早衰了？此刻，我的胸口如一面鼓被一双无形的棒子不停地敲打着，我呼吸急促一口气上不来晕了过去。

很快我就苏醒过来了，却不敢睁开眼睛。怀孕事件该如何收场？我跟路冬篱怎么讲清楚这件事呢？没有比这更窘的情形了，犹如被人捉奸在床。路冬篱听到这个消息一定高兴了？

我有何颜面见他？我从床上跳下来。可不能让他笑我，听说是假怀孕，他该有多得意？要命的是我还停经了？这真是无地自容的事。

不甘心，我为什么会停经呢？我这么快进入更年期了？我心里在流血。

"这个停经是暂时性的，吃点药就调回来了。"医生叹了口气，笑着，"多种原因都有可能造成停经。工作上的压力生活上的压力都是诱因。"

我似乎明白了些什么！

"我没有绝经！"我舒了口气，我还是可以生孩子的。

"你这个怀孕乌龙搞得好笑。"医生无奈地摆着头，"你又不是十七八岁，发现停经应该早些来医院做检查才是，也不至于空欢喜一场。"

"我肚子胀了起来，经常恶心呕吐，又没来例假，自然就往怀孕上想了。"我羞得满脸通红，"肚子里像是有小孩在踢我呢！"

"肚子胀，是因为你常期久坐不运动，就会有气体在肠里蠕动。恶心呕吐通常是假性怀孕的主要特征，多数会在初期进食过多营养食物，在这种情况下，短时间之内小腹会不断突出而被误为怀孕。就算怀上了，三个月怎么有胎动？当然，如果子宫内长了许多子宫肌瘤小腹也会突起。B超已经排除了这个的可能。"

我垂头丧气地往医院的停车场走着，压根没有看到路冬篱深一脚浅一脚地跟在后面。当他先一步打开车门，我想，他是全都知道了。

"我跟曾善美讲了。"他发动车子，"她建议你放下手头的工作，好好休息。"

"谁允许你跟她讲了。她是我什么人，什么都跟她讲？"他的做法瞬间点燃我压抑的怒火和委屈。

"她不是我们的朋友吗？她不是你的心理咨询师吗？"

"心理医生帮人生孩子吗？话说，她是你的朋友，不是我的朋友。"

"你怎么不讲理。"

"那我跟你讲讲理。你觉得我是因为写作压力才会假怀孕吗？实话跟你说，我们这种莫名其妙的关系让我受够了。"

"好吧，我们先冷静！"他说。

这就是他从"北京"归来后的回应了。

4. 路氏"顾问"曾善美

该说我什么好？

有时候真分不清是喜欢曾善美这个人，还是喜欢她咨询室的躺椅。去她那里的次数越来越多，躺在那里不说话，闻着百合的芬芳，听着不知名的轻音乐。看着落地窗前白纱被窗隙的风挠来挠去，阳光在桂花树梢上飘飘忽忽，屋里的白墙浮光掠影，如电影的蒙太奇画面。

淡淡，徐徐的暖意在屋子里荡着。

曾善美开始喜欢不断地嚼着口香糖。她说，她虽然是心理咨询师，她一样有强迫症。临近下午她必须要嚼一片口香糖。而我正好相反，我喜欢嚼几丝干的绿茶。

她照例倒一杯白水放在我面前，然后问我，是否可以录音。见我摇头，便坐在我的对面。

这工作还真是轻松，只需要两只耳朵。但也可怜，这耳朵得规规距距地不能开小差。病人说了什么，她得心里有数，多少给点建议。

好多病人和我一样，我猜，也就是来发发牢骚，把心理咨询师当成是垃圾桶吐下心中污秽。然后水也不喝，提包走人。

而我大部分时候，其实啥也不想说。就是躺在那里，脑子如一个空荡无人的客厅。没有了路冬篱，生活似乎也没有改变什么。只有一样，孟夏兮工作室关门了。这样一来，工作少了唠叨少了，不和路一瑾拌嘴了。

就是这些。

真相有时候无非就是那么回事。一旦拆穿了，你会失望会惆怅会遗憾。我要是一早明白这个道理，我就不会钻牛角尖。不过，并行的两列火车它究竟能同行多久？依然逃脱不了在某一个交叉点分道扬镳的命运。天堂也好，地狱也罢。不就是个传说么？

洛春迟说："与其在天堂做仆人，不如去地狱做统治者！"

《失乐园》约翰·弥尔顿的话，我再熟悉不过。

洛春迟继续说："寂寞中爱上一个人有什么错？你按你的方式活就是了。"

这个下午，我睡着了。

醒来，身体轻松了许多。曾善美拉着我的手说："人们都想拥有自己不能拥有的生活。就跟男人以为自己的女人不是最好的一样。女人也是一样。不要沉陷在过去，珍惜眼前，把握当下，好好生活吧！"

这话没错，道理响当当的，可听多了就烦。

不要再去想和路冬篱的过去了，可那些纠心的事总操控我的思维。有什么值得去耿耿于怀的呢？或许我没有发现美的眼睛，看不到他的好。在你们的眼睛里，看到的都是路冬篱的曾经与沧桑。同样，在我的文字里除了他和别人的事，我和他几乎没有可以拿出来让我能精雕细刻的回忆。在他的故事里，我永远都是一个过客！而我所能呈现给你们的只有一些碎片！

在一个没有预约的下午，放下文字的我经过曾善美的咨询室。透过落地窗，我看到路冬篱躺在我躺着的那个位置。我远远的注视着里面的一切。半个小时后，路冬篱站起身，曾善美也从沙发上起来，她没有跟我那样的格式化，她笑着拥抱了路冬篱。路冬篱也笑着挥手与她告别！我和曾善美建立的信任感一下子消失了。

待路冬篱走后，我敲开了曾善美的门。

对我一言不发地突然出现，她显得一点也不惊讶。

"还是清茶？"她问。

"为什么？"

"我们是朋友。他需要我，就这么简单。"

"可你是女人。"我说。

她反而笑了，却不接话。她的态度让我觉得自己被小觑。

"我们两个都成了你咨询的对象，你的专业操守呢？就算你说的，作为朋友，他需要你。但你更应该知道，亲疏之分。你能保证你给的建议都是理性正确的？"

"这一点我承认做得确实欠妥。"

"但是你做了，我无法再信任你。"

"可我信任你。"曾善美叹了口气，"我这么说，你一定会以为我在找借口。但确实是因为你的原因，我才会接受冬篱的咨询。"

"什么原因？"但凡与路冬篱有关的信息我怎肯错过。

"你怀孕后，他对你不冷不热是不是？"

"是。"

"他还出轨了是不是？"

"是。"

"你耿耿于怀的是他迟迟不与你结婚，是不是？"

"是。"

"你对路一瑾一直抱有好奇，是不是？"

"是。"

"就是基于这些，他跟我讲了真实的原因。可这些原因我却不能跟你说。跟你讲了这么多，我已经——"

她问，我答。我想笑，却笑不出。那些我一直纠结的事情，曾善美却了如指掌。而我，还像个傻傻的乖乖狗，忠诚地按时上门做着所谓的咨询。

一时我感到曾善美的可怕了。她像天外的第三只眼洞悉所有事情的真相。

"别说了，再说你错得更多。"我只有粗鲁地打断她的话，"请别再扮假好人了，恶心！"

我硬生生把那句"变态偷窥狂"吞回肚里。

回到路家，路冬篱破天荒做好了饭菜，献媚地看着我。

"以后要偷食，请把嘴抹干净。"

"哪有啊！"路冬篱装得天真无邪，听不懂我的含沙射影，"我盼着你回来和你一起吃。"

"刚踩到了某人的大便，恶心。"我说完，钻进房并关上门。

"好了，别生气了。快出来吃饭。还记得我第一次给你做饭吗？"他敲着房门。

见我不吱声，他接着说："曾善美跟我说了。我们是认识十几年的朋友，不能聊聊天吗？"

他永远只关注自己的内心，永远只站在自己的角度考虑问题。

我打开房门。

"这是聊天那么简单么？她是心理医生没错。但在我眼里，她还是一个女人，你与她分享秘密，分享欢乐和痛苦。甚至包括我的隐私。你出卖了我对你的情分，你的举动无疑于赤身裸体一丝不挂地与其睡觉。"

"我作为一个男人，不想心爱的人看到我的懦弱失意和无助。我想给你的感觉一直是安全可靠强大的。我没想到弄巧成拙，我会与她保持距离的。"

"你们哪里有什么距离？她像个影子存在于我们的生活，比我更了解你的一切。现在，你的这位朋友对我来说就像我眼中的沙子那么碍眼！"

"那你说怎么办？"

"凉拌！"

是的，我开始采取冷战的方式对他不理不睬。我永远只会这样！这其实是很讨厌而不积极的没有建设性的处理方式。

"恨铁不成钢，何必在一棵树上吊死？"怀沙说。

次日早上，在洗手间的门上我看到路冬篱留的字条：

"其实，男人也需要安全感。你在我这里寻找这样那样的自在和安好，而我呢？想想，其实我对你也一无所知，我不知你为何不爱笑？我不知你发呆的时候，心灵朝着哪个方向？"

细想，他确实不止一次问我："上井村好玩吗？我们要不要一起去看看。你妈妈是怎样的人呢？我们要不要去找她？"

"半斤八两。"怀沙又说。

是啊！我们都背负着自己不如意的过去。才会极力苛求现在的生活坦坦荡荡。

狄金森说：

我本可以容忍黑暗/如果我不曾见过太阳/然而，阳光已使我的荒凉/成为更新的荒凉……

应该是从这一年开始，或许更早，他的身体不再需要我的抚慰。而我，从情感上也不再期待从他那里得到太多。

除了工作上的关系，我们甚至懒得说上一句话。他知道我在写什么，却不知我在想什么。我知道他在忙什么，却不知他在干什么。

在外人的眼中我们不仅是最佳拍档还是最佳情侣。

随着阿波罗的离开和路冬篱的桃花事件，我和他距离越来越远。

第五章　你不可能深入我的悲伤

1.　"高人"娟子

2013年的春天我都干了些啥？

我的情绪逐渐到了冰点，没有了阿波罗，我的日子在云里雾里中度过。我甚至感到写作成了我消磨悲伤的可耻理由，事实上，就是酒入愁肠愁更愁。可我依旧要阳光灿烂地在众人面前，在读者面前，如失去味觉的厨师做菜一样搞得煞有介事，有滋有味。

我还是个作家吗？

如果写作成了我不堪重负的任务，让我陷入更多的悲伤中，那我还有写作的必要吗？

我要吃大量的安眠药才能入睡。

我决定搁笔自救。第一件事把玄幻小说的网上连载草草结束：路瑾瑜精力耗尽死在战国男主的怀里——

没有大团圆结局，现代白富美惨死。结果可想而知，换来网上骂声不断。

路冬篱不再如以往那样对我吹胡子瞪眼，或许他觉得这才是我的本性，不妥协。

结束了所有的文字工作，我以老板娘的身份成天待在书吧，协助风儿做甜品、咖啡。主要的还是收银！他在嫌我添乱。我知道，我从他的表情中读出他不乐意的样子。

我无聊地坐到一边，捧起书本。其实那段日子，手中的书成了我的道具。这样，我不至于让旁人觉得奇怪，让自己显得无趣。我就算闲散，也要看起来那么充实那么的自在。

我的身份彻底转变，成了名副其实的傍着"文学大款"的伪文人。

做了半月的老板娘之后，定期送狗粮的人打来电话，通知铺面转让，狗粮不会再送了，让我去找别家。

"四个月差不多了，姐姐。该缓过来了。"怀沙说。

"如果哪一天我彻底忘了你，你会开心吗？"我反问怀沙。

"不会。"

"对啊！阿波罗会和你一样的心情。"

然后，我镇静地给娟子打电话，告诉她阿波罗的死讯。

她会怎样？

脑子里浮光掠影，闪过很多她伤心的画面。

"死了——"

我只听出了震惊，再挖掘不出其他色彩。就如有人常说，真正的悲伤是没有眼泪的。

路冬篱四个月来第一次用庄重的眼神看着我，他走进吧里开始收拾我的皮包，然后一手拉着我要送我回家。

"满屋的狗粮你得收拾收拾。"路冬篱把我塞进车里，这时娟子来了——

我们开车在周边小镇兜了几天，一路上说些有的没的，她也不提秋实。

其他不了解，但我明白她和我一样不开心！

在一处农家乐我们停下来决定在那里吃"烧鸡公"。我在笼子里选了一只叫声响亮，尾巴翘得老高的。

"磨刀嚯嚯，不知死活。"娟子点上一支烟，"临死都不屈服的公鸡。"

"把它尾巴的毛给我。"我对那位农妇说。

"做鸡毛掸子吗？"农妇不解地笑着自问自答，"现在这东西到哪儿买不到啊！"

这女人有趣！我在心里笑着，看她麻利地把鸡头扭向一侧，一边几把扯掉鸡脖子上的细毛，手起刀落，娟子吓得跑到一边。

我满意地看着鸡扑腾几下，血流了满满一碗。

农妇去拔鸡毛，回头瞅着我们热心地说："现杀现做，等得要久点。你们在果园里转转，不会闷。鸡很快也就上桌了。"

"敢吃肉吗？"我故意问。

"去！"

"我小时候就学着杀鸡了。"我说。

"我知道。"娟子随口说。

"你知道？"

"猜的。"她笑。

"现在有男友吗？"我问她。

"算是吧。"见我没弄懂的样子，她继而说道，"就是有需要了，凑合睡睡。"

"夫妻久了，很多不离婚，也都是凑合着过，是这样的吗？"

"想是吧。要不然哪有那么多的婚外情。"娟子吸完最后一口烟，把烟蒂弹开，动作帅气，"这一路够折腾的，为了谢谢你陪我，回成都我犒劳你，我们去做油压按摩。"

"好的！这骨头确实要松松了。"

我们在果园里溜达着走到外面的田埂上，周围有庄稼，草莓地。

娟子给我说起她的故事。

"我只是怕杀鸡而已。"娟子说，"我和你一样是农村姑娘。"

我静静地听着，看到一朵野花顺手采给她。

她眉开眼笑。

我开始竖起耳朵，屏气凝神地看着她。这样的状态，犹如偷袭兔子的狼。是的，我就是盼着娟子给我讲点啥。我潜意识里似乎认为与娟子走近，就更能了解秋实了。或者我需要的就是她这样大气睿智让人身心舒服的朋友。

"我爷爷是冬天死的。"娟子说，"我发现，生大病的老人在冬天不容易挺过去。"

那年的冬天，爷爷熬不过支气管炎的折磨，过世了。吝啬的父亲为了一点彩礼钱就给订了门婚事。娟子逃婚成都。初中都没有毕业，找不到合适的工作，自然什么活都干了。最后到了一家宾馆做了服务员，清扫是她的工作。虽然钱不多但很快乐，拿着拖布哼着小曲在宾馆上蹿下跳干得不亦乐乎。

"村里有个姑娘叫小芳，长得好看又善良，一双美丽的大眼睛，辫子粗又长——拖地时就爱哼李春波的《小芳》。"娟子开始拿出香烟，眯着眼点上火，"没多久，有人来找茬。"

"小声哼哼都有人投诉么？"

"声音不小但也不大。"娟子说，"宾馆的隔音效果就是差，早上七点多钟唱唱歌，干活有精神。没想到吵到一位客人。"

那客人三十岁的样子，穿着睡衣睡裤光着脚冷不丁出现在身后，睡眼惺忪地，苦着八字眉说："好烦了——从我住进来开始你就天天唱这首歌，大清早非得把人吵醒。你就只会这首么？能不能换一首。"

这男人吓了娟子一跳，胡子拉碴的样子很憔悴，一边打着哈欠，没待娟子反应过来，他就往房间走，还不忘交代："要唱，就换一首。"

娟子火了，心想，我偏不呢！小声点不就行了嘛！

次日大早，她压低嗓门准备开工了。拿着拖布撅起屁股歌才起了个头，肩膀就被人拍了一巴掌。

回头一看，那男人还是昨天的装扮，瞪着眼锁着眉一副要吃人的样子。

"我这不是还没唱完一句吗？你这人。"

"我让你换一首。"

"不换。我就喜欢这首。"

"我看你就是啥都不会唱吧？"

"谁说我不会唱了？"娟子那时年纪小，爆脾气，把男人的激将看成是鄙视，抹布往地上一甩，一首首就唱开了。男人呢？却笑眯眯地也没进去睡觉，快乐地靠在墙上，支着脚做起了听众。听完一首，还不忘拍手叫好。

当唱到第三首的时候客房门接二连三地打开了，男的女的伸出头来抱怨。

有个女客人毫不客气，叉着腰走出来就开骂："一个扫地的找不到舞台把这儿当歌厅了。"

娟子缓过神来，知道失职了，赶紧红着脸接着干活。

"你跟我一个男的都干得起来，跟女的就怵了。"待所有人都进房了，那男客人却还杵在原地不屑地冲她嘀咕。

娟子刚刚受了一茬气，如今再次被这男客人嘲讽，便打算抹布一甩胸一挺想和他干一仗，但是回头一想，忍了。毕竟错还是在自己，闹下去保不准饭碗给弄丢了岂不是得不偿失？便又埋头干起活来。

男客人见她像霜打了的小草不吭声，便无趣的回房关上门。

娟子讲到这里不说话了，像是陷入了更深的回忆中。她看着远方，吐着烟圈，叹了口气。我以为她要讲下文了，但是她沉吟片刻，却没有说话。我发现她眼睛有点湿润。我想我错了，她是思念着谁了？她侧过身子换了一只手夹着香烟，用右手捏了捏鼻梁骨，我发现这是她沉思时的习惯动作，她似乎在酝酿下面要讲的事情该怎么表述更为恰当。

那么，这个男人——

我守候着，我只能这么说。我不是等待她给我一个故事情节。我等着她平缓过心绪，祈祷着头顶飘浮的云朵捎走一些倔强的不愿逝去的往事——

"哈哈哈——大作家——"她说话了，而且大笑几声，有点自嘲的味道："大概你已猜出那人是谁了？狗尾巴草一样平庸的故事。"

我点点头又摇摇头。看着脚边的狗尾巴草，这还是我童年的好伙伴。

要说哪里最多，当然是庄稼地里。

刚长出来时只有细小的一两片小叶，弱不禁风的样子楚楚可怜。但要是下了雨，就像女巫给它施了魔法，便茁壮茂盛得让你不可想象。爸爸妈妈们没少在地里为它们犯愁。

虽然根须细小，你要是拔得不彻底或是拔完了仍然扔在地里，何需雨水，只要一夜微露，它们就像壁虎的尾巴可以再生一样便复活了。再过些时日，便开始铆足了劲儿的生长，一根细长的穗便开始结满了千百颗籽粒，毛茸茸的摇曳在风里，仿佛调皮的小狗在抖动着尾巴。就是这样，它们拥有着顽强的生命力！

"小时候，有两样东西我最喜欢。"我说，"一是不凋花，二是狗尾巴草。"

"不凋花又好看又可以止血。狗尾草可以干什么？"她不解。

我不语，走了两步到田头扯起两根大约高60cm，基部茎达7mm的狗尾巴草。然后两根小穗头交叉用嘴巴含着，两根由细到粗的柔软的老茎向上弯曲成圆弧度戳在眼皮上面。如此，面部瞬间变成夸张的抽象的什么小动物了。

"嗯，我们小时候也是这样玩的。"娟子笑着说。

"对啊，农村孩子也是有不少玩的花样啊，要不然童年不是很无趣。"我说，"它虽是杂草，甚至寄生很多害虫糟蹋了庄稼，但我们也残害了它们。按人类生存的法则，它们不可活，你看，人家就是要活嘛！所以，不能小看它们吧？娟子姐，我从来没有小看你！我和你都要有狗尾巴草的这种精神呢！任谁践踏都不怕！重新来过嘛！"

"哟呵——果然是作家，说话一套一套的。"娟子打趣我了，能让她开心真好！我想着。

故事继续。

当天，娟子被宾馆"炒鱿鱼"了。那得理不饶人的女客人早上起来后还不忘提出宝贵的意见，顺便把娟子大清早引吭高歌的事添油加醋告诉了老板。

事实如此。娟子没有辩解，更没有恳求。离家半年，想着该是回去的时候了。

"爸爸打死我，我还是要回去的。"她抬高了嗓门，一改平和的口稳用严肃的语气盯着我说，"你是不知道我那老爹，就因为我是女儿才下得了手。我这皮糙肉厚的，就是被他揍的。"

她提着行李在宾馆楼梯的拐脚处，那个男客人却出现在她的眼前了。

"我那里需要人。你去不？"

娟子哪能把他的话当回事儿。这好好的工作突然就丢了，不就是这个人鼓捣的吗？她没理会，径直下楼。

"我可以推测一下吗？"

"好，你说。"娟子点点头。

"这人虽然不可信，但是在他的穷追不舍下你决定还是再信他一次。所以你最终跟他走了。他给了你什么工作不得而知，他不会成了你的男人吧？"

"小妹儿，鸡煮好了。"不远处，农妇的呼唤打断我们的话。

在听娟子讲述的过程中，我们溜了三圈果园，又从侧门出去走了几圈田坝。故事没听完，鸡肉香四溢。

娟子丢掉香烟："走，先吃鸡。"

突然想起了妈妈。

没有成都的土鸡和上井村的水，她在江苏能否做得出这个味道？怕是没机会做，江苏人不吃花椒和辣椒。

这么想的时候，突然觉得那农妇怎么就那么眼熟呢？原来与妈妈眉眼极为相似。

我们在银杏树下吃饭，娟子要了瓶啤酒。"呼哧哧"鸡骨头吐得满地都是。差不多时，两个豪放女准备结账走人！这回轮到我开车了。设好导航，待我发动车子，有个小女子跑着过来，扔进来一个鸡毛毽子。

看我不解的样子，大声说："我嬢嬢说你要的。"

喔——原来她知道我要的不是鸡毛掸子！

"真好！这农家乐吃鸡外带送鸡毛毽子。"娟子说。

我们一路的思绪在风尘中飘荡。娟子讲，小时候为了要个漂亮的毽子哭闹了好久，后来爷爷用自己的一枚古钱币做垫子给她扎了一个，同学们好生羡慕。

我的兰子姐看起来微胖，踢起毽子却也身轻如燕，像在跳一曲风中的舞蹈。而我，瘦小得像个灵巧的猴儿，毽子在我的脚中却不听使唤。我是笨如大象！

远远地，乡村公路上冒出了一条土财狗。它时跑时停大摇大摆的模样让我不得不放慢行驶的速度。我想起了兰子姐的狗，也想起了我的阿波罗。

我们回到成都直接去了一家美容中心。娟子看来是熟客。一位老板模样的女人上来直呼其名并上前给她一个大拥抱。热情的样子，有如看到上门的财神！

我们赤条条地躺在了小床上，任一双巧手从肩膀开始摆弄。

"我给你讲个我听来的故事。"娟子说，"人类为什么繁衍生息。"

"嗯，听着呢！"

远古时期并无人类，女娲娘娘在补天后用剩下的神泥各捏了一个小人。两人开始并无区别，都是一个身子一头四肢，称呼他们为男和女。就像小孩子玩游戏闹了矛盾，他们有一天不知何故大打出手。女人强悍，把男人的胸部撕下来据为己有并置于胸前。男人几次要抢回都没有成功，于是告到女娲娘娘那里。女娲娘娘见了觉得也甚是好看，便没有给她取下。而是在她的两腿间取泥一小块，搓成圆形送给男人用以安抚。男人也甚喜，如获至宝藏于身下，每每拿出来把玩，均感到身心愉悦，所以，到了今日，男人也乐此不疲。女人呢？也无时无刻不想把那块肉夺回。所以，伤口至今没有愈合，每月都有血流出但碍于女娲娘娘不敢造次。多年后，女人想出了一个办法。找男人商量，允许他抚摸他以前失去的胸部。

真的耶！听到这里，我暗想，男人在爱抚女人的时候，实际对

178

胸部的某一边是比较偏爱的。

女人的条件是，希望男人把她之前失去的部分暂时放回原位。她是想用体液将其融化达到索回的目的。男人不知是计，欣然同意。于是，交融后，彼此都感到极大满足。有了第一次，就有第二次，第三次。每次完事后都有一小部分被留在女人的体内，这些留在体内的液体通过十个月的孕育，最终如他们一样，来到这个世界。

"虽然浮夸荒唐，但是听起来很有道理似的。"我大笑，"这个故事出自哪里？"

"听来光辉给讲的网络段子。"娟子平静的样子显得我的反应有点过头。

来光辉？娟子说出一个陌生的名字，还不待我去猜测，娟子话锋一转，语气带着一丝嘲讽："不久，我们就离了。"

原来是前夫！我下意识琢磨开了，会是宾馆的那个男人吗？

"来光辉是个极具探索精神的人，凡是他感兴趣的事情，他都会全力以赴，弄出一个名堂来。为了谱曲，可以抱着吉他，没日没夜地一头扎在宾馆里。"

宾馆里的男人就是来光辉，他开着一个小型的音乐酒吧。娟子只是换了工作阵地，工作内容没有变化。到了下午，来光辉便来到酒吧，抱着吉他忘我地沉浸在自己的音乐世界里。里外忙活的娟子时不时偷瞄几眼或者借故从他身边走过，侧耳细听他的歌声。来光辉低吟浅唱，磁性低沉的声线一下就把她迷住了，娟子瞬间对他刮目相看，一方面懊恼自己看不懂那豆芽般的曲谱。正当她暗自思量着要从哪里学习的时候，来光辉主动提出要做她的老师。

"他啊——"娟子说，"我还没有准备好，第二天他就雷厉风行的鼓捣了好些乐理方面的书来。是我小看了他，后来我才知道，他是音乐学院的老师。"

179

"你们通过音乐眉目传情了？"我说。

"我是喜欢他了，他喜不喜欢我我不敢确定。我一个乡下丫头，没多少文化。大学教师怎么会看上我呢？问题是，人家是有老婆的人。"

"你最终把他变成了你前夫。"我说。

"是啊——我趁虚而入了。"尽管娟子的脸朝下埋着，从她的声音里我感受到她鬼魅地扯动了一下嘴角，"我是不会抢别人的老公。可是，她要离婚，她不要，我要啊。"

很长一段间，来光辉像从这个世界消失了一般，酒吧里看不到他的身影。当娟子落寞地感叹自己与来光辉相识恨晚时，同事口中传出来光辉离婚的消息。她听到后为之一振，盼着来光辉能出现在眼前。来光辉次日便来了，却天天愁眉苦脸的抱着酒瓶，吉他放在一角都布满了灰尘。

在来光辉离婚半年后。一个人的出现改变了娟子和他的关系。

"一天中午，我爸找上门了。"娟子说，"一年多没与家里联系，我便给我姐姐写了一封信报平安。他按照上面的地址找上门来了。"

娟子父亲四处张望着进了酒吧，就与拖地的娟子撞了个正面。娟子措手不及，父亲却早有准备。只见他利索地从腰里扯出一根荆条便挥了过来，一边骂着："死女子，我让你不听话。"

娟子躲闪不及，裸露的手臂被狠狠地抽出了血印来。

"这是黄村吗？你乱打。"娟子痛得眼泪在眼窝里打转，"你不怕丢人现眼啦！"

"你也知道丢脸啊？"娟子父亲说，"你啥都不顾离家出走，彩礼也给人退回去。我的脸也给你丢尽了。"

"我都不同意了，谁要你收他的彩礼啊？"见几个同事关切地朝这边看，娟子难为情了，思忖着怎样才能让吝啬贪财的父亲乖乖地离开酒吧？她想着，只有钱了。

"赶紧收拾，跟我回去相亲。"父亲催促着。

"把我嫁出去有意思吗？彩礼能有多少啊！我在这儿挣得可比彩礼多。"娟子一边对父亲说，一边暗自摸摸口袋，大手大脚的她没有多少积蓄。手里的几百块怎么能让父亲打消让自己相亲的想法呢？她看了同事们一眼，盘算着如何开口向他们寻求帮助。但这个念头很快胎死腹中。她细细一想，都是和自己一样的靠工钱过日子的打工仔，谁会拿钱开玩笑？有人愿意帮忙，她心里也会过意不去。

想到这里，她有点气馁。父亲不会就这么两手空空的回去，势必会死缠烂打的。下午，来光辉就会来酒吧，她真不想让他看到自己这副窘样。晚上，消费的客人们陆续就来了，父亲要是迟迟不走大吵大闹，影响了生意就不好了。说不定，工作又得丢了。

该怎么办？娟子想，我为什么舍不得离开？不就是因为来光辉吗？要是他娶我，一切也就迎刃而解了。

"一个女娃子能挣多少钱？快快快，去收拾好，我们还来得及赶晚班车。"

豁出去了，一个大胆的念头从脑子里冒出来。

"我跟你回去就是了。"她跟父亲说，"但是，老板还没来。我得找他结算工资。"

父亲想想也是，钱怎能不要？

娟子讲到这里时，两个按摩小妹完成了所有工作走了出去。

"你向来光辉求婚了？"我忍不住问道。

"下午，来光辉醉醒了来到酒吧。我向他辞职。他问我可不可以不走？我说，不回去的唯一理由就是，你能给我爸彩礼，然后娶我做老婆。"

娟子的气势让我佩服，想想自己和路冬篱奇怪的组合，我一下子没有了刨根问底的心情了。显然，娟子得逞了，从打工妹升级为老板娘了。后面的剧情不问也罢。爱情伦理总是说不清道不明，生活中的矛盾早早的摆放在那里。运气好的就避开了背后射来的伤心暗箭，一如继往地优雅地迈着步子。

离婚又怎样？娟子似乎在告诉我，她的人生更精彩的还没有上演。

"来光辉现在怎样了。"我问。

"在天堂做天使吧。"娟子的话让我大吃一惊，这个情节是我万万没有想到的。

当然，如大海般风云变幻才是人生的常态。

"他和他的学生结婚后，就迷上了户外运动。在一次运动中，脑溢血死了。今天正是他的死忌，他——他——"娟子压在心底的悲伤爆发了，话没说完便泣不成声。

哭完后，她睡着了。不一会儿，传来轻柔的鼾声。我想，悲伤会不会也伴随着鼾声从心灵深处缓缓地释放出来。

2. 文学青年洛春迟

2013年的春天路冬篱在干什么呢？

如路一瑾所说，我宣布停笔，做了毁约女王。路冬篱的头等大事当然是帮我收拾烂摊子。

考验你路冬篱的时候到了。我窝在书吧的沙发里幸灾乐祸地想着。心里黑暗地涌出报复的快感。

借此散伙也不错！我甚至想。解散这种奇葩的关系。

尽管我有点言不由衷，但也不是没想过要离开路冬篱。我想，他比我更迫切需要自由的空气，或许碍于曾经要照顾我的诺言死撑着而已。

要不，他还眷恋我什么？

好吧，我只承认一点，他的忙碌反衬出我的无聊和空虚。也是在这个时候，我开始慢慢把时间浪费在QQ这个东西上。

每天醒来，早餐后聊QQ成了固定模式。我与QQ上的好友粉丝逐个互动了一遍。

"你好。"

"好啊！天气不错！"

"想打麻将，打不成。"

"为什么？"

"娃娃要去游乐园。"

"让奶奶带啊。"

"奶奶一把老骨头，游乐园跑一圈回来，铁定是进医院的节奏。不划算，我累点无所谓。"

——

"今天早餐吃的啥？"

"鸡蛋面。"

"自己煮的？"

"大作家还亲自动手。"

"自己动手丰衣足食。"

"应该有男人为你煮。"

"要不你来为我煮？"

"我家有母老虎。"

——

"在吗？"

"在的。"

"昨晚买了您的一本书。可以签个名吗？"

"可以，寄过来吧。"

"为什么不写了？"

"是暂时休笔。以后还是会写的。"

"等您复笔的时候，会签名售书吗？"

"我想……会的吧。"

——

"为什么您的简介照片不是背影就是侧面？您对您的长相不自信？"

"我觉得公布了长相，无疑于广播了私生活。"

"这都是不自信的想法。您又不是电影明星。"

"随你怎么想吧。"

"您结婚了吧？"

"没有。"

"您有孩子吗？"

"我还没结婚。"

"我以为您赶时髦会想做未婚妈妈。"

"我确实这么想过。计划失败。"

——

聊的内容还是常规话题，聊的方式还是传统的他问我答。当这种状态持续了一周后，我郁闷的情绪要爆仓了。

电脑上"芙蓉如面柳如眉"又浮出水面，他换了一个能让人掉一地鸡皮疙瘩的妩媚十足的头像。

"今天看什么书？"

第一眼我没有把他认出来，我继续潜水。

"听说你不写了？好可惜。"

他一个人在远方的某处自说自话。

"那天晚上回家顺利吗？"

我终于按捺不住了，听他的语气像是熟人。

"你是谁啊？"

对方很快发来一个痛哭流涕的QQ表情。

"这么快把人家忘了。你加班的那天晚上为你掌灯的小子。想起来了吗？"

掌灯？去。就是在晚归的大半夜QQ上突然来了陌生的问候：快点回家吧，写字不要太晚。路上注意安全。饿了，及时吃饭哈！

这人挺会说话的。我笑了！那个晚上，这位陌生的粉丝的关心确实给了我些许温暖。

"谢谢！很好。"

我们开始有一句没一句的聊着，尽管聊的都是一些没意思的话题。一个小时后，突然人就不见了。

"想是被老婆发现跟女网友聊天。哈哈哈——自作孽不可活！"

发呆，冥想，入睡……

不久，被风儿叫醒。

"我厌倦了做甜品。我想出去走走，我准备去上海。"

"好啊！"我想着，年轻果然有姿态。

"我在您的书迷会里发了招聘广告。等找到合适的人，交代好一切我再走。"

"好！我给你准备工资和奖金。"

"我要走了，您还给我发奖金？"

"天下没有不散的筵席。谁要为谁一辈子。你勇气可嘉值得奖励。"

风儿跟我说完便到吧台忙去了。我看向窗外，花坛里的雏菊暖暖的晒着太阳，街角茶楼张小姐的猫漫不经心地踱着步子走了过来，突然，它看到了一只蓝色的蝴蝶栖息在叶片上。

"喵——"它跳将起来，猛扑过去。蝴蝶展开轻盈的身姿上了桃枝。

"这傻猫！"我笑了，我的目光被步行街对面的"黑旗"文身吸引。

痛并快乐！古佳的针落在我身上的时候，我在想，如果有爱，糟糕的过去是不是可以既往不咎？如果有爱，不小心犯下的错不是可以无条件原谅？如果有爱，有没有孩子也无所谓，两个人能够幸福生活就可以吗？我想，应该是可以的。只要两个人有感情，吃再多的苦也可以甘之如饴。但是，有一样东西，决不可以放弃，那就是希望。所以，很多时候，两个人相爱容易，生活也不是问题。但是，相爱得对生活失去希望才是问题。

现在的我就是这样，倚重的爱情没有结果，便放弃码字选择在QQ上堕落呢。

我才发现自己是何等的平庸，似乎除了码字一无所长。甚至与陌生男人在QQ里调情都不会。我该何去何从？

三个多小时，肚皮上的莲花文身大功告成。

被虐似乎很过瘾，痛苦一丝一丝地在古佳的针头下融化。上完药，裹上薄膜，穿好衣服，我长长的舒了一口气。

回到书吧，快递进来交给我一封信。

"这年头，还有人写信？"风儿笑着说，"年轻人肯定给您发电邮了。写信的一定是个老书迷。"

好奇心驱使我直接看信尾。落款人却是怀沙!

这丫头是在干什么?

"一个漂亮的小妹妹给我写的信。"我说。

不要去花园!朋友啊,不要去那里;在你身体里面就有一座花园。到千片花瓣的莲花上找你的位置凝视那永恒的美。姐姐,这首诗是不是很美,很有禅意?

其实,我不是为了分享这么一首诗歌才写这封信的。我是想告诉你一个秘密,我有几次想离开妈妈,内心鄙视她。觉得跟着她生活太丢脸,将永远没有出头之日。可我最终没有离开,几次想走,却狠不下心来。直到老天把我们分开。

妈妈她比我狠,她临死都没有见我。我心里将会一直这么的不安下去,受良心的谴责。

风儿的招聘发出去两天,慕名而来的人要把"丽书"塞满了。

没有一个人让风儿中意。

"不会做甜品,跑来干啥!"风儿很急躁,他订好了下周的机票。

这时路冬篱进来,身后跟着一个二十岁上下的小伙子。

"我给你们找了个帮手。"

"太好了!"这对风儿来说是个好消息。

"好什么啊?"我瞪了风儿一眼,转过头从上到下打量着那男孩。

细小的眼睛黑黄的皮肤,背微微驼着,左手规距地垂在一侧,右手却随意地叉在腰间,脚蹬一双中学党偏爱的匡威球鞋。

他的样子给我的感觉像是一个身子两个人?

这协调性?

这见工的姿势还真洋气?

他迎着我的目光傻乎乎地咧嘴一笑，露出一颗大蛀牙。

没见过这么自信的人。我想。

"孟老师。"他冲我点点头。

"你认识我？"

"隔壁工作室有您的照片呢！"

"你会做甜品？"

"您看我的大门牙，就是吃太多甜食。"他又自信的咧开嘴，向我们把虫牙展示一番。

"有什么条件？我们这工资不高的。"

"有书读就好，我的条件就是每周四允许去一次牙科。"

"别忘了收钱了。"我说，"这不是私人图书馆。"

这孩子的举止猥琐多于洒脱，我叹了口气，风儿要走，一时找不到更好的人了。"丽书"的主打食物就是甜品，路冬篱找来的人应该不会错。

我当即不假思索地点点头。

洛春迟就是这么冒冒失失从天而降闯进我的生活。

是的，我又落入了俗套，以貌取人。因为不看好洛春迟，所以也对他没有寄太多的期望。想着，他不要把盐当糖放进甜品里就可以。

"姐姐，人活着的唯一目的是什么呢？"怀沙问我。

"哲学家海德格尔说，我们是被'抛入'这个世界的。既然来了，就回不去了，只有硬着头皮的好好干活。"

"这么说，我们只有让命运强奸的份了。"

"命运总是让人遍体鳞伤的。"

"命运不会让谁遍体鳞伤。"洛春迟的声音在身后响起。

除了跟我汇报吧里的事务外，我们私人的对话是从什么时候开始的我想不起来了。但他的这一句话，让我不禁多看了他几眼。

"把自己搞得体无完肤的总是自己。"洛春迟端着盘子走到我身边，笑着给了我一杯咖啡，"你喜欢的抹茶拿铁。"

小屁孩拿腔拿调的？装深沉。我定定地看着他，在心里嘀咕着。

我发现他的脸红了。有意思，他的脸还会红？只见洛春迟快速转身回到吧台。我细想，他的话也不是没有道理。

看着洛春迟滑稽的样子，我心里堵得慌。哎，本想借此请一个挺拔入眼的帅哥。

怀沙又不见了？我想，这小鬼走的时候，偷吃了蛋糕没有？

不码字，心有点发霉。迫切地需要阳光！

我想起了曾善美。

往常，每个周五的下午，没有特殊的事情我都会去她的咨询室。但是，至那次与她发生争执后，便没有再去找她。

现在，我也没有理由去她那里。我不需要倾诉。

我又想起了娟子。

在我们自驾游玩时，她在车上给我讲了第一次见网友的经历。

"离婚之后，有段时间极其崩溃。一心想整个男人在身边，心里才觉得踏实才不会心慌得六神无主。"娟子自嘲地吹着烟圈，"那会儿好多人都在学上网。我也凑热闹聊起了QQ。并且，与一个人瞬间聊得火热。"

"火热意味着什么？爱上了？"

"说不清。反正人一睡醒眼睛一睁开，就想打开QQ和他说话。现在想来，或许是我太寂寞，心太空。必须要找个事情做。"

"寂寞爱上一个人好可怕。"我说。

"是啊，是可怕的。一切乱了套，不按常理出牌。他约我见

189

面，我竟然答应了。他问我，选一个什么地方见面好。我说，不就是喝个茶么？他说，地点是选择隐秘一点的还是大众一点的场所？后来他在酒店订了一个商务房。"

"居心不良吧。"听到这里我忍不住笑了。

"我也是这么想。最起码也是要有眼缘吧，所以我就决定去见他了。"娟子诡秘地笑，"为了安全起见，在电梯口我见到酒店打扫卫生的阿姨给了她五十元。叮嘱她十分钟分后就去敲门，敲到我答应为止。"

"为什么呢？"我不解。

"我琢磨着，要是见了面感觉好的话，再进一步也未尝不可。要是不如我的意，那男人还强人所难，清洁阿姨来敲门对他也是威慑。他便不敢乱来，我也借口走人。"

"搞得跟特工似的。"我说。

"是啊，为了满足自己的欲望是必须的啊。"

"后来呢？"

"没有后来——"

"是咋样的男人啊？"

"网上说他只有四十岁。可我感觉他妈的五十出头了，一副历经沧桑的面容不敢直视。我立马感觉有一盆凉水从头浇到脚，我镇定地跟他说，原来是这儿啊，我家就在附近。这一带是我的地盘，这栋楼里全是熟人。然后，我便借口说我临时有重要的事情要谈准备闪人。"

"他怎么说？"

"既然来了，就坐几钟吧。他说。我想，也不能做得那么明显，让人难堪。便东拉西扯。短短十分钟，每一句都臭气熏天。句句都在探讨性和伦理。"

"说白了，他就是奔着啪啪来的。一句句露骨的话是在引诱你呢！好在，没有霸王硬上弓。"

"哪里给他机会啊！不一会儿，清洁大婶就来敲门，我一马当先跑上前拉开门，便跟他拜拜了。"

"哈哈哈——"大笑的我，下意识猛踩油门，车子飙出好远，娟子吓了一跳大叫："死鬼！"

QQ聊了一周，想想可以玩玩微博了。

"我没有做特工的潜质。"

晚上，我发了停笔后的第一条微博。

"女王大人，发生了什么事吗？"

发了微博没有多久，芙蓉如面柳如眉就出现了。

真是死忠粉吗？这人几时关注了我的微博？

"就是一些破烂事。"

想着不理，但互动一下无妨。不是正无所事事吗？

"静心若水，不破不烂哈。济公周身都是破烂，还是大活佛。点女王大人一万个赞！"

听，这个男人会说话吧！我不禁猜测起他的年龄来。说话的口吻老气横秋的，三四十岁应该是有的。

"把鼻炎药水当眼药水滴进眼睛里了。有我这么糊涂的人吗？谁告诉我会不会有事？"

次日凌晨两点，无法入眠的我点了眼药水后又发了一条微博。

"不怕的。五官科的药基本通用，不会有太大影响。哈哈，七窍相通，上善之水循环到你窈窕的身体里面，你的眼睛会更明亮喔！"

第一个闪出来论评的又是那芙蓉如面柳如眉，哎，他也是个夜猫子吗？

这个春天，太阳很风骚。早上的光像男人滑滑的温情的舌头在女人肌肤上和煦地游走，到了中午，我已经沦陷在阳光里。手中的书被冷落在一旁，闭目养神是最佳状态。

"《且听风吟》，村上春树的成名作。"耳边传来洛春迟的声音，我没有睁开眼睛。我感觉到他正把咖啡放在身旁的桌上："孟老师，你这几天的阅读量明显增大了。"

"不能让脑子空着，不是吗？"

"不存在十全十美的文章，如同不存在彻头彻尾的绝望——"天呢！这小子一直不走在身旁嘀咕着，"孟老师，你看，村上的文字是不是很奇妙？你听，37度这个温度嘛，说起来与其一个人老实待着，还不如同一个女孩抱在一起凉快些……好强大的句子。"

"是啊。"我本不打算回应他，可情不自禁与他说开了，"村上春树是个翻译家。翻译了很多美国小说，这对他的创作影响非常大。"

"不着痕迹的描写，让人怦然心动，美得让人窒息。独树一帜的风格，看似顺手拈花一般，却是极其讲究的。美国文学就是这样，看似随意的语调。"

"是啊！村上最喜欢写《了不起的盖茨比》的菲茨杰拉德。小说写得那叫一个好，很经典的。"

"不像法国文学。法国文学一直是骄傲的雄辩的语调，有法兰西精神。俄国文学呢，总觉得冷飕飕的，太冷峻，跟深冬的天气一样。"

"像在寒冬里吃冰棍。"

"我喜欢自嘲似的美国文学，每本书都在写一个美国梦，在写一个美国梦的破碎，就如我们自己的人生。"

他说这话的时候，我多看了他几眼。他紧闭的双唇看不到蛀牙，炯炯有神的小眼睛像一个神秘的密码箱，里面到底还藏了些什么呢？这小子记忆力真好，竟然能一字不差的背出《且听风吟》中的段落。

我的眼睛不是一直紧闭的吗？何时睁开了？我不露声色地又合上双眼。

"埋单了。"屋里有客人叫着。

"来了——"洛春迟匆忙跑进房子里。

很久没有这么畅快的与人对话。

很多年前有过一次，因为喜欢西域男孩，与路冬篱在车里聊得兴致盎然。

电台里正在播放《Seasons in the Sun》

"这首歌背后有个故事，你知道吗？"路冬篱问我。

我摇摇头，静静地听他缓缓道来。

这个故事发生在20世纪50年代美国一个淳朴的小镇。有两个性格外表截然不同的男孩，他们是好朋友。A是校橄榄球队的队长，英俊、潇洒，在学校颇有人气。B，腼腆、巧手，他总是独来独往，缘分却让他们成了铁哥们，直到C出现在他们的生活中。C是啦啦队队长；像是老天这个导演故意安排的老套剧情，A天生为C而存在。

他们顺理成章地坠入爱河。而B，就如大家所想的那样，对于C始终抱有暗恋之情。然而，C是不会注意到他的，灿烂耀眼的她怎么会注意到B。

故事继续着，1956年，他们相继毕业进入社会。而A和C，在众人的祝福声中结为连理。C经营着一家杂货店，小镇中唯一卖东西的点，这是她的嫁妆。A当起了卡车司机，为生活奔波行走于美国各大州。B依然暗恋着C，没有目的。他成了一个手巧的木匠。因为A常不在家，B便担起了男人的义务，办货、修补……一来而去，情愫默默地在两人中蔓延开来。这注定是个悲剧，看到这里谁都能猜到，这个悲剧，源于过分的信任妻子、信任好友。

然而，B和C的关系发展迅速，B成了C家里的常客，尤其在A离开的时候。

1959年冬天，美国遭遇了罕见的暴风雪。高速封路了，A出车没多久就决定返回。那个时候，通信不发达，没有人知道A要回来。

不难想象当A推开门，他看到的是凌乱的衣物，他看到的是好友和他的妻子，在床上——在那一瞬间他崩溃了。他曾经幸福美满，良友、娇妻，还有可爱的女儿。一切的一切，在这个冬天结束。他傻了，他疯了，举起了手中的枪……两条人命，换来一个死刑。

A于1960年2月12日被处以电刑。

"行刑前3天，他得到了一张白纸，用来书写最后的遗言。于是，有了这首《阳光下的季节》。

再见了，我忠实的朋友

我们从孩提时就已相识，相知

我们一起爬山，爬树

学会去爱和其他基本知识

我们心意相通，情同手足

再见了，我的朋友，我实在不愿意离去

当所有的鸟儿在天空歌唱

空气中弥漫着春天的气息

到处是漂亮的女孩

想我了，我就会与你同在

但我们一起爬山

的那些日子已经逝去

……

"这也许是临终遗言，所以意境也就特别的美。这首歌背后的故事听了真的让人无法释怀。"我说。

"有人说，如果A在那个晚上连夜逃到新泽西，他则会被新泽西州起诉，但他不会死，因为那里没有死刑。所以其实是他自己主动面对了死刑。"

人生的对与错，有时就在那一瞬间。

故事的真假已经不重要，故事传到我这里，不知有没有人添油加醋。重要的是这首歌给了我们音乐上无限的享受以及对友情爱情的反思。在我的有生之年，Westlife的歌，他们歌中所带来的故事也成了我生命的一部分。

就如此刻在阳光下，因为洛春迟我想到路冬篱，耳边响起的是我和他共同听过的旋律。

网聊是被动的，我不喜欢主动与人搭讪。但有入眼的人，还是可以聊几句。浪费不了多少时间也愉悦了心情。就跟散步回家顺路去买份杂志是一样的，不花时间不费力。

"太阳很好，今天出去走走了吗？"

QQ上"芙蓉如面柳如眉"总是晚上十点上线。或者他一直在线，只是这个时候是他方便聊天的好时机。

"没有。"

"一直码字？喔，你停笔了。"

"……"

"如果一边读书一边喝着咖啡，独乐乐也很好。"

"你呢？"

"我在想你。"

"想我什么?"

"想你的背影,纤细的脖子和腰肢。"

"十个男人看一个女人,有九个在意淫。"

"这是本能好吗?"

"老婆不在身边,说话这么放肆?"

"你猜对了。"

"还挺直率的。"

"对你,拐弯抹角就显得我不够尊重你。你是我的女神啊!"

"例行上线。我下了。"

"例行? 意味着是为了见我吗?"

"你爱咋想就咋想。"

连着几个中午,我开始期待一些什么? 比如,洛春迟给我一杯拿铁,然后说说村上春树。

那天的对话让我意犹未尽,未完待续写满了洛春迟的脸。可是一连几天,他送来咖啡都不作停留。

"今晚八点半要停电。"晚上六点吃了晚餐,洛春迟走过来说。

"既然这样,你就早点下班吧。"

"我想留下来看书。"

"随你。"

"你呢?"

"我?"我一愣,他为什么关心我停电后干吗呢? 随后我说,"那我也看书。"

"嗯。"他淡淡地点了点头,回到他的吧台。

到点,果然停电了。路冬篱过来说,约了人谈事,先走了。

我又不是你老婆,不用跟我汇报行踪吧? 我恨恨地想着,说不定你一不留神又跑去"北京"了。

几个客人先后也离开了"丽书"。不一会儿，温馨的烛光在屋里亮了起来。

洛春迟端了烛台坐在靠窗的位置上，开始认真地翻起一本书。

他脑子里平时在想些什么呢？看着他低垂的头。小屁孩不是应该去泡妞的吗？和怀沙那样的孩子，痛快的来一场初恋不是更好？

我想起了怀沙，真想把她的青春掠夺过来，据为己有。

"去开瓶红酒，陪我喝。"突然很想醉，我坐到他对面，把鞋子脱了，蜷缩在沙发里。

昏黄的烛光下看不清他的脸。听了我的话，他扣上书本朝酒柜走去。

"你不开心了。"他把酒递到我手中。

"你在看什么书？"我端起酒杯与他碰了一下，瞟了一眼书名，"看不清，又是村上的吗？"

他也避而不答，只是举起酒杯抿了一小口坐下，说："日本文学也受美国文学的影响。川端康成是个军国主义者，他的作品里充满了战后迷惘。"

"相比他我更喜欢渡边淳一。"我说。

"是的，同样是日本作家。川端康成的作品节奏缓慢。一本书读下来，都没有任何情节。也不知他究竟要传达什么？《伊豆的舞女》也很一般。"

"三岛由纪夫更有攻击性。"我说，"川端竟然像个娘们一样吞煤气自杀。他柔弱的反抗像一个舞女。"

"对于死亡不恐惧，但方式好像自宫，让人觉得无趣。村上给我的感觉是有着无所谓的游离感，若即若离。所以，即使刺痛，也是死后才知。看姐姐最初的文字像个圣斗士，后来慢慢的沉静了下来。挺好的。"他接连抿了几口，"这酒真棒。"

"能听你分享阅读的感受真好！"

可能没想到我会赞美他，他听了显得有点惊讶，好久，说："只有你能听懂我在说什么。我身边的那些朋友几乎不懂。"

"他们——她们是小女生吗？"我笑了，猛喝一口，"她们只需要张扬青春就好。她们也不需要懂任何人，更不需要懂你。但是，怀沙在这儿，她或许会懂你。"

"怀沙？"洛春迟不解地问："给你写信的女生？"

"这个世界喜欢一个人容易，但要别人懂你却不易。"

"听你这么说，你也是孤独的。"洛春迟笑了，他的脸突然凑了上来，小声在我耳边说，"把你心中的'自留地'分享一点出来？"

他呼出的热气喷在我的脸上，让人心里有如猫抓一样。

我推开他，问："你喜欢什么样的女生？"

或许是红酒的作用，我们的谈话变得有趣。

"你这款的。"他说。

"孟夏兮被申请了专利的。"

"谁啊？路冬篱？"

我不吱声。

"癞蛤蟆吃天鹅肉。"他自顾自嘀咕着。

路冬篱是癞蛤蟆？有意思。这小子是哪里来的自信？我想笑。

他为我的杯里续上红酒后又坐回他的椅子上："看得出，你们之间已经没有了爱情。"

"爱情本是稍纵即逝的火花。"我叹了口气。

"喂喂喂——前排的女生——请看这里。"洛春迟拍了拍桌子，装怪地露出他的蛀牙。

这家伙，还真是豁得出去。我想着，忍不住放下酒杯，大笑着伸手捧过他的脸，狠狠地捏了捏："你这丑样儿还真是可爱。"

"孟夏兮，好痛！"他故作凄惨地叫着，说，"我知道你很讨厌我的门牙，但是如果它能搏你一笑的话，在它光荣牺牲之前也算有点贡献。"

"孟夏兮？你还敢这么叫我？"

"不就是大几岁么？再说，我没觉得你比我大啊。看起来小小的。"

"好吧，姐姐开恩允许你这么叫。"我举起酒杯抿了一口，说，"继续谈村上。"

"'由于我遍施正义，以致日前被捕的十人不待别人下手就自缢身亡。'这句话是不是很幽默？"他的脑子像个复印机似的，把村上春树的语录倒背如流，他继续着，"'据当时的记录，1969年8月15日至翌年4月3日之间，我听课385次'"他突然停顿了一下，我偷笑，这里的敏感词汇让他有点羞答答，他刻意跳了过去继续说道："'吸烟6.922支——苟活于世的我们却年复一年，月复一月，日复一日的增加着年龄；甚至觉得每隔一小时便长了一岁，而更可怕的是，这是千真万确的事实！'"

听他朗诵着，整个人酣畅淋漓的像在玩一个游戏，身心如小鸟飞出了囚笼在天上自由的飞翔。

这时，光明消失，我俩再次被瞬间的黑暗包裹起来。原来，蜡烛点完了。

"好烦。"洛春迟在黑暗中说。

"回家吧。"我说："你家在哪里？家里有谁？"

"我家里只有书。"

呵，这是什么话？

"只有书？有多少？"

"和你的书吧差不多吧。"他笑着，"要是不相信，可以到我家去看看。"

"好啊！"趁着酒劲，我不假思索地回答，"带路，我开车。"

"不能酒驾喔。打个车吧。"洛春迟显得很兴奋，"你坐着别动，我去拿钥匙关门。"

我穿好鞋子，站起来伸了个懒腰走出门静静地等候着。没多久，洛春迟借着手机电筒找出了皮包和钥匙。

我们坐上出租车往青羊区而去。窗外霓虹灯如我躁动的心。

娟子说孤单也可以很快乐！三毛也说，没有朋友，自己也可以做自己的知己。做到这个境界，孤单就不可怕，而是享受清新雅静了。但对于有了伴侣的我，这样的孤单不仅可怕，而且可耻。这跟扼杀灵魂没有什么两样。

喜欢是乍见之欢！

我看了一眼洛春迟，他也正定定地看着我。我们相视一笑。

我是没头没脑地喜欢上这样一个男生了吗？我想着转过脸去看着窗外，我头脑发热生病了？真正的爱，是你爱上一个你想都没有想过要爱上的人。这句话是谁说的？娟子？怀沙？还是曾善美？亦或是我自己？

不可能！像豆芽菜偷偷冒出来的不是爱情。

没有堵车，真好！很快到了他家楼下。

一处很旧的筒子楼，楼下的路灯如孤苦无依的空巢老人发着微弱的光。

"我是个穷小子，这种地方租金便宜。"他说。

走到楼梯口，楼道里伸手不见五指。

"我背你。"他把背包放在胸前，弯腰蹲下，"楼道里没有声控灯。"

"不好吧。"我说。

"别废话。我背你的话要走得快点。"他催促着，"我在这里住了一年多了，每一处的小裂缝都一清二楚，闭着眼睛都能行走自如。"

"好吧。"我乖乖就范。

"你不重，太轻了。"洛春迟果然上楼如履平地。

他这么说，也许是为了让我宽心。但是舒服地趴在别人的背上，心里还是需要承受力。好在，他的家就在二楼。他轻轻把我放下，掏出钥匙开门，开灯。眼前一亮，不是吹嘘，果然是书的世界。整个屋子里除了一张床和简易的衣柜，四处堆放的就是书了。

"只有到床上坐了。我这里什么都没有，就把你的红酒给带来了。"他说。

"真的。你想得周到。正好口渴了，赶紧把酒倒上。"我说着，走到床边坐下，看见他枕头边放着的正是村上春树的《且听风吟》。

在书的结尾，他用红笔画上红色的波浪线。

"糟糕，酒杯破了一只。"他沮丧着脸，皱着眉，手里拿着杯口破裂的高脚杯，"只有你一个人喝了。"

我在心里暗笑。

他把酒递过来，我一饮而尽，长长地舒了一口气："这本书你应该看了不止一次吧？"

洛春迟点点头又给我倒了一杯，朗诵起《且听风吟》最后那段。

我结了婚，在东京过活。每当有萨姆·佩金帕的电影上映，我和妻子便到电影院去，生活时间一长，连趣味恐怕都将变得相似。如果有人问幸福吗？我只能回答：或许。因为所谓

201

理想到头来就是这么回事。那位左手只有四个手指的女孩，我再也未曾见过。冬天我回来时，她已辞去唱片店的工作，宿舍也退了。在人的洪流与时间的长河中消失得无影无踪。

"这一段果然一字不漏。你是奇人啊！"我把酒杯凑到他唇边，"奖励。"

他得意地笑着，然后接过杯子喝了一大口并紧挨着我坐到床边。

"孟夏兮，你发现没有。村上春树在这里偶然回到了常规的写法。所以，我觉得落入了俗套。"

"通俗的似乎读者更容易接受。不过，我更欣赏之前顺手拈花般轻巧的写法。但是，我更愿意相信，这是他有意为之。出世与入世，不过就是转身之间。"

"每个人读书都有自己的判断。每个人读完小说，对作者都有自己的解读。"他再次把红酒递给我，盯着我的那双眼睛闪闪发光。他的手伸过来摸了摸我的脸颊，"你的脸像红苹果。"

"是吗？"

"相比你那时的容颜，此刻我更喜欢你历经时光浮沉的脸。"洛春迟笑着说。

好耳熟。杜拉斯的名句。

我靠上去，用迷离的眼神看着他，我其实不知道自己在干什么？心里有如万马奔腾。

他轻轻捧起我的脸，我竟然没有惊讶——

洛春迟睡着了，像一只疯累了的狗。

我高估了自己。在欲望的面前，我是软弱的。无欲则刚，海纳百川我是做不到了。

沸点后的平静让我如坠深渊。我抓起衣服穿上仓惶地逃走。

为什么我会走到这一步？我的灵魂堕落了，还是我的心在重新做选择呢？

我以为我会在路冬篱身边从一而终，可是，现在我背叛了当初的诺言，迈出了践踏自己的第一步。

我没有回路冬篱的家，我蹲在路边号啕大哭地打电话给曾善美。

凌晨三点，曾善美开车把我接到她的咨询室。直到我哭得在那张舒适的躺椅上睡着，她也没说一句话。

我醒来时天已大亮，有热咖啡放在一旁。清香的抹茶味让我脑子清醒了。我端起来刚喝了一口，曾善美推门进来。

"路冬篱来接你了。在外面。"她说。

我差点忘了，曾善美的第二职业还是路冬篱的"家庭顾问"。

"你为什么不问我，发生了什么？"我说。

"何必急着知道。等你缓过气来，你就会告诉我了。"

"我昨晚做错事了。"

"好啊。你和路冬篱算是扯平了。"她语气里嘲讽的味道把她故作镇定的样子出卖，这是在为路冬篱叫屈吗？

"屁话。难道我是为了报复他吗？"

"那好，在他面前什么都不要提，可以吗？"

我可以管住自己的嘴巴，但能否管得住自己的心呢？我没有回答她的话，拿起桌上的包走了出去。路冬篱在桂花树下踱着步子，见我出来迅速扔掉手中的香烟钻进车内坐在了驾驶位上。

推开门，
带上最合法的表情，
不要看见别人，

203

也藏好自己的心。

我想起了顾城的诗。真是有趣，极其应景！

路冬篱学会不和我说话，我却没法在他面前保持沉默。

"明天我搬家。"我说。

"你有地儿可去吗？"他反问我，语气淡漠，表情镇定。似乎早就看穿我的举动，等着我下这个决定了。

"你这里也不是收容所。"他的话让我啼笑皆非。

"好吧。你想怎样就怎样。"路冬篱说。

我泄气地目送他离开，这个节骨眼上他都还那么的自我，我能说什么呢？走到了这一步，我也不再是当初的我，"勿忘初心"如此奢侈的爱情梦也只能在我的小说里实现了。

想到这里，我淡然了。我似乎为我的出轨找到了理由。

3. 四月正好道别离

卖艺的猴儿感觉良好地耍着把戏，一旁敲锣的却跷着二郎腿事不关己地蹲到角落去了。

路冬篱是否暗自做好了我离开他的准备呢？瞬时，感到囿于这段感情无法自拔的我十足是一个唱独角戏的傻子，而他就如一个若无其事的旁观者，冷静的语气和没表情的面孔好让人生恨。我怎么没地方可去呢？好歹我也是有父亲的人，还有孟东在三环的老房子。

我开始忙着收拾东西，我已到了非走不可的境地。路冬篱还有什么值得我眷恋的？至于他的感受，我无法顾及。他也从来没有对我全部敞开心扉不是吗？我做什么，他应该不会在意了。

连着三天，路冬篱没归家。他去了哪里？这意味着什么呢？难道眼睁睁地看着我把他的家掏空，怕难受？我不用担心他的，好在他总有一双温柔的肩膀随传随到。

他有曾善美呢！

心境一片狼藉——

满大街的搬家公司和家政公司不至于让我逃得狼狈。

四天后，我穿着漂亮的衣服故作潇洒地回到孟东的家，我的家。

难道我和路冬篱就这么惨淡收场了？接下来的夜晚，这个问题顽固地在脑海中盘旋着。

那场不期而遇的错爱似乎没有发生过，个中滋味不如立夏的风。

洛春迟和"丽书"被我抛在脑后。还有那个行踪飘忽的秋实，我几乎忘了他的长相，偶尔在梦里与他重逢，我不再期待他的出现。

我无聊地开始聊QQ了。我不再隐身，意味着我渴望和人说话。

"芙蓉如面柳如眉""嘟嘟嘟"地响了几声之后，赶紧藏了起来。

打了招呼人就不见了。我想，网上聊天我总是过于被动，学会主动吧。

"我从男朋友那里搬出来了。"

我说。

"为什么？"

原来他一直都在。

"我想结婚了。但是他不想，我不想再耗下去了。"

"……"

"我犯了错——。"

"……"

"你怎么不说话？"

"不知该说什么才恰当。我只能说，每个人都有一个转折点，都有第二次机会，就看你怎么抓住它。"

我去倒了一杯水。

"为什么不说话？我的话会影响到你吗？"

他似乎很介意我的看法。

"喝柠檬水呢！"

我说。

"或许吧，这时候是我人生的十字路口。"

"这是个好习惯。"

他发了一个赞扬的表情。

"我想起罗大佑的歌《滚滚红尘》，我觉得他是个有三毛情结的人……至今世间有隐约的耳语跟随我们的传说……看来人一生注定孤独，似乎人的灵魂深处都有一种潜在的寒意。"

我给他分享了一首歌，苏芮的《十年前的爱》。

"……Smile，伪装的面容，隐藏多少无奈。带着你最初的爱走向茫然的未来，Smile……"

"每次听到这首歌，我心里就会有些自怜，就会想起过去的一些时光和一些痛彻心扉的事情。于是，就会感到人生中太多的虚无。"

"是不是作家都那么的多愁善感。我觉得你要更新自己，而不是改变环境。往往环境因为我们的改变而改变。从你的作品中，我感受最直接的是颓废。"

"我需要操练。"我反问他，"你喜欢你现在的状态吗？"

"我在努力。人生肯定有不完美的地方，但不完美的才是最美的。不是吗？调整心态就好。所以，活在当下这句话都在说，能做到又有几个？我们这些凡夫俗子，努力活在当下也算是一种修为了。就像你一直维持十几年的一段感情，也是有大无畏的精神。"

"我其实是个胆小的人。害怕人生起太多波澜。所以我总安于现状的活着，但是，到了现在我有点控制不住局面。"

"想得多就会越胆怯。事实上，谁又能掌控还未发生的事呢？你说，是不是？跟着感觉走，随着宿命走吧，不要想，想那么多，干嘛呢？"

他是一个健谈的人。

我想我是不是应该开始码字了？

打开电脑，手指无力落在键盘上，我的能量场消失了。

"如果当你不再创作，你会做些什么？"很久以前，一个媒体的记者问我。

"回家种地。"我说，"那些活儿我一点都不陌生，那样我也不至于饿死。"

"路冬篱害人不浅。"怀沙终于现身了，她推门而入，首先让我看到的依然是脚上那双旧旧的牛筋底的球鞋，"我发现你除了爱他，你就什么都不会了。"

"谁说的。我还会码字啊。"

"创作？哼——"怀沙从鼻腔里发出轻蔑的声音，"你真以为自己是一个作家了？你只是路冬篱的一个写手，尽管你现在创作力不从心了，挣不到钱了。"

"什么话都被你说了。"我底气不足，声音从喉咙里挤出来，我跟一个被法官判了死刑的囚犯一样，绝望地低垂着脑袋。

"你这一离开后就出现爱无能病症了，紧跟着你的创作灵感也枯竭了，慢慢地你码字的能力也顺理成章地阳萎了。"

我认同怀沙的裁定。

"你高兴了。"我起身去倒咖啡，极力控制情绪让拿着汤匙的手不要颤抖，"我们抵消了吧。我骂过你，现在你也说个痛快。"

"我是来报复，是来找痛快的吗？"怀沙无奈地笑着，一把抓过我的咖啡杯扔到地上。

她几时变得如此粗暴？

"看看你，一个杯子都拿不稳，你都不会爱自己，还有资格去爱男人？我骂你好比是自残，你是麻木的不知疼痛，可我是清醒的，我忍无可忍。"

我懊恼万分，迈着沉重的步子走到不远处的角落里踢倒放在地上的几摞书，这些书的一侧都印着我的名字"孟夏兮"。

化为灰烬应该是这些书最好的归宿。我想着。

"有打火机吗？"我问怀沙。

"你对烟草不是过敏吗？"洛春迟的声音冷不丁在身后响起。

我转过身无精打采地四处看了看，屋里没有怀沙的影子。

"我说要抽烟了吗？"我走到他面前向他伸出手，他疑惑着从兜里慢慢吞吞地掏出来放在我的掌心。

当他看见我蹲下身拿起一本书要点燃的时候，他大吼着冲到我的面前："你疯了吗？"

"不想要了。"我说。

"你不要，我带走。"洛春迟夺过我手中的打火机。

"那好，把这些全拉走。"

"今天是我的幸运日吗？"洛春迟手舞足蹈冲我做着夸张的表情，"为了报答你，我就帮你把家里收拾干净。"

"你没事可干吗？"我窝到沙发里蜷缩着，"突然冒出来吓人？"

洛春迟叹了口气，蹲下身拿过垃圾桶，"哎哟，有才有颜值就是可以这么任性啊。可惜了这么精致的杯子。很贵吧？"

见他答非所问，我也懒得理他。窗外有流星划过，不待我迎上去，就消失了。孟东种下的野玫瑰像一个与我捉猫猫的孩子，在窗

208

下调皮的探出了头。

"到底发生了什么事？你在躲我吗？"

"有必要吗？"

"好吧，我高估了自己。你怎么开心怎么过吧。"洛春迟拿出一张表格放在沙发旁的茶几上，"这是书吧的收支明细，你抽空看看。另外，书吧每天的钱款我都存到了银行，你应该收到银行短信了吧。"

洛春迟大老远来应该不是为了汇报书吧的事务，他两手插在口袋里在我面前来回踱着步子，心里似乎在酝酿想对我说的话。这是4月的夜晚，他的表情也如窗外的风，冷暖相交。

见我下意识抱紧双臂，洛春迟走过去拉上窗，屋里顿时安静了许多，车水马龙的声音一下子变远了。他依然左顾右盼着，看到书桌上的玩偶似乎找到延迟说话的机会拿在手里饶有兴致的鼓捣起来，我不禁看了看他的双唇，平时那颗大大咧咧的蛀牙也乖乖地藏起来了。

他这是要跟我告别吗？我突然意识到他来的目的了，心里涌起一丝莫名的情绪，人烦躁不安起来。

我起身拿过一个收纳盒子走到墙角，说："赶紧把书装走吧，我要睡了。"

"喔——"我瞬间的举动让他不知所措，他踌躇着挨着我蹲下，缓缓地把书一本一本的码进盒子里。

"我回乐山了，我妈妈开了一家书店，我去帮她管理。"

"好啊！"他终于说到正事了，我反倒如释重负。

"我喜欢朴素的生活。"他笑了，表情回归自然，"我曾想，如果有一天你去乐山看我。那我最想带你做的事情就是去附近的峨眉，在下雨的早晨，去走走它的竹林山道。"

二十出头的孩子不是应该追求繁华的生活吗？他的心怎么可能那么的随性而从容？

"说不定偶遇信女一路朝寺庙的方向匍匐叩拜。"

"会碰见松鼠采松果吗？"

"当然，还有山石缝里绿皮肤的蜥蜴探头探脑的，上上下下的在山道上走半天你不会感觉疲惫。呼吸着山风，露珠落在脸上，整个人都会仙风道骨，加倍的有精神。"

"真好啊——"

盒子里装了满满的书，洛春迟却迟迟不见走的意思。他沉吟片刻，从牛仔裤里摸出一盒瘪瘪的香烟盒，皱着眉头抽出里面唯一的一根，叹着气用央求的口气说："人生最后的一支烟了，拜托！"

此时，我的手机QQ里弹出曾善美的消息，四个字：有事，速来！

我们还有交集吗？我这么想着，恼怒地把手机扔到沙发上。

"小小年纪抽那么多烟？"我推开窗户。

"你觉得我幼稚？"洛春迟问我的语气是咄咄逼人的，随后他自嘲的笑着，掐灭了香烟，"我知道你永远不会爱上我。但是，那又怎么样呢？也许我们真正需要的，不是'成熟'的东西，而是真情实感的流露。"

他想表达什么？想告诉我，他是一个蛮有傲骨的人吗？

"你时而天真时而成熟，让人迷惑。"我真想找根棒子敲敲他脑袋，"我完全认同你的说法，幼稚也好成熟也罢，都是生命真诚的呈现。"

洛春迟哈哈大笑，很满意的样子，终于弯腰抱起那箱书，一边大声说："麻烦给我开门。"

他情绪高涨的样子像个疯子，我知道他在掩饰分离的落寞，我什么都不能说，我是很想抱抱亲切的他，却又担心被这种离别的伤感情绪所误导，再次被他扰乱我的步伐。

我一路小跑到院子里拉开大门。

洛春迟刚走出门口，我赶紧关上，我的身体慢慢变得僵硬，头开始疼痛。我弯腰坐在石阶上，门铃这时又响了。

"孟夏兮——开门。"洛春迟没有走，他不断地扣动门环。

我开了门半掩着，他只伸进一个头来，冲我张开嘴巴，叩动门牙说："再不要把门开着了。今天我来的时候大门是开着的。到哪里，一定要记得关门啊！看到了吗？牙齿补好了。"

随后，不待我说话，他关上了大门。

"赶紧买糖吃吧。"我隔着院墙大声说。

他没有回应，只听到跑远的脚步声。

四月春光烂漫，所有离别请不要忧伤。

4. 幸福的味道

一夜无眠。

清晨推开窗，巷子口虾米馄饨，牛肉面条，黄油面包的香味竞相裹挟而来。再也熟悉不过的市井气息。

"牛奶面包。"我似乎听到了小姨的声音，"早餐一定要吃啊，不能饿肚子去学校啊。"

"下次不要买这个了。"孟东坐在院子里，手捧茶杯，扭着脖子斜着眼耸着肩盯着我买的肉松面包，"我还是习惯一大早吃油条。要是清早没吃上，心里就欠得慌。豆浆油条是绝配。"

孟东说完，晨报恰到好处地就被刘大婶从墙头扔到脚跟前了。

"我说，两天没收到报纸了，咋回事嘛？"孟东冲墙外喊。

“腰疼不能骑车的嘛！抱歉！抱歉！”

“好说好说，身体要紧。记得，下个月要扣除两份报纸的钱。”

这里的一切是孟东的，想起他也顺理成章，很贴切很自然很应景。

炸油条的味道愈发浓厚，肚子咕咕叫开了。我随手披上风衣，以最快的速度开门小跑到巷子口的“放心李油条”，排上队。师傅在案板前忙得不亦乐乎，他麻利地把小面团搓成条，接二连三轻放在锅里。每根油条相继下锅到出锅仅两分钟的时间。我下意识瞅了瞅列队购买的人，扫眼也就七个。一会儿的工夫，身后紧跟着就来了两个人。前头心满意足地走，后方乐不可支地来。油条生产供应极快，队伍自然也没有拉长。

瞬间，我就排到头了。

“几根？”油条阿姨头不抬眼不眨的。

“一根。”我说。

“哎哟，才一根啊？”

她嗓门一下大了，噘起嘴巴，摇摇头，显得很遗憾的样子。她惋惜的语气不禁让我感到这几分钟的等待是否太不划算。

“你这个女娃子，不晓得哇？”身后有个大娘拍了拍我的肩，指了指油条店的门帘：“你看嘛！”

我看到上面挂着一块牌子，上面写着：两根起购。每人限购六根。

“来两根吧。”我暗笑，说。

“四块！”只见那阿姨手里套了一个塑料袋，娴熟地把滚烫的油条像捉小猫一样装了进去，一边伸长下巴示意我把钱丢进她面前的盒子里。

妇人的动作灵活而机械。我忘了自己一大早是饿着肚子来买早点的，一心把炸油条当成游戏围观了。

见我出神地盯着她，她的脸莫名发红了。

"给钱啊。"她慌乱地摸摸脸烦躁地催促着，转身问身后做油条的男人，"老公，我脸上没得啥子脏东西嘛？"

钱？我回到现实。我应该是拿了钱包出门的，我努力回想着，怎么会两手空空呢？

"忘带钱了吧？"身后大娘又拍拍我的肩。

"抱歉，我回去拿钱。"我胡乱地点点头。

"小小年纪失魂落魄的，我给你垫上吧。"身后大娘给了钱，拿上油条塞到我手里。

"您认识我吗？"我问。

"看你这个女娃子好眼熟，你刚一开口说话，我就想起来了。你是孟女子嘛！是没得十多岁的时候水灵，但还是好看。"大娘用嗔怪的眼神看着我，拉我到一旁："你认不出我也很正常，你那个时候一心读书哪记得一个送报纸的嘛。再说，这几年我老了。"

"刘阿姨？"我脱口而出，细细打量眼前的老人。十九年前，她五十多岁的光景，与孟东年龄相仿。每天早晨，我去买早点的时刻，她就精神抖擞的挨家挨户送报纸了。

时间真的是杀猪刀吗？满头银发满脸皱纹的刘阿姨让我心里阵阵酸楚。

"刘阿姨，去我家坐坐。我还你钱。"我说。

"是我还你钱。还你爸爸的报纸钱。"她哈哈大笑着，"我当年有两份报纸没给他送呢，他是小心眼。这回我给你买了油条，我算心安了。"

"谢谢了。"

"你看到了吗？"刘阿姨指了指街角的报亭，使劲拉着我生怕我逃跑似的，"我依然在卖报纸。我去疗养院看老孟时，他总在吹，我女儿成了作家，在大学里就挣钱了。走吧，给我签个名？我那里正好有你一本书。"

我一路跟着走到了报亭。好一阵，我的处女作被她从柜子里搜寻出来。

"你爸送给我的。"刘阿姨难为情地说，"别看我卖报纸卖杂志，我认不了几个字，这书在我手里十几年，我都没好好看。"

我拿起书。书封些许折皱，大略一翻，内侧全新页边却已发黄。我郑重地写上自己的大名。

"这字写得好漂亮喔！"刘阿姨接过书端详半天。

"阿姨，我还是订报纸嘛。抽空，我把钱给你送过来。"

"好哇！好哇！"听说订报她异常兴奋，拿出一份晨报，"你是我今天的第一笔生意喔！"

"到哪里，一定要记得关门啊！"此时，耳边突然响起洛春迟的话。

我锁门了吗？我下意识摸摸口袋，钥匙呢？我朝家跑。

我在脑子里过滤出门时的每一个画面：披上风衣，门前换鞋，抽屉里拿钱包——

走到家门口，门果然是虚掩的。怀沙坐在孟东常坐的椅子上微笑地看着我。

"我确定是带了钱包的。"我对她说，"奇怪，买油条时，钱包却不在手里。"

"我妈妈说油条是垃圾食品，少吃为妙。"怀沙叹着气，"但是，这是我爸爸的早餐标配。"

此刻，怀沙大摇大摆地站在院子里呢。院门证实是没有上锁了。那么钱包呢？

"天啦。我的油条？"

"都说不要吃油条了。"怀沙无奈地摇摇头，一副置身事外无能为力的表情，"我得忙活了，你继续犯糊涂吧。我走了。"

看到了吧，我的家我的写字间我的书吧，她就是这样堂而皇之想来就来，就跟进自家菜地似的。总之，我习惯了她风风火火来去自如的作风。

"油条来了！"怀沙应该是与刘阿姨擦肩而过了。她刚一走，背有点驼的刘阿姨手中赫然拿着之前买的油条走到我面前："怎么像个小迷糊啊？你工作不要太大压力啊！"

无力纠结钱包去哪了？我懊恼地坐在椅子上。

"每天的报纸是你去拿，还是我给你送过来啊？"刘阿姨把油条放在桌上，不见走的意思。

"等等啊。我去找钱包。"我说。

"钱包不是在那儿吗？这孩子写书写得傻乎乎的了。比我这老婆子还糊涂。"身后刘阿姨指了指我的脚底下，我低头一看，可不是吗？掉在这里，我却浑然不知。

给了钱送走了刘阿姨，头晕目眩的我大呼一口气坐到了孟东的椅子上。

"放松，放松。"我自言自语地摊开报纸，副刊版今天破天荒刊登了一首诗《你不可能深入我的悲伤》作者：路冬篱。他已经很久没有写诗了，这真是一件让我感到意外的事。

诗和油条一起被我塞进嘴里咀嚼着。

我应该在四十年的河西打鱼/养家糊口/这把年纪了/还拖着流血的爱情/在三十年河东的岸边哭泣/我在哭泣中睁开眼睛/空空的房子一如我空空的心/被你掏得空空的/那天，我做了一个梦

/梦见庄周的一只蝴蝶/从我的窗前飞过/梦见你抱着我的名字/轻轻地喊我冬篱/我知你给了我一些安慰/但你不可能深入我的悲伤/你可以像阳光，照亮/我孤单的日子/你可以像氧气/深入我的肺部//深入我的血液和骨髓/你可以像一个医生/从里到外，检查我的病痛所在/但是，你不可能深入一个人的悲伤/不可能从沙漠中拉出那个慢慢陷下去的我/即使，你感应到了/你体会到了，理解了我的悲伤/可你也不可能替代我的悲伤/这些天，我常常一个人走在大街上/有时突然停下来/想哭/泪水淹没我的眼睛/寒风吹乱了我的头发/许多人从我身边匆匆走过//匆匆走过的人群/谁也不知道/我为什么这么悲伤

　　谁也不知道
　　我为什么这么悲伤

　　读完的时候正好下雨了，我庆幸地扬起头让春雨阻挡我脸上的泪水。看来只有春雨知道我的悲伤已逆流成河了。哭是没有意义的，路冬篱，诗歌是悲伤的华丽外衣，可是没有人会懂？

　　孟东院子的四周墙跟都是光秃秃的，窗下坛里的玫瑰是门口摆摊的花农遗留下来的，他怜香惜玉顺手栽在了那里，没料到，花开的时候倒是给了我些许的小情调。

　　院里唯有依墙而搭的葡萄架是花了一番心思。

　　记得是六月放学后，我回家忙着淘米做饭。不一会儿，孟东带着几个挑着水泥的人进了院子。

　　"这是要干啥？"我问。

　　"你别管。"孟东拿出一百块钱，说，"今天要招待师傅们伙食，家里菜不够，你去添置几个。"

我也不想追问，拿了钱就往外走。出了门，他追了出来，叮嘱要买一瓶二锅头。

说到酒我就不寒而栗，下意识摸摸额角，那里有块疤它被刘海挡住了。

孟东倒是忘了，不，他不是忘了。他是压根不记得自己用酒瓶砸我的事。我迈着步子恨恨地走着，一如小时候去小卖部的节奏。

我没有买酒。

凉菜热菜摆上桌，孟东把工人招呼过来落坐。

"老孟啊，你果然小气啊。"水泥匠看看桌上碗筷，说，"都没有酒啊？"

我佯装没听见，去了厨房。只听孟东说，"菜贵还是酒贵啊？你看这条黄花鱼。喝酒对身体不好，今天你们多吃菜。我都戒酒了，你们要向我学习。"

上了饭桌必然要喝酒的人，一时没有了酒，饭也就吃得神速。不一会工夫，待我从屋里出来，他们已经抹嘴走人了。孟东残了后做事不利索了，见他慢慢吞吞地收拾着桌子，我便忙我的功课。

周末。我没有睡成懒觉，铲沙子和水泥劈砖头的声音满院子飞。推窗一看，工人已经把院子的一角弄得面目全非了。

下午，我的脑子已经被噪音撕裂无法待在家里，我抱起书决定出门找个清静的地方。

孟东问我去哪里，我没有回答，瞟了一眼院子。只见院墙边依势立起了两根柱子建起了一个秋千，在柱头与墙头之上还搭起了木架，架下已经垒起了一个石桌。

应该还缺个石凳。我想着，脚下冷不丁被半截砖头绊倒了。

"啊——"膝头磕破了皮，沁出了血，人痛得半天缓不过气，一直半跪着起不来。

"急啥啊？"孟东从屋里一摇一晃的出来，不待他走近我，我忍着痛一瘸一拐地出门了。

晚上回家，院子干干净净的，工人走了，一切妥当了。孟东在墙跟下栽着葡萄苗，见我一旁看着，说："要不了多久，葡萄藤就会爬满架子，以后你就在这底下看书。看累了，就荡秋千。"

"不喜欢。"我冷冷地说，心想，院子里的秋千都不是我的，我最终是会离开这里的。

是的，我以为我再也不会回来。但是，我还是回到这个目前对我来说唯一的让我的心不再彷徨的栖身之所。

孟东，这个我一直仇恨的人，我的父亲，如今是他收留了我。一丝奇怪的感觉袭上心头，这里竟让我有些许幸福的滋味。

雨绵绵的下了一天。

"见见吧？你这样甩手冷战解决不了任何问题。"

到了晚上，曾善美的信息又来了。真是一个奇怪的人，难道晚上是最好说话的时机？在这个节骨眼上，她的行为让我觉得自己是个无理取闹的小媳妇。

曾善美要把路冬篱代言人的身份发扬光大了。

我注定是要失眠的。我想。

我厌恶曾善美，这么想的时候，我意识到自己的牙关咬得紧紧的，腮帮子发麻了。

"必须要让路冬篱在我的生活里搁浅。"

我从门角拿起雨伞，决定出去走走。

春雨是讨喜的，街上行人不见少。前方，有个女孩甩着马尾，脚上穿着一双粉色的雨靴健步如飞朝前走着。

那是怀沙！能够遇见她，我阴暗的心里有了丝光亮。

为什么不带雨伞？难道又和爸爸吵架了跑出来？

怀沙，等等我！为了追上她，我在她身后一路小跑着。

真得感谢我脚上的球鞋，我第一次把跑步发挥得如此之好。转眼，我身轻如燕的就跑到她的身边了。

"怀沙怀沙，没听到我叫你吗？"我一把按住她的肩，大口喘着粗气，"你让我追得好辛苦。"

"当心当心——"一双陌生的眼睛诧异地看着我的脸，"姐姐，您认错人了？"

对于自己再一次的犯了迷糊，我不再感到惊讶。

我给娟子打电话。

"我都寂寞多久了还是没好，感觉全世界都在窃窃嘲笑，我能有多骄傲，不堪一击好不好——"田馥甄一直在电话里不厌其烦地唱着，我听得入了神，或者说我等娟子等得入定了。

"喂——你这电话打得也真不是时候啊。"歌声停止，电话里娟子的声音没有了往日的大气。

"耽误你做正事了吧？"我有点委屈，说，"那我挂了，你忙吧。"

"你看你，脾气每天见长啊！"娟子嗓门瞬间提高，元神归位，笑得邪乎："我在宾馆呢！"

"宾馆？"我恍然大悟，说："我还真是搅了你的好事。"

"十天半月被临幸一次，悲哀啊！"娟子叹着气，说："我要出国一阵子，我算了易经。去泰国回来后，我会有好运的。"

"嗯。那祝你好运吧！"我说，"明天给你钱行？"

"明天一早的飞机呢！你这几天，一直潜水。我都找不到你。这不，又为你节约了一笔。"临了，娟子不忘打趣，但话锋又转，语气亮了，"秋实要回来了。"

"终于要回来了。"我一愣，随之淡淡一笑。对她突然向我抛

219

出的这个名字产生了一丝的紧迫感。

一件多么不靠谱的事情！

一年前那个疯狂的晚上，我在大街上盲目地搜寻一个陌生人的怀抱，迫切地渴望他能牵着我的手四处游荡。

或许是为了掩盖我当时在滨江路上的狼狈，也可能是因为他不在国内，感觉花时间想他是多余的事。就这样，我悄无声息地把秋实藏了起来。

"他妹妹在国外出了车祸死了，他要带他妹妹的骨灰回来安葬。"

这个不幸的消息让我们结束了谈话。

我关掉了手机。

彻底做孤家寡人吧！怀沙，娟子，洛春迟你们都不要想起我。还有曾善美，我下决心要远离你！与其说我厌恶曾善美，不如说我是不想再听她提到路冬篱。

我一向对行走情有独钟，一连几天我就在这个城市的大街小巷里漫无目的地游荡。看到花坛里的花，我会停下来闻一闻。看到公园里的椅子，我会走过去坐一坐。有老人问路，我会帮他打车。

我在社区街角还和水果商贩聊天了。

"苹果可以论个卖吗？"

"都是论斤卖的喔！你要买？"

"买一个可以吗？"

"可以。"

"要个小的。"

"你挑吧。"我给了他十块钱，他找了我六块。

"这里不让摆摊的。不怕城管吗？"

"晚上城管下班了。"他很热心，说："你现在是要吃吧？我这里有水，我给你冲洗一下。"

"好的。谢谢！"我拿着苹果边吃边走，"城管晚上还是要搞突击的哟。"

这天，我不知走了多久，走到了这个城市唯一的一座古桥上。高楼与霓红灯倒映在河里，我极力探头往河里看，却发现身子不能动弹。

原来我被一个高大的男人拦腰抱住。

"你干吗！"我惊叫，第一个反应是我遇到坏人了。

"姑娘，别做傻事，别做傻事喔！"那个男人在身后说着，一股刺鼻的蒜头味夹杂着酒味从他的嘴里窜出来冲入我的鼻腔："跳河这种事做不得。"

"放开我！你要搞清状况。"我哑然一笑，低声吼着，"谁要跳河？我只是想看看河里有没有我的影子。赶紧放开我啊。"

"大晚上的，为何在这么高的桥上看河里的影子？"那男的也冲我吼着，"真是不让人省心，你就不能让我大晚上的好好散散步啊？"

我遇上什么人了？我不就是没有安全意识站在桥边探出了半个身子吗？

放弃争辩也不挣扎。过了半天男人见我不动了，他松了环抱我的双手。摇摇头，用恨铁不成钢的语气说，"都是一些不争气的，放着好日子不过专门寻死。老子光棍一条，照样活得好好的。"

我赶紧整理衣衫，抚平心绪。抬头看天，雨何时停了？我捡起倒在一旁的雨伞递给路过的乞丐，他茫然的拿了在手里。

"沉舟破釜，掌灯焚书——"男人倒背着双手唱着川曲踱着步子向桥头走去："告别了形影相随的老八股，惊回首老秀才辛酸满腹——"

"渺渺茫茫青云路，洋洋洒洒圣贤书——"我喃喃自语地目送

221

他走远。这男人唱的可是孟东最喜欢的川剧《青鸾祅》的唱段。

过了桥是公交站台，这路车的终点站是金沙公园。这似乎给了我去工作室的理由，我已经走累了，我不假思索地上了车。

我是矛盾的，行动与内心在唱反调。我无奈的坐下闭上眼，耳朵随时听着广播生怕坐过了站。

到了。到了。

下了车，拐过街口，我加快步伐，远远的看见路冬篱坐在书吧的落地窗边。他还是从容不迫的三加一模式，读书听曲喝茶外带香烟。

这是静候我的架势。如果是以往，我会很气馁，认为他太小看我，不把我放在心上。但是现在我知道我必须换个角度来看待我们的感情了。或许，那些缠绕于心的事情并不是我想象的那样，既然挣扎让我痛苦，我和路冬篱总有一个要让一让吧？要么两人继续相安无事耗下去，要么转身另走他路。无非是过与不过而已！

我要爬出这个沼泽，去寻一方静土。

上一秒还在郁闷，这一刻已经海阔天空。

我发现我的阴霾情绪荡然无存心里一下子变得敞亮。原来不角力不暗战是一件愉快的事情，真庆幸自己主动开诚布公的来写这个句号。

见我缓缓地坐到他的面前，他起来关掉川曲。

"我的文学启蒙是听爸爸唱川剧。"我对路冬篱说。

"我俩差不多，我尤其喜欢听单田芳的《三国演义》。"

路冬篱两手插在兜里从吧台走向窗边，眼睛定定地看着外面三三两两逐渐稀少的行人说，"我第一次听评书是五六岁的时候，每每到了关键的时候，说书人醒木一拍，就说欲知后事如何，且听下回分解。"

"说书先生是很有一套把时间拉长的本领。"我说。

是啊！他笑着频频点头，皱着眉头说："记得瑾儿小学的时候一写作文就头疼，总是达不到要求的字数。后来，他们老师推荐了大鼻子李教授写的书，一下这写作水平就提上去了。其中，李教授就举了评书这个例子。"

"怎么说？"

"譬如，说书先生讲到古代有一位闺房小姐，想下绣楼到院子散步。说书先生首先就要说说这位小姐的相貌举止，兴趣爱好，再介绍她的心理状况，还要描写她的丫头仆人。这一讲就是两个钟头。这时，醒木一拍：诸位，欲知小姐究竟是如何下这绣楼，且听下回分解。

第二天，小姐准备下绣楼了。又说到该如何打扮。于是，丫鬟们一旁服侍捯饬，一番涂脂抹粉上耳鬟挽发髻。发髻挽得不好看，小姐发脾气打骂丫鬟，丫鬟忍气吞声只得重新为小姐上妆——就这样，两个小时又过去了。说书人照例醒木一拍：诸位，欲知小姐究竟如何下这绣楼，且听下回分解。

第三天，小姐终于走到楼梯口了，突然想到平时喜爱的扇子忘了拿。又叮嘱丫头回去拿。什么扇子让小姐如此喜爱呢？这个时候，总得描述描述那把扇子的来历吧，原来这把扇子是父亲朋友所送。这位朋友又是一位英雄人物。于是，又一次'且听下回分解。'你看，小姐是不是走两个星期还不下绣楼呢？会写不一定会教啊，这李教授帮我解决了大麻烦。瑾儿写作不再老缠着我叫苦了。"

今晚我俨然是一个小学生，竟然听得入迷。好一个强大的李教授！好一个擅于谈话的路冬篱。我是来干什么的？难道是来听他汇报路一瑾当初是如何运用李教授的写作宝典？

"是的。除了评书，还有我们看电影时里面的蒙太奇和慢镜头，它们都给孩子们的写作带来一个很重要的启示，生活中发生的再长的事件，也可以一笔带过。再短的事情，也可以抽丝剥茧再深入。"我快速地打断路冬篱的话，语气尽量做到不焦躁，说，"可喜可贺，路一瑾可是作家的好苗子。你好好培养吧！"

路冬篱被我强行关闭了话匣子。他自嘲的耸耸肩，坐到我对面。半天不说话。

这样挺好。我想，也不禁黯然了，貌似如普通朋友那样摆摆龙门阵也是不错，但是，我们要聊的话题不多了。我们的谈话早已苍白得没有了温度。

"是的。"没想到他会赞同我的看法，他两手抬起十个指头插进发丝反复摩擦着，说："工作室转让了。我高估了我的能力，精力财力都不够我再支撑下去。"

为了看路冬篱火烧眉毛上蹿下跳，我确实幸灾乐祸暗中诅咒过，但这个消息从他嘴里平淡的说出来依然让我有点不知所措。尽管我任性，要知道，那并不是我真实想看到的。对于我来说，孟夏兮工作室也曾是我虚荣的梦想。

"为什么不告诉我？"我恼怒。

"你不是想逃开么？书吧你也撂在一旁了，这几天都是我在这儿看着。"

"不管怎样，你做决定的时候应该告诉我，我理不理是我的事。别忘了，工作室是以我的名字命名的啊！"

"我确实来不及考虑那么多。抱歉！"路冬篱站起来，从柜台拿出一个文件袋放在我的膝头。

没待我完全打开，他便说，"里面是你给我的书吧钥匙。另外还有一张银行卡。卡里有些钱。"

"什么钱？"

"版税。"

我们注定要分道扬镳。

"我开车送你回去吧。"路冬篱说。

"送我到曾善美那里。"我说。

"好。"

我走到店外，看着他的身姿在屋里晃着。收拾了吧台，又关了灯。然后，我们一起漫不经心地去停车场。

"书吧没人管怎么行？原来在工作室的小晴你可以让她来帮你，我问过她，她一时找不到工作，说可以试试。你有她电话的，你自己跟她联系。"

"你考虑得事无巨细。"

"不能写就不要写了吧，去哪里还是要打车，吃了药开车会很危险。能不吃就不吃。"他说。

"好吧。听你的。等找到要娶我的人，我就不写了。"

"抱歉！是我耽误了你。"

"不用抱歉。做选择的不是我吗？"

路上我们没有说话。

曾善美似乎知道我们要来，在桂花树下来回走着。

路冬篱没有下车，我想说点什么，他转过头去甚至都没有看我一眼，毫无留恋地发动了车子。

"你们不需要告别吗？"曾善美对我说。

"该说的都说了。"我打了个寒颤，"进屋吧。有点冷。"

相爱十六年——

5. 乐山吹起欲望的号角

第二天中午，我在曾善美的工作室醒来。多年以来最美的一次睡眠。无梦。

"我们真的分手了。"我在电话里对娟子说。

"可喜可贺。男人四十一枝花，女人四十豆腐渣。你说你浪费了多少光阴？赶紧的重新开始。"

娟子说，治好忧郁症的唯一方法，就是找个男人带你飞。对云雨之事体会不深的我每每听到娟子说起"飞翔"的感受，故作高冷，实则内心很是羡慕。

我不想对快感敬而远之，我渴望精神灵魂的高度融合，不光是身体的交织。

心动不如行动，我是否该去实践呢？

娟子的话让我一下子很振奋。是啊，我要去谈恋爱！马上。

回到家我打开床头的迷你音响在音乐中风风火火梳洗打扮。

"我还是喜欢现在的生活，一个人走走停停不多啰唆，我不去猜测你在想什么，留你去尽情狂欢消遣寂寞——不等你，生活还是要继续，我承认空虚但却回不去，感谢曾经的你为我录制最美丽的电影——"

很快我穿上久违的高跟鞋穿梭在陌生的人流中。他们都来去匆忙，都有要去的地方，要做的事。而等我的人在哪里？我要朝哪里去？我在地下通道里徘徊。往左还是朝右一片茫然。

"如果你去乐山找我，我最想带你去峨眉。"

这是谁对我说过的话？对了，是洛春迟。

我心里蹿起一团小火苗，似乎看到远方的洛春迟在朝我招手：

"孟夏兮，来吧！"

我激动地停下脚步。去乐山吗？去吗？去乐山真的是为了滚床单？管它呢！想去就去吧！

我转过身与迎面走来的女士相撞。她怀中的小狗儿竖着耳朵，恼怒地低吼着。

"对不起！"女士向我表示歉意，一边训斥怀中小狗，"不要大吼大叫，你怎么这么没有礼貌啊？"

"阿波罗，等你长大一些，我会带着克丽泰来看你的。"这时，我耳边又想起秋实的声音。

"秋实要回来了——"我喃喃自语着，我习惯与自己对话"我走了，他找不到我怎么办？如果是怀沙她会怎么做？"

"你总是在等待。你要等到什么时候啊？"她一定会大声冲我吼，用女王的口吻指挥道"去乐山吧。他要找你总会找到你的。记住，跟着感觉走。"

我几乎是跑回了家，从那间旧衣橱里找出背包往里胡乱塞了几套衣服。

"不要忘了钱包，不要忘了锁门。"此刻我很清醒我是要出远门，我也很明白自己爱犯糊涂。换上球鞋我不断地叮嘱自己，"不能让旅行节外生枝。"

度娘说，成都到乐山全程差不多150公里，坐豪华大巴只要两小时。

"小屁孩，两小时后见吧！"我向洛春迟发出信息。

到了车站，买票就上了车。车子发动时我看了一下时间，三点三十。

饭点的时候，我也就到了。我想着，沸腾的心逐渐平静下来，看着窗外的钢筋水泥我很快进入了梦乡。我学会驾驶后便克服了晕

227

车的毛病，我不想再等待。做什么事，去哪里，我都得等路冬篱来接送。学会开车，我自己可以去任何一个想去的地方。但事实上，学会驾驶后，除了出租车，大部分时候我还是坐在他的副驾驶位上。我依赖安眠药度日，它带来的后遗症让我的意识总是处于迟钝的状态。协调性极差，心率很快，看到红灯与人流我总是紧张。

在睡梦中我被人叫醒，睁开眼，女司机笑容满面的看着我。

"睡得香哟！"她说，"姑娘，你来乐山干嘛的？是来看大佛的？"

是啊，我是来干嘛的呢？

我下车的脚变得犹疑。四目一看，车里只剩下我了。窗外，乐山的空气很清透。

"你想逃走吗？"

洛春迟双手交叉于胸走上了车，像一个威风凛凛的猎手。

"投降吧。缴枪不杀！"

我鼻子一下发酸，眼眶红了。他却笑得灿烂，挎上我的包，牵着我的手下了车。

"你安心的在我这里玩几天吧。"他说，"乐山太小，它留不住你。"

我不是来旅游的——

我不是来旅游的——

一股悲凉的情绪袭上心头，来时炽热的冲动感荡然无存。他拉着我的手，有如牵着一只无家可归的小狗。

"你该活络一下筋骨，我们别坐车。"他说，"知道我给你打了多少个电话吗？收到你的信息，我就等着你了。为什么不接电话？"

"你给我打了电话？"我拿出手机来各种检查找到了原因，傻傻地对他一笑，"原来是之前设置成了静音模式。"

"好在我聪明，在车站等着你。"

我跟着他沿街走。

"没有雾霾，远处的山也看着很近。"他指着远处的山峦，"我说过的，我要带你去爬峨眉。乐山离峨眉近，夏天妈妈总带着我上山避暑，住在尼姑庵里。"

"你一定饿了？"路过一个公园，他停了下来，拍拍肚子，"我一晚上写小说，天亮了才睡。三点多醒了，收到你要来的消息，我都没顾得上吃饭，一直等着你。"

"吃啥？"我确实也饿了。

在曾善美那里醒来，吃了贴心的她送来的咖啡和吐司。然后离开，一路折腾着到了乐山。

"当然是吃乐山的小吃了。"他说，"不远，就在前面。"

果然，轻车熟路拐个弯爬上坡没几分钟就到了。

九九豆腐脑。

我扫眼一看，简陋的一个小店却座无虚席。

正好有人吃完离桌，洛春迟松开一直紧握着我的手，小跑着过去一屁股坐到凳子上。

太夸张了！我心里暗笑，这抢位子的姿势太豪气。他屁股刚一落座，小二就来侍候点餐了。

"两碗鸡丝豆腐脑，多点散子。再来两个卡饼，一个肥肠一个牛肉。"

"来来来，坐啊——"见我在一旁直愣着，他冲我招着手，"到市井小街吃东西，斯文最要不得。"

"不要怕油滴到身上，也不要担心牙缝里塞了辣椒渣。"他调皮地向我呲着牙："有我呢。我全方位服务到家。"

"你的牙呢？"我习惯性去搜索他的虫牙。

"你忘了？告诉过你的。用你给的工资把牙补好了。"

"作为一个资格的吃货更应该对得起你的牙齿。"我笑了。

"笑起来多好看啊！"他双手托腮，目不转睛地看着我的脸，"姐，你怎么能让人那么揪心啊？"

"讨厌啦！不要盯着我的脸看啦！皱纹都会多几条了。"我慌乱地蒙上脸，又忍不住从指缝偷看他。

"胡说，让我越看皱纹只会越少。再说，不同时期的女人有不同的美。姐姐正当年华，美着呢！"他扯开我的双手，紧紧拽着，"姐姐应该自信，别让美丽成为负担，放肆享受就好。"

他一本正经的样子，让我眉开眼笑。

"我会不会打乱你要做的事情？"

"什么事情比孟夏兮重要呢？"食物被小二匆忙搁到桌上，他站起身小心翼翼地移到我的面前，"吃吧。你一定喜欢。"

怕是饿了，吃得忘了身处何地。满眼都是爽滑白嫩的豆腐脑还有那嚼起就嘎嘣脆的小根根的细散子。

吃完了豆腐脑，一抹嘴，我问，"不是还有卡饼吗？"

"来了来了——"

小二端着满满一个盘子上来。所谓的卡饼就是再熟悉不过的成都白面锅盔。成都人往里放夫妻肺片和各种凉菜，乐山人应该是把肥肠牛肉放进去。

"怕辣吗？吃香菜吗？"洛春迟问。

见我点头，他便往牛肉肥肠里撒了辣椒面和香菜，麻利地用筷子夹起来二合一的塞到饼缝里，然后递到我手上。

"好吃。"见我咬了一口，他心满意足地去装自己的饼了。

他吃得很用心，我的饼还没有吃完，他就收工了。然后定定地看着我。

"看我干什么？"

他傻傻一笑，说："我想把你也掰开来吃，扭一扭，舔一舔。"

"我还没吃饱呢！"

他眨巴着眼睛笑笑，摸不透他的小心思。

终于吃完了，我说："把包给我，我要纸巾。"

他听了，立起身子伸出手来在我嘴角霸道一抹，油渍直接转移到他手里了。

"哎哟——"我都来不及躲闪了，一个字：囧。

"怎么啦？"我红着脸跑到外面，他跟着撵了出来。

"多不卫生啊！我又不是小孩子。"夺过包，我拿出纸巾给他，"赶紧把手擦干净。"

"所以说，你不解风情吧。"他扯出纸来，先擦了擦我的嘴角，无奈地说，"如果换作路冬篱，你会很窝心，你一定会感到自己是被照顾着。"

"别提他好么？"我佯装生气朝马路对面走，他赶上前一把拉着我，"都快九点了，我们该打个车回去。"

说车，车就来了。说了地名，出租车没打表，没多久，车子停了下来。洛春迟给了一个起步价。

"就是这里吗？"我问，"感觉像是要进博物馆。"

在昏黄的路灯下，我看到一幢很有特色的古典建筑。

"我们家老祖宗是明清时的秀才，这房子是祖上留下来的，是个四合院。"洛春迟掏出钥匙摸索着开了门。

随着灯火通明，惊呆的我顾不上说话。这幢房子有着凝重的台门，门上刻有福禄寿喜图案。建筑高度约五米。从大门处登了好几级台阶到了前宅。放眼望去，整个建筑布局严谨，结构牢固，斗拱、横梁、门窗等无一不是精雕细琢。

"'文革'的时候被破坏了，后来政府出资进行了修缮。这房子是不是一下子掩盖了我屌丝的气质？"洛春迟自嘲着说，"事实上，大部分都捐给了国家，让政府去打造开发吧。我可利用的就是一小部分，用来开了书店。这是典型的穿斗式木架结构。"他接着说，"屋顶高，没有天花板。"

他首先让我参观他的书店。木质的墙壁，镂空门窗，红木书橱与洛春迟后来添置的现代装饰相得益彰。

"文艺青年"。

我看到书橱一侧的牌匾，他扬扬得意地说："本人笔墨。"

到后堂要穿过天井。天井四边用石条砌成台阶，中间用石板铺成平面，下面有浅浅的沟。我抬头看了看头顶的屋檐，想着小沟的作用定是引排从上倾斜下来的雨水。过了天井，是后院。一条弯弯的走廊把位于四周的几组厢房连接了起来。桂花，银杏，香樟，大榕树在夜风中气势浩大树影婆娑。

"小院回廊春寂寂，浴凫飞鹭晚悠悠。"我深深地陶醉在历史古韵中。

"我和妈妈住最里面的那间屋子。"洛春迟说。

"这么晚了，会不会打扰到阿姨？"

"她去青衣江看望外婆了。"

洛春迟推开门，一只老鼠突然跑了出来，跳过我的脚背逃窜而去。

"啊——啊——啊——"洛春迟抱头跳着叫着。

老鼠算是我远房亲戚了，在上井村，它可是床头床尾房间地头天天和我作伴。我怎么会怕它呢？倒是洛春迟让我开了眼界。惊恐的眼神，瑟瑟发抖的样子让我忍不住大笑。

"这不是什么丢人的事。"我说，"每个人都有害怕的事情。

男人也不例外。"

他拍拍胸膛吐了口气，目不斜视进门开灯。

真的是处处有惊喜。只见一扇有花鸟图案的古色古香的隔断映入了眼帘。

"人行明镜中，鸟度屏风里。我妈超爱的古董。"洛春迟说着像找到了阵地，一屁股坐到一张太师椅上，"累死了。"

我细细打量。门侧是大衣柜。屏风把卧室一分为二，两边各安置一张木床。左边有梳妆台的显然是他妈妈的地盘，小床一目了然，干净整洁。右边是大床，床头凌乱地堆着一摞书，被窝半散着。电脑没有关机，文字写了一半。我凑上前一看：写作能让我变得自信，成为一个更棒的人——

"洗洗睡吧。"他打了一个哈欠，拿出一支烟，"憋了很久。趁你洗澡我抽一根。"

"洗澡间在哪里？"我问。

"我带你去。"他说着，打开衣柜，拿出一件睡衣，"你一定没带吧？穿我妈妈的吧，她也很瘦小。"

洗澡间在走廊尽头。很简陋。老旧的水龙头，布满污渍的梳妆镜和台面。架上放着崭新的洗漱用具。不用说，定是为我准备的。

打开热水阀，水声哗哗，脱了衣服，半天却不见热水。一丝冷风袭来，抬头一看，锈迹斑斑的小窗开了一条缝。我跑过去关了个严实。

"不要滑倒了。"他在外面大声对我说："这是电热水器，热水来得慢，别急啊！"

"知道了。"我回应着，热气逐渐浓厚了，"别走开啊。"

"你也怕了？"他在外面问。

这可是古宅啊！我在心里说，速战速决吧。

洗澡出来。

"你捉虱子啊？"他皱着眉头用一个毯子把我团团包裹。

"啥意思？"

"洗得这么慢，用了一个多小时。我平时只用二十分钟。"

"真是邋遢小王子。"我朝他做了个鬼脸笑着，裹紧毯子朝房里跑去。

"等着我啊，我去洗了——"他在身后嚷着。

洗了澡，人一下子舒坦了。床头有一本影集，记录着洛春迟的成长轨迹。贴心可爱的洛春迟让我彻底的放松下来。这是一个有意义的夜晚，我在这里留下了印记。这栋房子的每一块砖每一处镂雕承载着旧人的故事还有我的憧憬将会继续发光发亮。

"姐，你都不等我就睡了？"朦胧中，洛春迟推门进来躺到了他的床上。

"没有呢。开着灯，睡不着啊。"

"可不可以不关灯啊？"他难为情地说，"我一向都是开着灯睡。"

"真是一个怪孩子。"

"姐，你相信我曾经是一个坏孩子吗？"

"当你认为你是坏孩子的时候，说明你已经浪子回头了。"隔着屏风，我问他："你知道浪子的故事吗？"

他没有回应，似乎很认真要听我继续讲下去。

《圣经》里，路加福音第15章。那里说到有个父亲有两个儿子。

小儿子对父亲说："将我应得财产分给我吧。"

"如果你是父母你会怎么做？"我问他。

"嗯——不知道。"他反问我，"如果是你呢？"

"我会狠狠骂他一顿。"我说。

我继续这个故事。

"这个父亲竟然将家产分给了这个孩子。你知道，这样就意味着父亲将一无所有。因为故事的背景是在古以色列国，在那里，如果父亲没有离开人世，是不能将财产分给孩子的。而这个孩子得到父亲给的家产后就收拾一切去远方了。"我在这里停顿了，强调说："我要解释一下，这样做的后果。在古以色列，家产大多都是牛羊田地喔！"

"也就是说，倘若让小儿子'收拾走'，必须变卖成为现金。"

"是的，这本身是件十分羞耻的事。其次，要分给小儿子家产。公平的父亲也必然会分给大儿子家产。分完以后，他几乎一无所有。你能理解吗？然后，小儿子到远方把钱财挥霍一空。遇到饥荒，就去给人做雇工。饥饿的时候，恨不得拿喂猪的豆荚充饥。"

我讲到这里，感觉不到屏风那端洛春迟的气息。

"你在听吗？"我问，"我以为我十分无聊的一个人在自说自话。"

"姐姐，我在听。"他像是从沉思中醒来。

"我不喜欢对着空气说话。"不待他解释，我很有耐心地讲下去。

"顺便说一句，这小儿子本是一个生活极其放荡的人。他突然想起，我父亲家里口粮有余。还有许多奴仆。我却在这里吃猪食。于是，他想，我要回去对父亲说，父亲，是我得罪了天，也得罪了你。现在我回来，请把我当作雇工。想到这里，他觉得离开父亲是一件多么缺德的事。于是，他就回去了。"

"他不是还有哥哥吗？哥哥在干吗？"

"想不到，他还没有走到家。老远他的父亲在高坡上看着儿子回来，便迎上去。他马上向父亲忏悔。没等他说完，他父亲就扑在儿子肩头号啕大哭。"

"奇怪，父亲好像知道他要回来在那里等候似的。"

"是啊。哪里有"碰巧"的事。这个儿子出去后，他的父亲到处打听他的下落，知道了他与娼妓寻欢作乐，花光了所有的钱。也知道他遇到了饥荒，也知道他为了生活投靠他人。有一点要指出，这个小儿子落魄到要吃猪吃的豆荚。因为以色列人一直视猪为不洁净的，他们也不养猪。"

"从这一点可以看出，他投靠的不是犹太人。"

"是的，对于犹太人来说，只有极其落难才可以投靠外族。另外，养猪是最下贱的工作。当父亲知道儿子终于踏上回家的路，于是，天天早晚在旷野最高处，向远处眺望。圣经里说，他扑到儿子肩头哭，其实，他是放纵自己的爱。哭过后，父亲马上带着儿子回家，吩咐仆人给儿子穿上袍子，戴上戒指。看着他光着脚又给他穿上鞋子。"

"为什么光着脚回来？"

"这是一件特别有意义的事。在以色列仆人去见主人是不能穿鞋的。他宁愿做一个雇工，所以他的悔改是真诚的。他父亲吩咐将上好的袍子给儿子穿上，因为他深知儿子的羞耻，上好的衣服是家族的荣耀，戒指是代表身份，表明父亲永远不会让儿子成为雇工。鞋子是拿走儿子的一切愧疚。"

"姐姐，我就是那个不争气的小儿子——"洛春迟似乎在哽咽。

"你在哭吗？"我问。

他没有吱声。

我下床绕过屏风到了他的床边，他两手捧着脸已经泪流满面了。

"真的是孩子呢。"我坐在他身边扯开他的手，故作打趣唱道，"男人哭吧哭吧，不是罪——"

他破泣为笑，从床头纸盒里抽出纸来一抹，说："大哥也该出场了？"

"是呢！那个时候，大儿子在田间劳作。听到音乐，问跟班的发生了什么事？跟班的一五一十说了。你猜大儿子会怎样？"

"还会怎样？正常人都会生气，妒忌呗！"

"这才是耶稣讲故事的关键。大儿子赶回家，在门口就闻到了美酒佳肴的香味，便不肯进门。这时，父亲迎出来，他对父亲说，我一直陪伴你听你的话，从未违背你的命令，你也不曾为我杀猪宰羊。而你这个儿子与娼妓一起浪费了你的资产，你还要为他大摆筵席。父亲说，我所有的都是你的。你弟弟他是失而复得。听到这里，你一定明白了在大儿子与小儿子的关系中，他们的焦点是什么？"

"其实，大儿子和小儿子都是想得到父亲的财产，不是爱。只是一个隐忍一个直接。"

"在大儿子的言行中，你发现没有？一开始就犯了大错。他没有说我的弟弟，而是你这个儿子。他依然是关心父亲所剩不多的钱财。小儿子用卑鄙的手段直接索取，哥哥却是通过遵守父亲命令隐忍想来得到。但是作为父亲，并没有放弃他们。见到小儿子大儿子从外面回来，他都是欢喜的迎接。当时，我读到这个故事的时候，我看到了'迎'这个字。我想，他作为父亲为何要迎？到后来明白了，父亲的焦点一直是'酒席'。而这个酒席的目的就是一份简单的父亲对儿子的爱。"

洛春迟叹着气，说："我没有见过那纯粹无私的父爱，母亲对我却一直是无条件付出。"

"我们都是那什么都不懂的孩子。无论我们是大儿子还是小儿子，都是被欲望牵动，根本不在乎父母的感受。《圣经》里，这位父亲纯粹的爱是上天的爱。我和你都是浪子，我们都有一颗流浪的心。

所以，在老天面前想哭就哭吧。流泪总比干枯的微笑要丰沛得多。"

我站起来伸了个懒腰，欲回到屏风那边，洛春迟一把抓住我用央求的口吻说："姐——别过去，好不好？我们面对面促膝谈心，这样真好！"

想起之前他被老鼠吓破了胆，此刻又露出撒娇的小模样，我忍不住又乐了。男人在女人面前撒起娇来，心真的是要被融化了。

"姐，像我这样。"

他抓过一个抱枕盘腿而坐，我也上了床学他的样子坐好。

"我刚看了你们的相册，你妈妈是个美人呢！"我说，"都说儿子像妈，怎么你就一点也不像呢？"

"我可能像爸爸。"他挠了挠头，无奈地说，"其实，我也不知我爸长啥样。"

"你是遗腹子？你爸爸他——"我猜测他父亲应该是不在人世了。

"是死是活还不知道呢！我妈妈刚怀上我，他就跟一个外地女人私奔了。我妈挺着大肚子满世界寻找，也没有找到。后来，有熟人说在广州见过他们，我妈妈听了急着赶过去，人没有找到，在路上还出了车祸。可惜了我妈妈，好好的人就残疾了，她一瘸一拐的养我长大。从小，同学们都嘲笑我，没有爸爸，还笑我妈妈是瘸子。说实话，我很自卑。"

想不到机灵古怪的洛春迟身世如此悲凉，我不由得想起我那不知身在何处的妈妈。

"我因此常和同学打架，鼻青脸肿的回家。妈妈总是不问原因，觉得我调皮总是训斥我。有一天，我实在气不过了。我大声对她说，你不要去我学校接我了，他们笑话你。我又不是瘸子，我自己走路回家。"

他讲到这里，我心抽紧了。我想，他妈妈一定愤恨地把他揍一顿后，再躲到一旁偷偷垂泪。我脑子也瞬间勾勒出他妈妈事后悲痛欲绝的画面。

"妈妈听了，反倒笑了。她说，妈妈本来就是瘸子嘛，让他们笑好了，这只能说他们无知。你和他们打架改变不了妈妈是瘸子的事实。所以，以后他们说什么你就当没有听见。时间久了，他们也会觉得无趣。这就跟说相声一样，没人捧哏，这相声还说得下去吗？独角戏唱不了多久的。"

我连连点头，真是佩服他有一个坚强智慧的妈妈。

"我小时候，妈妈没有在工厂干活，因为行动不便。后来爷爷为父亲的事感到愧疚，就让妈妈过来帮忙打理这幢房子。因为房子是捐给了国家，所以，妈妈有工资拿，福利待遇也好。她把我供上大学后，还有闲钱到处去旅游，平时周末就和阿姨们到农家乐，也不再提起我爸爸的事。"他说到这里，突然起身跳下床，猫腰在床底费劲地拉出两个大纸箱。

"是什么？你妈妈藏的宝贝？"我不解。

他撕掉纸箱上的封口胶，露出满箱的书。

"你还真是个书虫。"我笑着，"上次你就拿了我那么多的书。"

他闷声闷气，抽出一本书丢到我手中。我拿起来一看，散文集。作者，洛春迟。不待我发问，他又接二连三丢上来几本，全都是长篇小说。作者同样是他。

"不错啊。深藏不露啊？洛作家。"我惊喜地说。

"一共六本，我妈妈不想看到我为了理想那么执着的挣扎。全都是她花钱自费出版。"他很沮丧地又起腰，显得很焦虑，"我的稿子投递出去，要么石沉大海杳无音讯，要么就是被出版社退回。

239

我的梦想就是想像姐姐一样成为一个作家。为什么姐姐二十多岁就顺利实现了理想呢？我怕是能力不够。可现在，书成箱的在这里，都成废纸了。"

真是长不大的彼得潘！我在心里说。

"谁说是废纸？来参观房子的人每天应该有一些。你可以把书放在门口送给他们看啊！如今，你开起了书店，书不仅可以摆在店里，而且，你还可以放在网上呢！"

"我是虚荣心作怪。觉得本版书才有资格摆进书店呢！"

"既然如此，你还大费周章花钱自费？你的好运在后头呢！为理想坚持不懈是好事，但也要量力而为。自费出版的书也有很多精品，作者也都是写文章的好手呢！只因现在节奏太快，电子图书几乎要代替传统出版了。所以，出版社做选题的时候考虑最多的是市场，有时候跟你写得好坏没有太多关系。懂了吗？"

"姐——"他像突然醒悟了一样，跳跃起来把我紧紧抱着："姐，有你真好！"

"嗯，小屁孩一惊一乍的。"我十分享受这种"被需要"的感觉，我轻轻拍着他的后背，他的呼吸像一个魔力带把我瞬间缠绕，他炽热的眼神凝望着我，我感觉到他的火辣滚烫，我知道他膨胀了。欲望的号角在我们中间吹响了。

他的手不知何时伸进我的前襟，"姐姐，你脸红了？我喜欢你害羞的样子。"

"啊——"我像从催眠中醒来，一把拉出他的手坐了起来，"不能——不能——"

"为什么啊？"他很懊恼地仰面躺着。

"我现在十分清楚那天我们是一个错误。如果我们又那样了，明天出去就是陌路。在我心中你是弟弟，知道吗？"我跳下床，一把关掉灯，"学着在黑暗中冥想吧。"

"我出去吹吹风。"他说着摸黑走了出去。

我的灵魂是清醒的。我怕寂寞，怕空荡的屋子。我甚至不敢正视镜中漂亮的身体不在男人的怀抱里。但是，我更害怕身体里的躁动驾驭我对生命的感悟。准确地说，我希望我的性是与爱相融合的。我不能让这一切变得无所谓。试问，如果那样了，那将是怎样的一个我呢？

我无法入眠，我冲动地来到这里给了他错误的暗示，我对洛春迟感到深深的歉意。

过了没多久，我听到他回来小心谨慎地走向我的床边，他轻轻握住我的手。我屏住呼吸想他会怎么做。我愿意相信，他是一个纯洁的孩子。是的，他一直坐在我床边，直到天亮疲倦地在我的脚头睡去。

我想我该走了，我就是为着一个梦想在流浪。我悄无声息起来，给他写了一张字条：爱你该爱的人，有的人有的话适合放在心里，烂在肚里，永远别说出来！小屁孩，写完了小说一定跟我分享。为梦想加油！

快步出了门，我很顺利坐上了出租车。

看着老房子在身后远去，我在心里说，再见了，洛春迟。非常感动老天安排我来到这里，在历史的镜子前，我看到了自己的伟大和渺小。

高速路上，洛春迟来了电话，我犹豫再三接通了。

"你醒了。"

"姐——"他沉吟老半天，神经质地在电话那头笑了，"嘻嘻嘻——真庆幸我没能成为你和路冬篱的矛盾的催化剂。那样我会自责会难受！昨晚太意味深长了。"

"没事的，你想太多了。我和他不是你想的那样。"

"你们没有缓和的余地吗？冷战也不是办法，挺磨心的。我怎么感觉你们像是男孩子犯了错，女孩不原谅，要这样要那样。你们也是老夫老妻了，只不过少了那张纸。想想当初的心跳或许会释怀呢！我妈说了，男人都一样，嫁给任何一个男人或许都是个错。既然这样，不如将就着过。不要老想摆脱，学会适应然后改变这才是聪明的做法。像我叔叔和婶婶，因为一些事老吵架动不动就僵持着不说话。后来疲惫了分开了，各自组建了新的家庭，现在老是为了子女为了钱财相互猜忌、提防。再一次陷入折磨。多累啊！如今，他们可后悔了。想一想，无非是一点屁事。多不划算啊！姐，你试试从旁观的角度去看看你和他发生的所有事情。"洛春迟说得似乎有理，但在我这儿行不通。我没有打断他的话，让他一吐为快。

"我明白的，因为人在旅途，每个人都有自己的轨迹。难免会各自越走越远。但由于道德世俗的压力貌合神离是常有的事。"

洛春迟这翻话倒是说到我的心坎上，我当他是小屁孩，看来是小瞧了他！

他口若悬河说得头头是道，我也不忍心扫了他的兴。看他为我们的事如此操心，我必须得告知他真实情况。

"哎——我和路冬篱前天正式分手了。"

"分手了？真的？"他不敢相信，但随之语气提高了好几倍，"分了就分了呗！我不太喜欢那个人。"

"嗯，不想将就。想痛快的生活！"

"姐，现在有一些男人。他们渴望这样的女人，比情人少一些世俗，比朋友多一些暧昧，他们要淡淡的那种随意和轻松，没有任何包袱。我想说，千万不要和这样的男人交往，这些都是一些不负责任不想承担的人。姐，你要好好生活。"

"嗯嗯——我知道，谢谢你。"我对他说："我会牢记你的话。"

洛春迟依依不舍地挂了电话，我一点都不反感他的话，很贴心，很温暖，很实在，关键是很受用。

第六章　我想有个家

1. "芙蓉"谈性事

"漫漫人生路，在合适的时间合适的地点遇见合适的人。我想，我会遇到等我的那个人。"

打开心扉，如释重负！在车上，我发表了大半年以来第一篇博文。

是的，我要好好生活！

回到成都的第一件事情是到沃尔玛大量采购。在挑选了各色食材后，我没有忘了我的莲藕馅饺子。在冷冻食品的拐角我好像看到了路冬篱的身影。我下意识大步跟上去，瞬间我又停下了脚步，我想，我为什么要追他？看到他我要跟他说什么？

"莲藕馅的饺子只有三包了。"

身旁来了一对情侣。

"一包二十个，我俩一顿就能吃一包。这几天三包哪够啊！"女子对男子撒娇说，"可我只想吃莲藕馅的饺子。"

"那我明天再来。明天应该有货了。要是没有，我到其他超市再去看看。"

"晚上写作饿了，我给你下饺子吧。"记得我和路冬篱第一次携手逛街时，他对我说。

"我不喜欢大葱韭菜。"我说。

"有莲藕馅的啊。"路冬篱笑着。

我在想念他吗？我被这个念头吓了一跳。他是我唯恐避之不及不想再与其有交集的人。但是，此刻，他微笑着朝我缓缓走来。他会跟我说什么？我想。我等着他启动双唇。

"你又来买莲藕馅的饺子？"

"是的。"我一动不动只顾站在原地，听到他的声音我似乎很满足。

"您就多选几包吧。莲藕馅的总是很畅销。我们总是不间断上货呢！"

上货？我收敛心神，定睛一看，跟我说话的哪里是路冬篱，他分明是推着购物车往冰柜里布货的超市服务员。

真是无地自容。

"我需要时间，我需要时间。"我嘀咕着自我安慰。

回家把所有的食材放进冰箱，然后给自己煮饺子。我一边吃饺子一边计划着，为了让自己不至于无事可做，我决定重新布置我的家。我要大大的木床软软的沙发和宝蓝色的窗帘。我还需要一个能装满我所有藏书的大书柜。

要装修找龙发！这个装修公司的广告效果十足，因为连我这样满脑子只知码字的人都能把它记住。上网联系，一个小时后设计师来了。她是一个年轻的女人，有一双让人过目不忘的乌黑的眼睛和一头柔顺的长发。

"我叫王艳丽。"她说。

"如果你把头发束成马尾在脑后，人会更精神漂亮。"我说。

"是吗？"她语气虽漫不经心，胳膊却抬了起来从手腕取出一个塑料发箍："那我扎起来，利索点。"

真有意思！不做作的女子。

"你属什么？"

在她眼里我一定是个古怪的女人，我的第一个问题竟然与装修无关。

"你为什么这么问？"她并没有直接回答而是诧异地反问我。

"我喜欢与星座生肖匹配的人交朋友。"

"这样交朋友会不会把自己整成内伤啊！"她听了，忍不住哈哈大笑，我因此看到了她妩媚的口红粘了少许到门牙上。

"别动。"我赶紧抬手制止她晃来晃去的身姿。

"怎么啦？"她一头雾水，很听话的静止了。

"牙齿上有口红。"我一边说着一边抽来纸巾。

"我属鸡，是白羊座。"刚给她轻轻擦拭干净，她一甩头发，说："您属什么？"

"我们星座不合，属相倒是很配。我属龙。"

"对呢！龙凤呈祥。"

"我信你。"我说，我爱凭感觉办事。

我带着她四处参观，并说出我的想法。

"明天，我就给你出效果图。"她说，"要翻修的主要就是铺地板，贴墙纸，换窗帘，这其实花不了多长时间。花功夫的是衣帽间，整体衣柜出设计图到制作到安装，周期有点长。所以，整个装修工期要两个月左右。"

"没事，我不着急。"我说。

"装修噪音大，住在这里是个闹心的事。"她说，"你得先搬出去。"

"搬出去？"这是我没想到的，哪里有地方可住呢？若一天两天，满大街的快捷酒店便可解决了。但是，一住就是两个多月呢！眼下，住宿对我来说不重要，问题的关键是我不能闲着。

"效果图您满意了我们就签合同，然后工人进场按进度施工。如果您需要选家具，我可以抽时间陪同给你建议。"

我是个雷厉风行的人。这是我的优点也是缺点。优点是做事不拖拉，干脆不误事。缺点是说做就做，冲动坏了事。这样风风火火的性格没少给自己带来麻烦，但这不并不妨碍我继续我行我素。

"就这么定了。我现在和你去签合同。"

这个小女子显然猜不透我了，她愣了一会儿，说："您虽然是简装，可依然要慎重。"

"装修太琐碎了，我操不上心。你负责把我想要的给我就行。明天开始，带着我逛建材，完了再逛家具。"

晚饭前，合同签了，定金付了。后天，工人就要进场，我得腾地方。离家不远的路口有个平民、接地气的"如家"。

我发现我是个挺能折腾的人，精力旺盛。一鼓作气收拾打包。报亭的刘阿姨帮我找来了一个搬运工。一个小时后，我躺在了酒店的床上。房间小床不大，贵在干净。我累了，看着天花板的灯我迷迷糊糊安静了下来。

凌晨一点，我睡饱了醒来，胃却饿了。我又想起了我的莲藕陷饺子，迷糊着双眼一骨碌跳下床。这才发现自己身处酒店里。闷！忙着开了窗。楼下不远的巷子里各色食物的香味随风飘了过来。

馋虫在肚里起哄了。

斜挎着包，裹起披肩出门。吃了牛肉粉喝了酸梅汤人又懒懒的了。这可是要长胖的信号？我下意识摸摸肚子，依然是平滑如初，不禁暗自庆幸。

回酒店的路上，手机QQ不停地响起。

是"芙蓉如面柳如眉"。

"怎么这个点还在呢？"我问。

"我猜你会睡不着。"

"你失眠了？想找人说话？"

"是啊，我睡不着，也打算出去走走。"

"去泡妞啊！通常男人都这么打发时间。"

说出这话，我自己也吓了一跳。

"我倒是想，哪有人给我泡。有约的对象，我还打什么飞机。这个东西呢是需要两个遥控板一起按的。"

"你是有经验的。"

路程很短，我已经回到酒店，顺势把自己丢在床上。

"我就是一个理论派，缺乏实践。所以我是单身撸Sir。我希望和我啪啪的对象在精神上跟我有交集和碰撞。无奈——"

这话好耳熟，突然想起自己的乐山行。

"你多大？"

我忍不住问。

"四十。"

"四十岁你还单身，说谎。"

他的话让我表示怀疑。但细想，一个对他不会造成危险的熟悉的陌生人，他不至于对我撒谎。相反，我却是处于危险之中的。我在明处，他知道我是谁。倘若他有所图谋，就凭这样一份聊天记录，绯闻就满天飞了。而对于他，我仅仅知道是个男网友。有可能，我所了解的也都是他虚拟的。尽管很清楚这一点，我并没有设防，我下意识选择了相信他。我对自己的言行有点失望，一向谨慎的我为何会这样。当然，最后，我把它归结为我具备一个作家应该拥有的探索之心。

“谁规定四十就该娶老婆生孩子？”

他似乎急了，很较真的语气。

“也对。我前男友也是不愿跟我结婚。鄙视你们！”

“有时候看有情节递进的某国片子解解闷。我的人就开始矛盾脱节。”

“怎么说？”

“身体里就仿佛住着两个我，他们常常斗争。当然，另一个精神上的我总占上风。有曾约过一个印象不坏的女孩子，她也正好很空虚。我们一拍即合。可最终的结果是我无从下手，草草了事。她倒是很嗨，要求各种姿势，又像是迎合我，但更像是卖弄风情。我不是说我在那方面很行，但是三十分钟不在话下的，可是，十分钟后我就不想再继续。”

他说这话的时候，我不禁联想到了自己。我是不是也是这样矛盾的混合体呢？在身体被欲望追逐呐喊时，我想去寻求肉体虚脱后的宁静，与此同时，我的精神却在自我强迫守候那个懂我的人。我又想起了路冬篱，他不太在意我身体的感受，他的爱也总是很程式化。当他的背叛最终触及了我隐忍的底线，我便从内心深处抗拒与他共赴极乐世界了。

“你怎么不说话？我的话让你尴尬了？哎——你就当我是个女人呗。再说，这个话题是你抛出来的喔。我只是诚实的说了我想说的。”

“在吗？”

“你睡着了吗？”

“别走喔——”

天啦！沉思片刻，他便等不及一连串发问。真是一副寂寞的可怜的没人理睬的情景。

"没有走啊。我刚从外面回到床上呢！哪有那么快睡着的。"

"你在哪里？"

"在如家酒店。"

"如家？"

"是啊，如家。"

"哈哈哈——"

他邪恶的笑，让人好生气恼。

"住个酒店就让你这么敏感。龌龊！"

他反过来倒打一耙。

"我只是觉得哪有那么巧，因为我也在如家啊。我正在上海的如家。"

"是啊，没有那么巧的事。"我说。

怕我不信，紧跟着发了一张图过来，图片中只看到一只手伸向如家大门。

"看来真是了。不过，你是路过上海这个如家吧？"

他让我的好奇心越来越重。

"嗯嗯……我离婚了，到现在一直单身。"

"喔——"我用打趣的口吻说道："那个时候/她穿着丝袜你抱着吉它/不远的身后就是如家/多年以后，你为生活愁颓了发/她把身段奶肥了娃/不期的邂逅已卸繁华——"

"不能小看了命运，不想辜负了生活。好吧，我想你该睡了。我不能再拉着你说话。"

"是的，我在装修房子，所以我搬到了离家近的酒店。我有点感冒，我先睡了。"我鼻塞了，我找出感冒药吃下。期待睡个好觉，心力透支我有点扛不住。

"小姨！"我闭上眼看着她向我走来。

在这个夜晚，你是否想坐下来与我在灯光下聊一聊。既然我们每个人都是一个完整的世界，说说看，你在那个世界过得怎么样？

我自由了，我现在是一个人了。可我真的能过上自己想要的生活吗？我知道，没有人可以宣称自己是完全自由的，起码在是否来到这个世界的问题上，我们就不具有自由选择的意志。现在，你走了也是如此。好吧，小姨，陪着我睡吧。这无非是我在天亮之前想到你，迷惘的只言片语。

忙碌的生活开始了。

中午时分，我去了书吧，小晴先一步在那里候着了。给了她钥匙，交代完一切，我兴致冲冲地赶去龙发与设计师碰头。

一连几天，我在成都的大小家具城里不厌其烦地逛着。设计师也乐此不疲地从专业的角度给我做着参谋。没多久，建材家具陆续敲定。站在院子里，看着工人们正热火朝天的凿地敲墙我从心底里激动着，我要在我打造的新家里努力的活下去。

"大学毕业了，路冬篱要跟你结婚的吧？"在去疗养院的路上，孟东曾背着他向我小声打探。

我转过头没有回答。

"我这个房子虽然旧，翻新了还是不错的。我要是死了，不管怎样，房子是不能卖的。你嫁了还有娘家回。没有嫁，也有个家。"

想到这里，我失声痛哭了。孟东他其实一直如影随形。这个世界没有什么会不朽，除了灵魂。我要开心的活在当下，做想做的自己，让自己少一些世俗的尘埃。

在我的心又要空下来的时候，"芙蓉如面柳如眉"来找我聊天了。我发现他是个很会聊天的人，也是个很棒的听众。

"这几天过得好不好？你的感冒好了吗？"

"嗯，好了。"

"你的病和你一样，孩子气。突然生病，突然又好了。真有你的！"

"我哪一点让你感到孩子气了？"

"我说的孩子气不是说你幼稚，而是觉得你可爱。"

"感觉这个东西不靠谱。"我虽这么说，暗中却联想到了自己，凭感觉率性做事可不是一次两次。

"这个世界确实有太多不靠谱的地方。可感觉是自己的，感觉他没有被美化的。他也不需要美化。因此，感觉最真实。"

"或许你说得对。你呢？这几天好不好？没有再失眠了吧？

"享受了整个假期的感冒。"

"这个天气太无常，总是风云突变。上午太阳，下午就是雨了。"

"我也记得苏芮一首歌，但不知道歌名。歌词是，给我一道温柔的光，莫在今宵强说迷惘，和我一起尽情舞蹈，陌生的人，寂寥多少，再听一听，叮叮当当，哪里来的音符真叫人心伤，再唱一唱Do Be Do Wa，想学我的模样就别再心伤——当——当——"

"《把握》！"

"所以，即便感冒还是要享受假期。"

"你还在度假？"

"是的，我还在假期中。因为工作的原因，我身体落下了很多的伤病。一年中总要让自己停下来什么事都不干。"

"我还在忙装修，前几天到处采购。看起来简单其实太复杂。"

"哈哈哈，当上包工头了。比起安静的梦想来说，装修时剧烈的敲打和折腾是世界的另一极致。"

"要是一直处于那个环境，我一定死定了。我有噪音恐惧症。另外，我还是个马大哈，装修中太多地方需要计划。"

"你知道马大哈怎么解释？"

"原闻其详。"

"马马虎虎，大大咧咧，嘻嘻哈哈。不过，这真的是你吗？"

"真有你的。"

"逗你玩呢！我感觉你是一个精致女人。"

"精致也与我不搭边。我不会化妆，不会穿衣服，不会精打细算，不会过日子。"

"精致不是表面，是内心。浮于表面的是假象。那是矫情。精致是一种气场，模仿不来。"

"你的见解我喜欢！"

"你没写书了，或许也是好事。码字多了，想事情过于超脱，超脱容易被束缚，最后会难受。"

"你如何知道的。"

"做事认真，追求极致。因为有信仰和理想，我们喜欢胡思乱想。从某个角度我们是同类。"

"我是一根筋呢！一不小心就钻牛角尖了。我希望自己更完整一点。"

"更完整？你觉得你不完整吗？你指哪方面？"

"我自己都说不清楚。或许是身体，或许是才华，或许是家庭，或许是我的单纯——总之——不清楚——"我有点烦躁了。

"看吧。你确实又钻进去了。尝试着把一些想法简单化。简单才是人需要的真实状态。此刻，我觉得几乎不能把你当一个大人看。其他的我不能发表太多看法。但是说到才华。我认为，你的价值是独特的，不要轻看自己。钻牛角尖是一把双刃剑，它是你才华的源泉之一，但却又是你的软肋所在。说说单纯吧，诡诈和狡猾是容易的，而单纯却是极其不易，因为这个世界太多灰尘。但是单纯，不是什么都不懂，而是什么都了然于心，却一直愿意坚持用简单的质朴方法面对人和事，哪怕吃点亏。那可是一种大智慧。"

是的，蝎子就是这样，表面平静，内心其实比谁都渴望被关注，被认同。与"芙蓉如面柳如眉"的谈话让我如沐春风。这个素未谋面的人，身体里有着一个不拘一格的灵魂。他的心灵是高贵的还是纤弱的？不管怎样的，他依然常常要面对世间的许多灰尘和淤泥。我开始在脑子里描画他的形象。我正试图评估他。

2. 夏至，他来了

娟子回来了。

她烫了发画着妩媚的眼线抹着红唇出现在我眼前。

"亲爱的，想我了吧？"她扑过来抱着我，"想死你了。"

她这样的形象我是第一次见，把我震撼了。我向后大退几步，从头到脚把她打量了一番，问："你有情况了吧？"

她抛了个媚眼，晃着她手里的钻戒冲我吹了个口哨，说："姐姐我是名花有主的人了。"瞧她意气风发满面春光的样子真让人受不了。

"好吧！值得庆贺。"

我洗了澡化了淡妆，从箱子里拿出裙子和高跟鞋。我也想放松放松。

我们打车去了市中心，她在婚纱店折腾，我饿了只顾着寻找吃的。她吞着口水极力控制着美食的诱惑。当我又买了烤牛蛙的时候，她气得瞪着眼，但随后用央求的语气，说："拜托。我在减肥准备穿婚纱。你这不是害人吗？"

"人生的矛盾在于，你拥有一颗减肥的心奈何有一张吃货的嘴，你这肥减不了的。"

"啊——气死我了。"娟子咬牙切齿地跺着脚，"你就不能好好给我打打气吗？"

"你都要二婚了，我这个剩斗士吃点东西不过分吧？"

她哑口无言，耸耸肩。随后，她不服气的用食指戳了一下我的脑门："你这个死丫头，你就好好作吧！"

她不打算请吃晚饭，一路唠叨着批评我吃得太多，她的这笔饭钱可以节省下来。依然是瞎逛，准新娘是满满的购物欲。大包小包的，不一会儿我就沦为可怜的小跟班。我闷闷不乐地想，这本该是她准老公的分内事。

"你也太不人道。"我抱怨着，"你结婚是好事情，可你让我做苦力，对我来说是极其残忍的。这是精神上的折磨，你知道吗？"

娟子眉毛上挑，眨巴着眼睛，得意地说："现在不使唤你更待何时啊！"

这话说得好无趣，好像我跟她以后没机会见面似的。

果然，她马上一副愁苦的语气说："这城里人才做了几天，我就要打回原形了。这十指不沾阳春水的日子要到头了。"

"几个意思啊？"我这是被她弄得云里雾里的。

"老刘在郊区开着农场，他不让我再做酒吧了。他说，我老是熬夜，都成熊猫眼了。他让我踏踏实实跟他搞农场。"

"哟呵——要当庄园主了，还凄风冷雨的。嘚瑟吧你——"

"谁跟你装啊，他的农场去年才搞起来。果树鱼塘，还有奶牛场和农家乐。我头大啊！我要身体力行的帮他搞建设喔。"

"那还不简单，就把戒指还给他嘛！"我故意逗她。

"那怎么行。"恋爱中的女人还真是傻得可爱，听我一说，她着急地把右手捂住，生怕人抢了她的宝贝似的，俏皮地说："我从哪里来就到哪里去，这是我的宿命。"

路过一家美容中心，我提议去做SPA，我的身体从头到脚都是麻木而僵硬的。

"这是个好提议，你确实该善待自己。"

跟娟子一起是一件很惬意的事情，她看起是一个很喧嚣的人，我却在她那里找到了宁静。

娟子说："我有一段时间特别闲。心浮气躁，像没头的苍蝇到处乱撞找不到方向。事情也做不好，结果撞得一头包。然后就封闭自己闷在家里不出门了，和任何人也不接触。我就是那个时候抽上烟的。每天抽到吐。后来我明白，其实，谁的情感没有缺失呢？就是因为这个世界没有完美的事情，完美它只是每个人的一个梦。所以，人们才去追求完美。蝎子，你别忘了爱的快乐，老是记着爱的悲伤。知道吗？"

舒缓的音乐中，精油的芳香让我们都甜甜地睡了过去。

五月，装修到了中期。

似乎所有人都在"劳动进行时"，娟子光荣的嫁夫随夫去了农场。设计师忙着在工地出入，又忙着来和我讨论装修的事，她容光焕发的努力工作着。"她一定有个爱她的好男人。"我在心里想。

怀沙在干嘛呢？我突然想起了这个一天到晚风一样的女子。她总是像个"小闹钟"一样不打招呼就"叮叮叮"地窜到我的面前，让我一阵欢喜一阵愁的。她在我身边就像我在兰子姐身边，我们有说不完的话做不完的事，太阳一直不会落山，手里的纸风车也在一直转。

怀沙会不会像兰子姐那样失踪了？

"真傻！"我嘲笑自己，"我这是犯职业病了。"

我开始真正行使我的权利在家中四下转悠，还真被我挑出了一些小瑕疵。客厅天花板的石膏线竟然没有完全对称，墙跟的咖啡色踢脚线上有白色划痕，壁炉背后的毛坯砖竟然没有喷上白油漆。这一切在工长眼里都不是问题。他说，在装修的尾期，只需花上一天的时间就可以把这些全部弥补了。

还能说什么呢？我信龙发、信王艳丽那样勤奋踏实工作的女子。

我期待。

这个下午，我决定去"丽书"看看。我很好奇小晴是如何管理我的书吧。

当我到那里已经是黄昏，隔壁店铺的黑猫又霸占门前的咖啡桌晒太阳了。听到我靠近它的脚步声，它机警地睁开眼，看是老熟人又心安理得地闭上了眼睛。

推开门，小晴正在和一个年轻的男人聊天。

"听说这个书吧是孟夏兮开的？"只听客人问。

"是啊！"见我进来，小晴冲我点点头，笑着说，"这里所有的一切都是她亲手布置的。"

"她人在吗？可不可以找她签个名？你看，我大老远跑到这边买书，就是为了想见她来着。"

听到这位客人的话，我暗暗朝小晴摆手，我害怕见到陌生的读者。但是嘴快的她已经不假思索地应承道："你运气好，孟老师今天凑巧就来店里了。"

"是吗？太好了。"客人兴奋地大叫，"那我可要多买几本，趁这个机会让孟老师签上名帮朋友们捎回去。"

热情的读者心急火燎地向书橱跑去。

"你看你——"我对小晴说，"店里还有其他客人呢。你快去叮嘱不要闹太大动静。"

我刚说完，客人就跑了回来，焦急地用大嗓门问道："对不

257

起，对不起，孟老师的书摆在哪里？"

"嘘——"小晴打着安静的手势。

"在那边第一排呢。跟着我来！"无奈，我只好做向导。

找到摆放的位置，客人也不细看，一股脑就从格子里抱了十几本在怀里。然后回头对我说："麻烦，帮我再拿十本。"

"你确定不是倒卖喔？"我问他。

"我朋友太多了。"

"他们都喜欢读书吗？"

"不是，他们更喜欢打游戏。"

"送给他们，不是要被他们供到厕所里去了？"

我老大不高兴，心想，这书写出来不易，印出来更不易。为了满足你的虚荣心，我的书就要这么被无辜的牺牲了。

"哎呀，他们就是喜欢名人的签名。"

"你呢？"我反问道。

"我可是喜欢读书。什么书我都喜欢。"

"放哪里呢？"小晴见我们抱着书出来急忙上前问道。

"外面。"我说。

二十多本书重重地扔在了咖啡桌上，我们就这么无情地搅了小黑猫的好梦。

哎，说出去的话覆水难收，我接过小晴递过来的笔坐下来。客人站着左顾右盼，随即低头小声问我："孟老师人呢，在哪里？"

"哎哟，你面前的就是我们孟老师啊！"小晴听了哈哈大笑。

"啊——您就是孟老师？"客人憋红了脸，忙不迭地解释道，"我心目中的作家形象不是这样的——您的样子太好看了，太时尚了，您没戴眼镜，您还是长发——对不起啊，我还要您帮我搬书。"

我被这位语无伦次的客人逗得坐不住了，捧着脸大笑起来。

"孟老师，拜托您和我合张影吧。"他拿出了手机，用央求的语气说，"我知道你不喜欢拍照。破个例吧。今天碰到您是我好运。"

客人的话说到了这分上，我要是拒绝就显得不尽人情过于古板。

"好吧。"我犹豫片刻，最终点了点头，站起来对小晴说："你来给我们拍。"

"先等等——孟老师，你和读者的第一张照片可不能太随便了。"小晴慌张地整理了一下我的头发和衣服，又指挥那客人站在我的身旁，认真审视了一分钟，举起手机连拍了几张，说："OK了。"

拍了照，客人满心欢喜，我的虚荣心也得到了满足。我拿起笔一丝不苟地在每本书上逐一签上名字。被人迷恋喜欢真是很美妙的感觉，不怪他们喜欢名人的签名，因为我也自豪被他们崇拜。

"姐——"客人走后，小晴给我倒了杯咖啡，"前段时间，书吧关门对生意有很大影响，好多熟客看到工作室转让了，以为书吧也不做了。"

"在门口挂个正常营业的牌子。赶紧在网上也发布消息，说明一下。"

"我有个建议，您看怎样？"

"说说。"

"首先，书吧墙上挂上几幅您平日各种生活照。创作时的游玩时的，总之要真实。让来书吧买书的客人喝咖啡的人能感受到您的气息。在营销方面，我们可做些活动。比如，书吧会员日购书打九折。再比如，凡购书满500块，送一本您亲笔签名的书籍或者您的签名照片，二选一。如果以后要把书吧做大，您还可以把您的同行请来签名售书，我们书吧没几下就又火了。"

虽然我不懂生意之道，但是小晴的一番话也是蛮有建设性的意见。工作室结束了，我还是要把书吧好好经营下去。

"就按你想的去做吧。"我采纳了她的点子。

书吧才开了没多久，我不能就这么糊里糊涂地让它夭折了。一直以来，闲了累了喝着咖啡捧着书，不写字了喝着咖啡卖着书是我想要的生活状态。

这是我的念想，有个念想总是好的。

"您进去坐坐吧。"小晴说："今天屋里很空。"

什么时候太阳已经彻底的收敛了它的光芒。

我走进屋，去找我最偏爱的位置。那个角落可以看到窗外四面八方的人流。

然后，我就看到那个小鬼先入为主了。今天，她把头发扎成一个独辫，机灵古怪的模样。她没有看到我，手捧着《洛丽塔》认真地看着。

不过，她就是我的第六感。她眼皮也没抬一下，却说："这个位置真是好，为什么除了我们，却没人喜欢。"

"可能是怕吵吧。屋里虽然很静，但人流会干扰到读书的兴致。此处无声胜有声！"我挨着她坐下，她放下手中的书换了一个舒服的姿势，双手托腮看着我："你瘦成一道闪电了，你想劈死谁呢？"

我瘦了吗？

"你不回家做饭？要到饭点了。"我说。

"你说一个男人为一个女人做饭，他的爱有几分诚意？"怀沙眼睛里写满了幸福。

"你恋爱了？"我有点嫉妒。

"我确实很喜欢他。但是如今，他的一顿饭算是彻底把我给收买了。"

"清醒吧，怀沙。那是爱吗？那是施舍。因为你缺一顿饱饭。他多大了？"我的劝戒是发自肺腑的。

"大我十岁。"

"别在他身上抱有幻想了。在一个成熟的男人身上寻找安全感，十有八九都是泡影。他盐吃得多，烟也抽得多，故事就更多。你要是跟了他，就注定唱独角戏。压根你就融入不到他的世界，剩下的只有自己跟自己过不去。"这方面没有人比我更有体会。

"像你现在这样吗？"怀沙满怀嘲讽的语气。

"我现在是一个人。知道吗？那都是过去式了。小晴小晴——"我冲吧台叫着，"你等会问问小晴，你没来的这些日子我干了些啥？我在网上认识了新朋友，聊得特别投机。还有啊，我房子都装修了一大半了。"

"我去——网友都是约炮啊。几个靠谱。"怀沙语重心长地说，"老大不小了，这么不切实际，妹妹我都要被你弄吐血了。"

"叫我吗？"小晴跑过来，问，"是不是要咖啡？姐啊，我发现你今天兴致不错啊！"

"是有点激动。"我说，"口干舌燥的，来两杯。"

"先来一杯吧？喝完了，我再给您续好了。"

"要两杯。没看见我有朋友吗？"

"嗨——好久不见！"一位男子从容地绕过小晴的身边迎面向我走来。

小晴吐了吐舌头，转身对来人说："欢迎光临！"

一刹那，我的思想与地球一起停止了转动，心脏的"突突"声让我知道自己还活着。

"告诉我，我在做梦吗？"我小声去问怀沙，而她不知何时已经在我的眼皮底下消失了。

"等等——"我故作淡定对那人一笑，说，"我去去就来。"

"阿波罗不在了，现在怎么办？他真正的主人回来了。"我在

261

心里嘀咕念叨着去了洗手间反锁上门，扑到镜子前打量那张还算美丽的脸。糟糕而僵硬的面部神经！我气恼地拍拍脸颊，做了个深呼吸。淡定！这个熟悉的陌生男人还不足以让我乱了阵脚。

"你真会选时间。秋实！"我走向他，我发现我已经步伐平稳了。

"是啊，我一落地就跑来找你。我是来蹭晚饭的。"他说着把手里的一个长方形盒子递给我："这是送你的礼物。"

"是——是什么？"我问，心里一边暗暗着急起来，第一次见面就稀里糊涂地得到了阿波罗，我却没用心看护好。这次又送什么呢？若是贵重的物品真是不敢坦然的再收了。

"你打开就知道了。"从我们见面的那一刻起，他的眼睛里都是藏着若有若无的笑意。

也是，何必干着急瞎猜测，自己为难自己。这么想的时候，我已经开启了盒子。不是什么稀罕的物件，是一只普通的毛笔。我舒了口气，但是我更好奇他送我这件礼物的用意了。

"我不会书法喔。"我关上盒子。

"没发现吗？这是克丽泰的毛做成的毛笔。"

"啊——"我不敢相信，重新拿出来仔细辨认，闻闻毫毛捏捏笔锋，最后确信他的话："克丽泰的毛就是牛奶白的，柔软的。真的呢！"

"我试过写隶书，笔较流畅。但实用性始终不是太强，做成毛笔真正的意图，是为了纪念。"

"喔——"他怎么总是做一些与众不同的事呢？话说回来，对于一个刚刚认识的人就送那么贵重的礼物，他到底对我抱着什么目的？他接近我是为了什么？难道仅仅只是因为喜欢。他终于出现，这些一直盘旋在我脑子的问题将会一一的解开了。看得出来，两只狗狗是他的命根子。眼下，阿波罗的事让我着实犯难，不知如何跟他交代？

3. 青梅竹马

我们去书吧不远的粥铺吃晚餐。面对美食我从来都是一心一意，心绪明亮胃口大开。他似乎也饿了，吃得津津有味，面前的食物很快被我俩一扫而空。

饭后散步是必须的。我说过，走路是我的强项。我们沿着河边走。

"相比刚吃的蒸汽包，我更怀念我爸做的板栗饼。"他说。

说到板栗饼，我就想起了上井村。村镇口的饼铺，还有那个饼铺里的小哥哥。

"我还记得那是1984年的一个早晨，雾很大。周末放假，妹妹睡懒觉，我照例到爸爸的铺子帮忙。"

"那时候，你有多大？"我忍不住插嘴问道。

"十一二岁。"

"喔——"印象中，饼铺的小哥哥年纪应该是与他相差无几。

"那天，那位总在我家门前卖草药的阿姨又来了。"他说到这里，意味深长地看了我一眼，说："我爸爸买下了她所有的鸡丝藤和灯笼花。她随后也买了两块板栗饼，一边悄悄对我说，我要去外地做活，麻烦你把这饼给我家孟夏兮送去。她总叫你哥哥，她胆子可小了，要是她逢场来赶集，遇到困难你要帮帮她。"

紧跟他不紧不慢地讲述，我的呼吸变得急促，心似乎也要破胸而出。随即，我转过身子看着夜光点点的河面，淡淡地问他："为什么，那天送板栗饼的是个女孩子？"

"那是我的双胞胎妹妹呢！"他笑了，"哎，她喜欢男孩子打扮呢！确实好多不清楚的人云山雾罩的。那天是集日，铺子里生意好人手不够。我就让她帮忙给你送去。哪知道，她回来说，你叔叔死了你很伤心，板栗饼都没要呢。过了几天，我又拿着饼去找你，村里人说你被亲戚带到成都了。此后，对于没有把饼能亲自送到你的手里我一直感到愧疚。"

"你怎么认出我的？我们早已不是当初的模样了？"看着眼前这个男人，我极力想从他粗犷的外表下寻找出当年那个饼铺哥哥秀气的身影。不过，这似乎是一件很困难的事情。跨越时空三十年，那个少年只能在记忆里。我无法把几十年前乡村小镇的稚嫩少年和眼下这个成熟时尚的户外运动专家联系到一块儿。

"我不看言情小说，可我妻子喜欢，去年她买了一本你的新书。然后，她一边翻书一边对我说，你们上井村的人挺有出息的。我听了很得意，顺手把书拿到手中翻看，作者简介一目了然。当时我就坐不住了，一直在心里琢磨。这个孟夏兮是不是我要找的那个孟夏兮啊？哎——那几天我都是食不知味。"说到这里，他抿着唇微笑着气定神闲地看着我，他眼里那一丝熟悉的光让我捕捉到了。

一次次，他似乎就是为了听我叫他一声哥哥。似笑非笑地静静地站在烤炉旁看着我和妈妈穿过饼铺，他便好大步跟上前来把热乎乎的饼子丢进我背后的草药篓子。

"哥哥——"我断定眼前的男人是那个我从小见了就满心欢喜的人，眼眶红了鼻子酸了。

"那时候，我还不能确定你就是我记忆中的小妹妹。所以，我加入了你的粉丝会，我通过网络了解你的一些信息，我甚至还——"他说到这里不知为何停顿了一下，似乎对即将要说的话有所保留，只见他想了又想随后说："当听说你开了书吧我非常激动，那段时间，我刚离了婚心情很糟糕。我便抱着试试看的心态带着狗狗去找你了。"

"芙蓉如面柳如眉"说，感觉是不需要美化的，是骨子里最真诚的气息。是的，我体会到了，从小那种喜欢一个人妙不可言的感觉一直根深蒂固，到此时此刻记忆犹新。

"哥哥——"我看着他，抑制不住澎湃的心绪，"如果我们——"

"相遇就是注定，没有如果。"他的语气是果断而肯定的，他握住我的手，轻轻地拉我进了怀里，"我多少知道一些你的消息，虽然不具体，但是，我想说，好在你叫我哥哥呢。记住，有我了，还要怕什么呢？娟子告诉我，你精神状态差，靠安眠药度日。甚至有一次差点丢掉了性命。不管你是糊涂地多吃了，还是有意要自杀。我想批评你，从玄学的角度，自杀是不能超生的。从现实的角度，这是自私，不尊重生命。从我的角度，这很愚蠢。"

感慨万分的我说不出话，静静地靠在他的肩膀上心里默默愧疚着。

想想，生和死只是一线之差，好在只是在鬼门关走了一遭，体验了一把灵魂出窍后灰溜溜回到现世。与哥哥的重逢让我明白人要顺其自然地活着，要是注定了的，老天自会有个交代。

"哥哥，你会一直在成都吗？"我仰起头看着他的脸。

"目前会呢。"他细长的眼睛朝我亲切地眯成了一条缝，同时用骨节分明的大手笑着摸摸我的头，说，"看到你，都不想再去哪里了。"

"那太好了。"在他面前，我不需要思考我该怎么说话，就像写诗歌，感性而发率性而出，我随即说到，"我的房子要装修好了，哥哥，你住到我家里来。我要给你做饭。你一定很久没有吃到家常菜了，也没有喝到老砂罐煲的汤了。让我照顾你几天，好不好？"

"这种日子可是我一直想要的。"他闭上眼做出很陶醉的样子，"真好啊！"

"我想想菜单。第一天跟哥哥做糖醋带鱼和酸菜土豆汤怎么样？"

"哎呀，这两个菜都是我的最爱啊！"秋实欣喜的叫声引来路人好奇侧目，他把手放在我的肩上郑重地对我说，"陪我做件事可以么？"

"说吧。什么事？"

"这次我回来，有两件主要的事情要做。一是看望父亲，他去年中风一直住在疗养院里。二是把妹妹的骨灰安葬在母亲身边。"上井村一直魂牵梦绕，三十年我没有再回去过。和哥哥一起回去是个好机会。

他说着说着满眼泛着泪光："为了理想常年在外，我没有在父母跟前好好尽孝。去年母亲去世，父亲中风行动不便我也只能把他安置在疗养院。"

"不要难过了，对于父母来说，莫过于你平安健康，他会理解你的，他知道你忙。"

我发现我会安慰人了，说明我的生活走向了正轨，不再沉迷于不如意的过去。我窃喜这个状态，秋实是我的良药。

我们牵着手一直说着走着，时而高谈阔论时而小声低语，我们忘了时间忘了年龄和性别，我们就是两个快乐相逢的童年伙伴。

凌晨的时候，我们依依惜别，约好第二天一起去上井村。

回到酒店的床上，我依然按捺不住心中的喜悦。这是如获珍宝一般的喜悦。我需要最狂的风和最静的海，寂静沉思喧闹我都要。

"哥哥来了，就像有人拉开窗帘，把阳光洒进我的屋里。"我给"芙蓉如面柳如眉"发去了离线消息。

"我想抱抱你，沾点你的喜气。"不一会儿，"芙蓉如面柳如眉"跳了出来。

"好吧，来啊！"

"隔空打牛。"

"说得好。"

"我先去少林寺学习几年或许小成。"

"今天后悔没和哥哥拍照。哪天买个自拍神器。多拍些照片闷骚一下。"

"好啊，照片只许发给我。"

"为啥？"

"我买了专利，我陪你闷。"

"我还想拍些好看的照片给粉丝，再拍一些挂在我的书吧。让他们看看，孟老师不仅有才情而且有几分姿色的。"

"这个绝对要独赏，不能群芳。你要的'悦己'是群芳共赏。"

"你真是断章取义，哪跟哪啊？"

"区别出来，男为知己者死，女为悦己者荣，有云泥之别。"

"你今天好奇怪。我没有大众情人的潜质，更没有万人迷的资质。我说要拍个照给粉丝，你就那么多意见？"

"我今天是有点神经质。好吧，我就是我，人畜无伤，如风伴你常在。晚安！"

"真是一阵风——晚安！"

沉浸在快乐中的我无法揣度"芙蓉"今晚是怎么了，我转身又任性地拨通了娟子的电话，把她从睡梦中吵醒。

"你们两个有病啊！""山"那边传来娟子有气无力的声音。

"好吧，你睡吧你睡吧！"我摁下手机一边琢磨着娟子的话：

"'你们两个'？难道在我之前还有谁给她打了电话？会不会是秋实？"

我傻傻地笑出声来。

子夜已过，依然没有睡意。我穿着连帽睡裙下楼，沿着护城河边继续闲逛。霏霏凉露沾衣。五月晚上的成都夜风恬淡。在安静的午夜慢慢行走，童趣的心在月光下愉悦而轻快的跳动，一朵朵有关月亮的幻想，在这空明的夜里悄然绽放。

十二岁的秋实和八岁的夏兮会不会有这样的谈话呢？

"哥哥，你可以活多久？"

"算命的说我可以活九十岁呢。"

"哥哥，你爱一个人可以爱多久？"

"活多久就爱多久。"

"好吧。本来我只想活八十岁。那就只好活九十了。"

又过了几年，十六岁的秋实对十二岁的夏兮会说肉麻的情话吗？

"哥哥，要是住在月亮里就好了。"

"住在月亮里有什么好，住在我心里最好呢！"

他会吻夏兮吗？她一定惊慌失措。

"哥哥，不要啦——会怀孕的。"

"傻瓜，蝌蚪在毛毛虫里又不是在嘴巴里。"

哈哈哈——我相信，幻想由于单纯和无所顾忌，从来都是心灵的载体，甚至一如月光的通透和直白。

4. 爱也好恨也好的是故乡

醒来时我发现自己穿着睡衣身处一个陌生的公寓里，我认为自己遭遇绑架了。我正欲惊恐呼救，随即意识到大呼大叫极其不妥。马上胆颤心惊地捂上嘴巴，跳下床蹑手蹑脚走到门口查看。竟然发现门外没有人来看守。此时，墙壁上的挂钟突然敲响了。随着"铛—铛—铛—"的钟声，我在心里一下下的数着——十二点了。

钟声停了，我深呼一口气，拉开门不顾一切朝外面跑去却扎扎实实撞在一个男人的身上，眼冒金星。

"绑匪——"我在心里绝望的叫着。

那人像拎小鸡似的把我抓了起来，扛在身上。走进了屋，放回床上。

"鞋子都没穿，你是要慌慌张张去哪里？"

"哥哥——怎么是你？"秋实正关切地看着我。

秋实可以入迷，可以入梦，也可以入药——像有人偷天换月，我脑子清晰起来。我慢慢想起了昨晚的一切。

"你也疯了吗？"我无地自容地说，"哥哥为什么就这么把我带回来？太难看了。"

"好在你有门卡在手，我上去帮你收拾了一些行李。"秋实摆着头，不可思议地说，"如家小妹说你天亮才回，进门就精疲力竭的在大厅的沙发上睡着了。"

"不会吧？"

"你真够邋遢啊！满脚是灰尘，你去逛建筑工地了吗？你回到酒店为什么不上楼睡觉，四处乱走。真是要命，你这是有多累啊！抱上车都没有反应。这一觉睡得昏天黑地的。多危险啦，要是遇到坏人这可怎么办啊？想想都让人后怕。"

听他这么说，我有点不寒而栗。秋实的出现，怎么让我的生活一下子改变了路径了？

"我的生活不仙不魔的，哥哥一出现，就发生这么一出浪漫的喜剧。"我抓过被子藏起羞红的脸。

"你本身是个浪漫胚子。再说，偶然成仙也是美事。"秋实拍拍我的背，"不要不好意思了，是人都会犯个迷糊。起来先洗澡吧。"

"这是哪儿啊？"我坐了起来。

"这是我上井村的公寓，平时这里没人住。"

"没人住怎么会这么干净？"我四下瞟了一眼。

"镇上的亲戚每个月都过来打扫的。"秋实说完走了出去，不一会儿拉进来一个行李箱。

"是我的箱子？"

"我胡乱给你收拾了几套衣服。将就几天行不？"

"又不是张三李四王麻子的衣服，怎么说是将就呢！我的衣服，每件都是我喜欢的。"

"好吧，你先洗。我去见我叔叔和他商量妹妹下葬的事。你梳洗完毕我也就回来了。"

赫然，我已呼吸着上井村的空气。推开窗，外面钢筋水泥，楼层林立让我不敢相信自己的眼睛。我的小村去了哪里？

梳洗完毕没多久，秋实开门进来了。

"走吧，姊姊做好了饭，等着我们吃。"他反戴着棒球帽兴奋的样子像个孩子，"全是一些土菜。趁这几天，我要把你养胖。"

"不要。"一说要胖，我退避三舍，"浅尝辄止。"

"你不是一吃就胖的体质。"

"可是到了发福的年龄。"

说笑着走出小区大门，我回头打量了身后错落有致的楼群，猜测着孟东卖掉的公寓会是哪一栋呢？

我在路口的花店停下，对秋实说，买一束花吧，送给你姊姊。

"要什么花呢？"店主问我们。

"不凋花。"我说。

"这是我们的村花了。"店主笑，"不稀奇，买束其他的吧。"

"就要这个呢！"

店主拿了几束递给我，说："不要钱。"

"那不行。"秋实拿出钱，指着一旁的花瓶说，"总不能这个也送吧？"

"五十块一个呢。"店主哈哈大笑把钱拿在手里。

叔叔一家都在等着我们。婶婶接过我的花，说："不凋花装在花瓶里一下就洋气了。"

我们进了屋，凉菜热菜汤菜，大圆桌都摆满了。我这个不相干的陌生人一下子无所适从，我想，我太随意捧着薄礼就来做客了。

听着家乡话吃着家乡菜，心里百感交集。

见我吃得香，婶婶说："走高速快着呢，也就两个半小时。你们想吃啥，就回来吃。"

"好啊！"我点着头，转脸冲秋实一笑，说，"我要向婶婶偷师，把这些菜学会了。"

"婶子恐怕不乐意。在咱们秋家，婶子一手做菜的绝活不知多威风。你要是学会了，就把婶子的地位给挤下去了。再说了，婶子这手艺也不是那么好学的。"忙碌了大半天的婶子被秋实连夸带哄的别提有多高兴。

"无所谓。江山代有才人出。学会了对我只有好处没有坏处，在厨房里烟熏火烤的不累啊？"婶子冲我挤了挤眼睛，又盯着秋实说："你先把人家姑娘变成秋家的媳妇再说不迟！"

婶子的这番话太突兀，我和秋实都愣住了。才久别重逢的两个人怎么就被旁人联系到谈婚论嫁的分上。回想，从见面的那一刻起，我举手投足都掩饰不住眼里的熠熠春光。世界已经不在我眼

271

里，我的心里似乎只有一个他了。不，这不是爱。这明明是对故乡的眷恋。

"婶子。您还记得井口的孟家么？"我岔开话题。

"孟家？哎哟，都搬走快二十几年了。孟老二死了，孟老大的婆娘离家出走至今都没回。"

"我就是孟老大的女儿。上井村大变样，我妈妈回来都没有落脚的地方。您要是见了她，麻烦您通知我，我回来接她。"说到这里，我眼圈红了。

"给我打电话也行，我们会马上赶回来。"秋实在桌下偷偷握紧我的手，我知道他是想给我安慰。

"都说没妈的孩子像根草。我看不是，你是上井村里飞出去的金凤凰呢！"婶子不敢相信自己的耳朵，一连拍着身旁丈夫的手臂，说："你看嘛，这女娃子小时候我是见过的，大眼睛水灵灵的一看就是有出息的。你妈妈回来见了，都要阿弥陀佛了。"

"帮我洗碗嘛！不准抹嘴走人。"婶子是个心地善良的人，大概是看我难过了，故意给我派事情做了。

"好的。"我难为情地站起来，帮着收拾碗筷。

秋实也撸起袖子准备帮忙，婶子猛拍他的手，说："你个大男人到一旁与你叔叔喝茶去。"

"走吧。哥哥，我们到那边去玩。"这时，堂弟过来把秋实一把带走了。

"厨房的活很累人的，我才不想做这个厨娘。做好了，谁给我发工资啊？"婶子递给我一双塑料手套，"我洗碗不喜欢带手套，麻烦，做事不利索。但是你不一样，可得保护好了，你那是写字的手。"

"好！"我接过手套，真心喜欢听婶子"哗啦哗啦"地说话呢！她说话语速时快时慢，每说一句，你都可以立马想到下一句大概的内容。这就是闲扯，不紧不慢，小镇过日子的速度。

"没事，学几样菜没有什么不好。不是为了哄男人，主要是让自己吃上可口的饭菜。"婶子把没有吃完的泡鸡脚端到我的面前，一手拿了一个在嘴里嚼着："这可是我秘制的，不是外面那一袋一袋的防腐剂味道。"

"口感真是棒。又香又脆又辣又酸，太过瘾。"我由衷的赞美道，"我平时看电视就爱吃鸡脚。向婶子取经，回头我馋了，闲着就给自己做。"

"泡鸡脚的特点就是什么呢？酸和辣。"婶子一板一眼地传授经验了。

"烧一锅热水把鸡脚和花椒，生姜连锅煮，煮十分钟——"说到这时，她突然像发现了什么，嗓门提高了一倍，"哎哟，我没给你系上围裙。水溅到身上不好了。"

"没事的，没关系，衣服脏了就洗了就是。"我说。

她不管我说的，依然热心地把她身上的围裙让给我。然后，她拿起抹布擦着灶台说："我说话没逻辑。回头我再制作一遍，包你一看就会。"

"我小时候您真的见过我吗？"无关童年，只想母亲。这才是我真正想和婶子谈论的话题。

"你满月的时候我见过你的。"婶子一再强调，"出生才三十天的孩子，眼睛可有神了。是真的。"

"是在我妈妈怀里吗？"我洗好了最后一只碗，取下手套。

"是的。我看着她抱着你到镇上玩呢！老孟家生了奶娃娃，好多人跑上前看呢！"

"我爸呢？"

"不知道，地里干活吧。"我看不到婶子的表情，她摇摇头，用遗憾的语气说，"你爸是出了名烂酒罐，还特别的重男轻女。看见你妈生的女娃，三天两头把你妈打得。所以啊，你妈是被你爸逼走的呢！你也莫怪她。"

"我妈妈要是活着，都六十了。"

"是的。和我岁数差不多。都老啰——"婶子说。

老了的妈妈现在是怎样的光景？她的身边有守护她的人吗？如果没有，她孤苦一人那该有多可怜？此刻，妈妈她是不是也在厨房里干着家务？想到这里，我无法看着婶子在那里忙活，强忍着要夺眶而出的泪水跑了出去。

"兮兮——兮兮——"在院子里和侄儿玩耍的秋实见状一路追了上来。

"我想妈妈了。"我终于抑制不住泪水，停下踉跄的脚步扑到秋实怀里痛哭起来。

秋实的怀抱让人很踏实，我很快止住了哭声。我不想他因为我放纵的哭泣在路边尴尬难堪不已。

"有个方法，可以把不愉快全部赶走。"秋实拍拍我的肩，神秘地说，"等着。"

他要做什么呢？我不解。秋实向不远处的商店走去。不一会儿，他拿着一串五颜六色的气球兴致勃勃地跑回来。

"我们到廊桥去放气球。"他说，"一只只把它们放上天。"

"我都搞不清方向了。这里全变了。"我说。

"今天下午我们就走遍全镇。哪些地方是你曾经去过的，在那里干了些啥？看看一路上有没有你叫得出名字的人？"

这将是一个有趣的下午。我心中的阴霾瞬间一扫而空。

"上井村被一分为二。东边有山有水有庙宇是旅游区，西边是生活区。你猜，我们身处在哪个区？"

"去叔叔家的一路上，我看到了村小学，邮局，还有你住的村民公寓也在这边，肯定是生活区了。"

"兮兮，你太聪明了。"秋实像夸奖三岁小孩似的，他还拿出了一个奖励机制："我们来玩个分享的游戏。我们讲各自的故事。故事的主角可以是自己也可以是别人。我手里一共有三十个气球。讲一个故事你就可以得到一个气球然后再把它放飞。"

这主意好！看着他手中灿烂明艳的气球，我忍不住伸手摸了摸，他身子一闪跳得远远的。

"游戏禁忌，请勿触摸！要是犯规偷摸了，我可就要没收一个。就像现在这样。"秋实收起嘴角的微笑，细长的眼睛严肃地盯了我几秒。

"你要干吗啊？"他的样子让我紧张。

只见他笑一声抽出一只气球。一秒钟的工夫，我眼睁睁地目睹这只气球被他残忍地拉出了组织无情地发配上了蓝天。

"什么都是哥哥说了算。不好玩。"我不乐意了。

"我是活动策划人啊！解释权在我这里，游戏哪能没有规则，那样才无趣呢！"秋实率先走在前面，"哎呀，我勉强做个导游吧。回来几次都是匆匆忙忙，没有好好到处看看，也不是很熟。是不是很有趣，两个陌生的上井人？"

上井有我的恨有我的爱，有我不能承受之痛，可是我依然眷恋上井，我知道，因为我的根在这里，任何伤痛不能改变我是上井人的这个事实。

生活区是起点，我们出发了。

"这里看不到土地了。"秋实边走边说，"村上的土地被征用，盖起了皮革城，工艺厂。听说，旅游区那边还挖了很大的人工湖。"

他在前面走，我在后面跟着。看着他高大的背影，觉得现实很无聊的，没有梦境有趣。

"镇上星期一放学早，这才三点钟，那些爷爷奶奶都在学校外面等着接孩子了。"我顺着秋实手指的方向看去，不远处的镇小学门口簇拥着一团熙熙攘攘的人。

下课铃响了，我不由得停下脚步，驻足观望。

"走吧！"秋实说。

"你看，多幸福的小朋友。"我说。

学校大门一打开，大手握小手欢欢喜喜地回家了。

"现在的小朋友比我们那个时候幸福多了。爸爸妈妈爷爷奶奶外公外婆六个大人捧着。别看啦，越看越嫉妒啊！"秋实过来拉着我的手，我落寞的心一下充实了。笑笑，继续前进。

"家婆，我要买气球。"一个六岁的小女孩跑到秋实跟前，显然这个小学生把他当成是卖气球的了。

"哎呀，家婆出门忘带钱包了。走了走了，明天给你买。"一个头发花白的老太婆气喘喘地跟上来，眉眼似曾相识。

想想，在上井村碰上面熟的人是很正常的一件事。时过境迁，中年人变成了老年人。但言语之间的一招一势还是依稀有当年的影子。这个老婆婆会是谁呢？

"我有钱。"小女孩从包里掏出一张皱皱巴巴的十元纸币。

"你哪里来的钱？"老太婆脸色马上变了。

"家公今天早上给的，让我饿了买糖吃的。"

"那买一个吧。"老太婆满脸的皱纹像绽放的菊花，对秋实说："小伙子，多少钱一个？"

一旁，秋实无奈地看看我，又低头瞅瞅小女孩，卖与不卖真是一件左右为难的事。

这个婆婆她是谁？我一门心思挖掘记忆深处所有的面孔。

小女孩那双稚嫩的小手一直高高地举着，仰着头眼睛扑闪扑闪地说："叔叔，十块钱有好多喔？"

"送给你吧。叔叔的气球是不卖的喔！"如此，秋实果断的又送出去了一个气球。

小女孩像中了大奖一样高兴，十元钱没有花出去这对她来说真是一件非比寻常的事。

婆孙俩高高兴兴地走远了，而我的思绪像走进了死胡同，在那里徘徊着找不到回来的路。

"是春香妈妈还是强哥妈妈呢？"我对秋实说，"春香的年纪和我一样大，她要是结婚了，会有这么大的小孩吗？如果有，至少也是十岁了。会不会是强哥的呢？他可能离了婚又结了婚，这个孩子，有可能是第二胎呢？"

"不管是春香妈妈还是强哥妈妈，总之，你遇到了村里的人了。改头换面的上井不会再感到陌生了，是不？"

我点点头，央求他，"给我一个气球吧？眼看着你都要送完了。"

"才送了一个好吗？你心疼了？"

"明明是两个。一个上天了，一个送人了。要是继续待在学校门口，也就是一首歌的时间。要不要试试？"

"哎啊，那怎么行。"秋实一把抓起我往前跑，"快走喔！快走喔！"

我们像两个顽童毫无顾忌地欢快地跑着，不知跑了多久，在一处做旧的雕像前停了下来。

"真的，这辈子我拉过的女人屈指可数。"秋实指着路旁的长凳，说："我们到那边坐坐。"

"我不小心加入其中了。"

"是的。"他苦笑一下，说，"一切伟大的事情都有一个荒谬的开始。我的婚姻虽然失败了，但我认为但凡付出了真心实意的情感都值得被纪念。"

　　"怎么开始的？"

　　"那年，我和妹妹在日本旅游。我们在商店里闲逛的时候，突然屋子剧烈的摇晃起来，随后就听到有人大叫地震了。我听了，慌乱中赶紧拉起妹妹朝屋外开阔的地界跑。"

　　"结果当你停下来才发现，你一路拉着奔跑的是一个陌生的女人。而这个女人后来爱上了你。"

　　"你猜得对。"

　　"不难猜的。"

　　"我以为她是个日本人。但是她一开口，说的是中国话。她说，虽然这是个误会，但还是要感谢我阴差阳错的救她。随后提出请我们吃饭。我因为有其他事情，就拒绝了。我们交换了联系方式，约定好这顿饭回国后再补上。"

　　"妹妹生气了吧？抓错了手都不知道？"我笑着问。

　　"在日本，地震频率太高，他们见怪不怪了。那天四处乱跑的都是外国人。妹妹她在日本留学，经历多了，也能泰然处之。"

　　"你前妻一定很漂亮？"我的内心迫切想知道他的过去。

　　"是的。"听到他肯定的答复，我心里酸酸的不是滋味。

　　"你要知道，男人是从不拒绝对美好事物的欣赏。"他接下来的话似乎进一步在对我进行解释，"她很美。中性的短发，有很精致的脸。虽然是个普通人，但在人堆里像是明星。这一切，都是因为她有出众的长相。回国后，尽管我有很多事要做，但是她一来电话，我就欣喜地接受了她的邀请。"

　　看来，他的妻子真是一个万里挑一的美人！我想，离了婚了，他都能这么评价她。

　　"我们吃饭无所不谈。我这人说话从来都是直来直去，从来不会藏着掖着。所以，我告诉她，你的美让人过目不忘，可是我不喜欢。我喜欢含蓄一点的，小巧身材的女子。她听了很生气，她说，哪有你这样的男人。我出于礼节感谢你请你吃饭，你倒是搞得我像是跟你求爱似的，真是自作多情。说完，买了单就走人了。"

　　"你也是，真傻。"我听到这里"噗嗤"笑起来，"美人被你娶到手了也是你的本事。"

　　"走吧，边走边说。"他伸了个懒腰，握着气球的手在空中扬着，看得人胆颤心惊。

　　"哎哟——别——。"

　　"逗你玩呢！"他得意地晃了晃握得紧紧的右手，四下看了看，抿了抿嘴唇，说："我买瓶水去。"

　　不远处有间杂货店。水到手，他便咕噜喝了半瓶。

　　"别告诉婶婶，今天她发挥失常，菜咸了。"

　　"没觉得啊！或许我口味重。"

　　"我常年四处走动，各方面都自我节制。尤其是饮食，都是清淡为主。"

　　"别跑题了。继续啊！"

　　"把人给得罪了，我这心里不是滋味。回去想想，毕竟人家是一个大姑娘，那样说人家挺不合适的。决定道歉。"他把喝空的瓶子投到垃圾箱。

　　"又是请吃饭？"

　　"没有。我邀请她去登山。我给她送去了鲜花和登山的装备。我以为她不会来，在出发的那一天，她准备妥当真的来了。我想，我是不是有错觉。她应该不是那种矫情的女人？"

"看来表现得挺不错，出乎你的意料？"

"是的。虽然是第一次登山，体力跟不上，手软脚软的。但是三天下来，她并没有拖累我们，跟着队伍就下山了。回来后，大呼过瘾，说酷毙了。庆功宴上，当着所有队友的面说她爱上了我，非我不嫁。"

"然后，你对她刮目相看，非她不娶？"我想，这也太没悬念了。

"是有了那么一点感觉。只是一瞬间。但这无法促使我往恋爱的方向去考虑。我认为，要与我恋爱结婚的人，她得是我无时无刻不挂在心里的人。就像我见到了你，我就有停下脚步的欲望。但是，我那年已经三十六了。父亲生了重病，希望我结婚。我想，娶她或许是我最好的选择。在这样一种情况下，我就这么不负责任的和她结婚了。"

所有的爱情都有一个伟大的理由和一个不堪的借口。

"结婚后事业和家庭的矛盾就出现了，是吗？"

"是的。一开始，她非常支持我的事业。但是，当我在外停留的时间一长，她的怨言就多了。她怀孕后，我顾虑她的感受，减少了工作量，每年出国两次调整到一次。国内也不策划活动，仅仅打理个人的小生意。我以为我这样做些改变，她也会有所改变。任何事情都是相互的。她没有，怀了孕依然偷偷喝酒抽烟。你看到了，我是不抽烟不喝酒的人。终于，要生产了。孩子生下来就停止了心跳。"秋实很激动，出生就夭折的孩子像一根刺在他的心里扎着。他停下脚步，闭上眼使劲拍了拍胸口，愤怒地说，"这一切都归咎她的不节制，没有原则，不人道。一个女人在明知自己怀了孕的情况下，还偷偷抽烟喝酒这意味着什么？这是谋杀。她不配做一个母亲，作为一个女人她不值得被尊重。"

"算了，哥哥。不要说了。"我深深理解他的切肤之痛。我把他抱住，轻抚他的后背，"你的故事就讲到这里吧，现在轮到我讲了。"

"我有点失态是吧？我是不是太小心眼？老是耿耿于怀。没了孩子，她也伤心。可是这代价未免太大了。"一只气球挣脱束缚缓缓地从他的手里飞上了天空。

"算了。都放上天空吧，让一切烟消云散。"我跑上前一把夺过他手里所有气球，我说："她轻易有了宝宝却不好好珍惜！哎，这样的女人确实不值得原谅！但是，如今你们已毫无瓜葛了，你也不要老揪着她的过去。"

"过去的种种我都想让你知道，尽管一些回忆是不愉快的。"看着气球陆续向天上飞去，秋实终于露出笑容，"都走到春晖桥了。真要感谢这条筏子河，要不然连接新城旧区的春晖桥就要被拆除了。你可知，我们的第一次见面就是在这春晖桥？"

与哥哥的那些画面就像一个按钮，到了晚上就会打开。闭上眼，风缓水急，桥上的人影和上空的云飘缈又真切，还有搭在我肩上的那双手传来的温度——这个画面定格在我的脑子里快三十年。

"当然记得。"我说，"那一年我七岁，第一次和妈妈赶集卖草药。雾刚刚散去，露水还很重。青石板的拱桥滑溜溜的。一不留神我就摔倒了，正好哥哥走在我身后呢，一把就拉起了我。"

"是啊。还没拉你就起来呢，就开始哥哥哥哥的叫我了。"

"没多久，我又遇见你了。在你家的饼铺前。"

"你老远就叫了我一声哥。其实啊，那不是我，是我妹呢。我当时在后院。我妹妹听你叫她可高兴了，跑过来跟我说，哈哈——哥哥，你看，别人又把我当成你了。我爸听了气得拿起扫帚就打了过去，骂道，死女子，女孩子就要有女孩子的样子。然后，无奈地说，哎哟，我明明生的是龙凤胎的嘛！"

"真有趣！我可以想象到当时的情境。"我摸了摸脸颊，感觉到因幸福而发热发烫了，"这座桥可不能拆了，它是上井最好的见证。"

"是的，希望它一直像现在这么坚固。"

"你曾想做未婚妈妈啊？"秋实突然问。

"眼看年纪越来越大，我想，不结婚就先生孩子。哪知道，是个乌龙啊！"

"乌龙？不懂。"

"就是生理上的假怀孕，我自己都被蒙在鼓里。我真的是个迷糊大王了。"重提假妊娠事件，我依然是无法释怀，"我和他相处了十多年，还是摸不透他。到目前为止，我也不清楚为什么他不想结婚？我们分手不是因为结婚与否，是芥蒂太多，猜忌太多，你想想两个人都没有拥抱的力气，为什么要在一起？这么一想，我就狠下心来离开他了。"

"他对你意味着什么？"

"我以为他是我可以栖息的港湾，但是，现在弄明白，他只是我稍作停留的渡口。一切悲伤显得多余。"

"为什么没有早点醒悟？不至于搞得遍体鳞伤。"

有时候明知前方无路可走，却还是硬着头皮，哪怕前面是万丈深渊。因为生活就是如此，没有人希望你赢，而你要做的就是"将军"！

"我没有完整的家，因此我比任何人都渴望一处温馨的房子然后一家三口和和睦睦过日子。但是，一切并没有朝我想要的方向发展，我十几年等待落了空。感情也淡了。就算为了生个孩子而在一起，也没有意义。这几年，我已经抗拒和他在一起了。心远了，身体也就远了。"

"好了。我们的话题又沉重了。扫兴的话就不说了。"秋实指着远方一处灰墙黑瓦像凉亭似的建筑，兴奋地问："你猜，那是什么？你发现你身处的地界了吗？这是哪里？"

"不会是老井吧？"我说。

"其实我也不知道呢。但叔叔说，村里为了保护那口井还搭了个瓦棚。"

"费啥劲猜呢？去瞧瞧不就真相大白了。"

上台下坡没走两步，我俩就看到脚跟前立着一块约一米高的石碑，上面清晰的刻着"上井"二字。

"果然是老井。"秋实三步并作两步跑过去，然后兴奋地叫着："水满满的，看起来清冽可口，我真想打点上来喝。"

"恍然如梦，临去成都的那天，爸爸的酒瓶从屋里扔出来砸到我的额头上，然后又落到这井台上，玻璃碴子到处都是。"

我没理由不相信此处就是我的生命之水，是它承载了我最难过的日子。

"随着拆迁一切都过去了。有个笑话，说有个小伙子回家乡发现村里的小伙都没有找到对象。便一琢磨就找一桶油漆，见墙就写一个大大的拆字。不久，村里的小伙都找到对象结了婚。"

"后来呢？"

"后来，孩子生下来了，房子也没见拆。女人守着孩子过日子哭着说：相亲的时候，怎么就忘了问啥时候拆啊！"

"咱们就是'拆二代'啊。"我笑得眼泪都出来了："哥哥家里房产多，返建赔偿了不少吧？"

"也就是老宅和饼铺三套房子，六百个平方。"秋实脸上若有所思，认真地看着我，问："一个男人没有房子你会跟他过一辈子吗？"

"我曾以为一栋华丽的房子就是我追求的家。但是，现在身边有爱着的人，而他也爱着我，此心安处即吾家。"

"是的。"秋实过来牵着我的手，"爱人在哪里哪里就是我的家。"

时间在流失，回忆在继续。

"再说这个拆迁的事情。记得，镇上人听说要拆迁了非常激动。拿我小叔来说，仅两个月的工夫就在空地上建了幢两层小楼。同时他也劝我爸赶紧的行动。我爸爸是个认死理的本分人，一辈子不屑旁门左道。他觉得，是你的就是你的，不是你的强求不来。不要想着占便宜。"

"你父亲最终没有听叔叔的吧？我确定，镇上的人都那么做了。"

"是啊！没钱的都去凑钱在空地上建起了房子。唯独我爸爸没有那么做。我叔叔看在眼里可急了。"

"能不急吗？相当于大把的钱送给你你不要啊？"

"那时我还在读大学，叔叔专门打电话叫我回来给我爸做思想工作。"

"回来没有？"

"没法回来，我正要考试呢。见此情形，叔叔在我家门前的空地上自行开建了。还对我爸说，到时这栋房子的返建补偿就轮不到你了！我爸听了暴跳如雷，拿着棒子把工人全赶走。因此，叔叔和爸爸狠狠吵了一架。饼铺生意也不好了。镇上的人都不去爸爸的饼铺买饼，哪有嫌钱多的道理啊？他们说，你家钱多还卖啥饼啊？他们都不理解爸爸的行为。"

"最后呢？村民们如愿以偿了吗？"

"得逞的是一少部分人，大部分村民花了冤枉钱。要知道，投资集团一早就进行了航拍。"

"哎，有原则底线的人活得不轻松。因为自己人为给自己打了几堵墙，建了很多路障少走了很多捷径，多遭了更多的罪。但是，也少犯了很多错。拆迁这件事，你叔叔应该感谢你父亲吧，要不然他花的冤枉钱岂不更多。"

走走停停，只顾着说话，天色暗了下来，我们浑然不觉。不久，夜灯相继亮了。

"这里是白鹭湿地。"我们走在长长的吊桥上，秋实饶有兴致地说："尽管是晚上，好在灯光浪漫。我们拍第一张重逢后的照片如何？"

秋实举起手机，我甜蜜地依偎过去。

过着现在的日子想着以前的事，原来的我更多的是生活在回忆里。如今，一切随着秋实的降临发生着改变。我想，就算全世界不爱我，你要爱我，你就是我的全世界。回去的路上，我们没有说话。寂静的天空还有草丛里鸣叫的小虫让我的心变得很安详。我想起了席慕容的诗，在心里默默念着。

> 现在正是最美丽的时刻
> 重门却已深锁
> 在芬芳的笑靥之后
> 谁人知道莲的心事
> 无缘的你啊
> 不是来得太早就是太迟——

路经一家小吃店，我们进去吃了荞面和汤圆。然后，我继续走路，在公寓门口秋实打破了宁静。

"我们是在恋爱吗？"

他的话把我问住了。若说我们不是恋人谁又相信？一路上自然牵手甜蜜拥抱，除了肌肤之亲，情侣间的动作我们都有了。

我静静地等着他去表达。

"与你重逢后才明白我要的是一种归属感。你不觉得吗？我们寻寻觅觅这么多年还走了冤枉路，直到我们相见。相逢是偶然，却也是注定。那一年在春晖桥，月老就给我们绑上了红线。"秋实扭头看着我。"你没察觉吗？我们就像老夫老妻，吃饭聊天，你对我的依赖我对你的在意，这像是刚刚遇见吗？一切那么自然随意舒适融洽。"

"我们就像失散多年的未婚夫妻。"我心有同感。

"秋太。"

"秋实。"

我们相互打趣朝家里走去，一边我的心里却又沉重起来。没错，我又想起那个屈辱的晚上。那件事如鲠在喉让我想起就痛苦至极。如果有一天，他要是知道我的过去，他还会爱我吗？与其时常惴惴不安，不如跟他告知一切。

"有些话我想说。哥哥，在你心里我美吗？"秋实进了屋关上门，我试探地问。

"这不是废话吗？上井之所以美是因为有孟夏兮。"

"哥哥，你要是知道了一切你就不会这么说了。你看，就像那些花沾上了泥巴，我已经风尘仆仆沧桑难看了。"

"我不想再听到你这么说自己。"我第一次看见秋实生气了。

拥有了就更怕失去。对我来说，秋实就像黑夜中的明灯沙漠中的水，我不能再失去这样好的人。

"你知道我的第一本书？那些可是血淋淋的事实，我出卖了自己才麻雀变凤凰的？"

秋实身子微微一震。

我想一吐为快，继续说道："你可知道？我爸爸把妈妈打跑了，我八岁被小姨带到成都，我是靠小姨跟男人睡觉才能读书才能成为一个作家的？"

秋实在听着，他的身子一动不动的。他平静的外表下面没有任何的变化。突然，他转过身去，肩膀抽动着垂下了头。他在为我难过吗？还是我说的这些让他感到羞耻？

"你知道我十多岁就被人糟蹋了吗？"我并没有停下来，继续咄咄逼人地说道，"你看，我自己都无法面对我的过去，何况你？有这样一个爱人，你会时时感到难堪的。"

"别说了，傻瓜。没有人看不起你，是你整天活在痛苦当中。"秋实大吼一声转过身，我看到他脸上的泪痕，"这些伤痛是别人带给你的，与你的纯洁没有任何关系。如果说你被人糟蹋了一次，你却天天处在回忆当中，相当于你被人糟蹋了无数次。走出来吧，忘了它。"

"哥哥，你哭了。"我摸了摸他湿湿的脸，他扭过头不敢看我。

"哥哥，我要你看着我。"我扳过他的脸庞，"你眼睛里有夏兮，夏兮才会觉得踏实。"

"我恨——恨自己对你的过去无能为力。"我们看着彼此的眼睛，恨不得钻到对方的身体里面去，"好在我们见面了，我相信只有死亡才会把我们分开了。"

我攀起他的肩，他捧起我的脸。恰如其分的一个吻让我的身子在他的怀中震颤着。

"我的荷尔蒙要爆发了。"他在我耳边低声说。

我们熟悉的灵魂想紧紧相拥，陌生的身体却在一瞬间保持了距离。

"我先洗个澡。"我挣脱他的怀抱，跑进浴室打开了喷头。

"好吧，关好门。我会偷看的喔！"他有一点失落。

"还需偷看么？这浴室是透明的。"我大声说。

"对喔，那我出去好了。"他傻笑。

"不要——"我迟疑了一秒，我心里清楚我是多么的需要他。迫切想尽快成为他亲近的人。我走出去拉住他的手，我说："哥哥，我们一起。"

"你确定？"

他愣了一下，随即笑着毫不犹豫地抱起我。我的脸正好贴着他结实的胸口，我听到他突突的心跳声，像一只小野兽在嘶叫。我不由得在他的怀里蜷缩得更紧了，身子像一只火烈鸟，一只隐形的翅膀在慌乱中扑腾。迷梦中，他的唇先包裹了我，如一个疲惫饥渴的旅人碰到了甘泉，忘情地要喝个饱。快乐从舌尖蔓延，不知何时，我俩像两根藤蔓缠绕在了一起，用力吮吸，恨不得把对方吃到肚里镶进骨里。

我的身体如一朵在风中摇曳的花从僵硬变得柔软。我肆意舒展每一寸肌肤呻吟着，像哼唱着一首无名的歌。在我柔美的线条中，他也越来越兴奋。

我看到那个威武的斗士，昂着头在我的芳草地前踱着方步。

"哥哥——"我渴望着。但是，他的焦点似乎不是那里。他呢喃着嘴角泛着淘气的笑，像个童心未泯的小孩，双手捧着我白而丰硕的一对白鸽戏耍挑逗。

他陶醉其中，乐此不疲。我要窒息，我身体的每一个毛孔都在收缩。终于，他像游泳的好手纵情一跃跳进了泉水。空虚的身体一下子被塞得满满的，从未有过的幸福充实在我激情荡漾的体内。我迷上了空气与液体发生摩擦的声音。他在我的秘密圣地畅游着，新一轮爱意在激烈的触动中席卷而来——

夜已深了。

早晨，洒水车的音乐把秋实叫醒了，我像一只懒猫窝在秋实的臂弯不愿意起来。

"秋太——秋太——"秋实在耳边小声说，"天亮了，我们今天去疗养院，我要带我的媳妇去见公公了。"

"什么？"我弹跳起来，"不要，不要。"

"什么不要不要的，你都答应我的求婚了还想反悔。"秋实举起我的右手，"看看，这是什么？"

是什么？细细打量我的右手，赫然在食指上出现一枚一元纸币折成的王冠戒指。昨晚电光火石般的激情一幕幕刻在了我的骨子里，唯独想不起戴戒指这回事了。

见我丈二和尚摸不着头脑，秋实大声笑起来。估计是得意自己整蛊成功了？我讨厌开这样的玩笑。

见我皱起眉头，他从我手中取下戒指，说："回成都后我要把它变成钻石的。"

"戒指是纸的，你的心呢？"我问。

"一早我就醒了，想着如何跟你求婚。所以，就折了这个纸戒指。我等不及你醒来，就偷偷戴在你手上了。没想到我手挺巧的，大小刚合适。"

"那，就是它了。重新给我戴上。"

本来我绝望地想，人生就那么短，何必苛求爱情呢？她只是组成人生的一部分罢了。但是，眼下幸福来得太突然。一个和我携手的简简单单的人他就在我眼前。并且，他给我一直梦寐以求的东西，那就是他一颗真诚的心。

"好的，戴上戒指你就是真正的秋太了。"他竟然单膝跪在我的面前，他说："我不是头脑发热，我只是太迫切。一个男人有承担才是重要的。"

我无法从容，我哭了。这是感激的泪水，它把我过往岁月里那些执着追求后的失意都悄然抚平了。上天是用心良苦的，曾经所有的不如意都是为今天努力活着的我来铺垫一场无怨无悔。

"秋实！"我俯身在他的肩头狠狠地咬了下去。

"痛吗？"我问他。

"当然了。"他哆嗦了一下。

"痛就对了。现在，你反悔了也晚了。秋太盖章了，孟夏兮的专利。傻瓜，痛为什么不叫啊？"

"咬一口就直叫唤那是男人吗？被自己女人咬一口有什么大不了的。"

我扑过去缠住了他。

5. 我把冯京当马凉

我们吃了早餐去了疗养院。在房间里我们没有看到他的父亲。一打听，护士说病人支气管炎一连几个晚上咳嗽去做雾化了。秋实让我在园子里等，他去找主管医生聊聊。

疗养院是我的劫数。

我在花草中来回转悠，想着马上要见到秋实的父亲，心里七上八下不安起来。

短短的三十分钟，秋实推着轮椅上的父亲出现在我的眼前。

爸爸？我心里一震，瞬时有点恍惚，怎么会是孟东？我迎上前的脚步迟疑着停了下来。

"爸爸——"

"是啊。这是我爸，他说话不利索，但脑子可清晰了——"

事实上秋实说了什么我一句也没听进去，他俯身和"孟东"轻言细语地嘀咕着。说毕，他又跟我交代了几句转身便匆匆离开了。

"你不是讨厌疗养院吗？今天怎么来了？"怀沙算是逮到了讽刺我的机会。有时候，我真分不清她是我的朋友还是冤家，但是我拿她没办法，在某种层度上我依赖她。她的话不管是中听还是让人排斥，我必须得听着，从内心来说，我偶尔想听她说点什么，无论什么全盘接收。

"碰巧。"我说。

"他一直念叨你，想见你。你倒是大发慈悲，等他死了，你才想着过来看他？"

"好好的大活人，哪里死了？在这么好的环境里老死也算是占了大便宜。"

"你——你——你咒我——""孟东"对我的话反应激烈。

我推着轮椅走过去尽量做到和颜悦色地说："护士拿来了苹果，香蕉。爸爸你要吃哪样呢？吃苹果吧，我给您削皮好不好？你要好好的保养，就这模样，还用我咒你吗？"

"你——"

"我是你唯一的亲生女儿。你看你对亲生女儿都做了些什么？"我把拿起的苹果放下，"多半是苹果也吃不了，牙齿也掉完了？"

"你人都来了，还说这些干吗？他现在是一个病人。"

"在我眼里，他不是病人，他是个坏人，恶人。"怀沙的话让我啼笑皆非。在任何问题上，我都不会太在意她的观点是否能跟我统一。但是，让我在"孟东"面前做孝顺的乖乖女，无论如何我没有力量克服内心的阴影。

"那又怎样？能改变什么呢？你的身体里流的还不是恶人的血。"

怀沙的话让我十分沮丧。是的，我的自私，冷漠，暴躁都来源于轮椅上这个人。我身体里奔突着叛逆的血液。还能怎样呢？除了诅咒着说些气话，我唯一做到了置之不理。但是，这并不能让发生的一切烟消云散。因为我还活生生在这里，他的存在无时无刻不在提醒我，孟夏兮是个无法坦荡的人。

"怀沙，那就让一切尘归尘，土归土吧！"既然如此，果断的做个了断吧。在这个人面前，我无法做到理直气壮的活着。唯有让身体里肮脏的血液流尽，或许我才能脱胎换骨。想到此，我看到了石桌上水果盘里的那把水果刀。

血从我的手腕喷溅出来的时候，我听到了恐怖的惊呼声。

"爸爸，死可以解决一切不能解决的。""孟东"惊恐地看着我的血慢慢浸红了衣衫。没多久，我模糊的双眼看到秋实从远处向我奔跑过来。

"哥哥——我痛——"我倒在地上，我无力支撑我的身体和灵魂，"我要死了吗？"

因为怀沙的突然出现，所有的事情变得一团糟。

第二天凌晨我在医院的病床上苏醒了，手腕的疼痛让我一眼看到包裹着的纱布，我也断断续续回忆起之前发生的所有事情。不用谁来告诉我，我也清楚地知道我的精神出现严重的状况了！这是一个让我无法面对的残酷事实。

从我醒来的那一刻，秋实就一直站在窗前看着外面。我不敢看秋实失落的背影。我能想象他有多么失望。他渴望共度一生的女人怎么是一个精神恐怖分子？

在他转身的一刹那，我闭上了双眼，假装继续昏迷。

福祸相依苦乐相随，生活的意义总是超乎我们的想象。或许老天不太想让我与过去握手言和，他要把秋实从我身边赶走。

我的世界塌了，黑暗向我袭来。

我六神无主，爱管闲事的怀沙这会却不来了？我希望她能给我支个招。我和秋实该何去何从？我还能留得住他么？这样的我又能给他带来什么幸福？我想，秋实愿意为我付出，我也不忍心看他为我受苦。

他心里是否也在挣扎？一定是的。他的爱和痛苦我都感受得到。这个时候，做选择的应该是我才对。

我睁开眼睛，看到我醒了，秋实笑了，眼角的鱼尾纹跳起了舞。他的笑让我暖和起来。我坐直身子，把脸贴在他的腰上。我想，我知道该怎么做了。我是体验型人格，自己一向有承受最坏结果的准备，试试吧，这将是我唯一的出路。无论这个决定是给自己带来毁灭还是新生。

"对不起！我让秋伯伯吓坏了吧？"我问他。

"他还好。只是你，你的情况让我们都很担心。"

"妹妹下葬了吗？"

"嗯，一切都办妥了。"

我取下右手沾了血迹的纸戒指放在他的手心。

"哥哥，这个还是先还给你吧。一时半会儿我没有能力去谈情说爱，谈婚论嫁。我得赶紧回去把病治好。"

"为什么？"秋实很疑惑，"你嫁给我和你去治病有什么冲突吗？"

"哥哥，我不想你为我提心吊胆的过日子。一切等治好了病再说吧。"

"戒指你要收回，因为这是我对你的承诺。"秋实把戒指重新套在我的中指上，"回去后，你要好好配合治病。争取早日康复，到时候，我带你去登山。"

"好啊！你要是不嫌麻烦。哥哥走哪里我就跟到哪里，干脆，我去做一个旅行作家。记录我们一路上的点点滴滴。"

"真的吗？真的愿意为我这么做？野外风餐露宿很辛苦的。不能穿漂亮的衣服，不能戴漂亮的首饰，更不能穿高跟鞋。"

"跟哥哥在一起才是最重要的。"说这句话的时候我没有疯。为了能顺利和秋实在一起，我确实要去做一番努力。

第七章　与怀沙决裂的日子

1. 不说再见

回成都后，我在秋实的陪同下去了精神病院。

"作家有精神病应该是很正常的事，你们成天用脑子指点江山。"替我打针的护士一本正经的对我说，"您在这里潜伏一段时间后，会不会有新小说的构思呢？"

"别忘了给我吃药。"我说。

当所有人知道孟夏兮疯了的时候，我的生活也走上了正轨。相反，一些人不安宁，他们相继来"探监"了，在规定的时间里说着不同的话。

"瑾儿不让人省心。"路冬篱说。

短短三个月不见，路冬篱穿越了时空一下子变老了。细想，他五十岁的人，可不就是糟老头一个了嘛！

"她一向不让人省心。"我说。

"在出国的前一天失踪了。"

"人应该找到了？"我心里暗暗一急，随后笑了，"要不然，你也没空来看我。"

路冬篱不说话了，空气凝固。

"她为什么不出国？"我问。

"她妈妈来找她了，也就是我初恋女友。从国外回来要带她走。"

关于路一瑾的身世曾经是我心中的一根刺，对我来说这应该是个震撼人心的秘密，但此刻听路冬篱说出来，不痛不痒的毫无神秘可言。

"果然是你的亲生孩子。"

"不是。"他自嘲的一笑，"我带了绿帽子。她怀的是别人的孩子生下来甩给了我。"

"也就是说，她现在后悔了。回来要孩子。现在瑾儿不知作何选择，所以才跟你玩失踪。她是舍不得你。"

"她失踪的那几天我到处找她，结果我查到她去找一个网名叫'芙蓉如面柳如眉'的人。"

路冬篱提到这个名字，让我很自然想起粉丝群里的那个网友。

会不会是同一个人呢？转念一想，网络同名是很普遍的事。进了医院后，我们没有再联系了。

"她最近突然迷上了户外运动，还报名要跟一帮人去登山。牵头的就是这个人。原来这个人是个户外运动专家，叫秋实。"

这是哪跟哪啊？秋实与"芙蓉"是同一个人？哥哥是个踏实的人，他怎么可能在我面前假扮两副面孔呢？

"夏兮，我回来后希望你的病情已经有了好转。这是我最后一次活动，有了你我就有了牵挂。我每天会写日记，半个月我会寄一次我的日记本，分享我每天的生活。我会早点回来，陪着你把病治好。"我想起秋实跟我告别时的话。

就算他们是同一人，又能说明什么呢？哥哥的出发点应该是善意的。

"瑾儿去了吗？"

"报名是有严格要求的，她不具备条件。你是知道的，她有哮喘。"

"现在人呢？"

"跟她妈妈走了。"

"喔——"

我还能说什么？我们就那么相对无言。过了快一首歌的时间，我说，我该回去吃药了。

"我想对你说声抱歉。"

"不用。爱是两个人的事。"

"我向你隐瞒了我不能生育的事。"

"不能生育？"他的话让我吸了一口凉气，"不能生育——为何——为何还煞有介事要我用套？"

他用肃穆的表情向我深深鞠了一躬，如告别葬礼上的遗体。然后，他小跑着离开了。

路冬篱走了。我心里对他有了一丝怜悯，真的是孤家寡人了！

没多久，曾善美来了。她发胖了。

我们此刻的见面跟以往不一样，身份似乎不经意做了转换。她显得很焦躁，见面后就不断地诉说着，我不小心成了兼职的"清扫工"。

"我离婚了。"曾善美说。

这对我来说是个新闻。

"因为那个小鲜肉？"

"是的。但是最近我郑重提出分手了。"

"为什么？"

她并不回答我的话，时而叉腰站着，时而跷腿坐着。要么就在眼前来回走动着。总之，她就是一个劲儿的"BBB"地翻动她的嘴皮。

"其实都是欲望惹的祸。这个时代爱情是奢侈品，我还想着拥有它？不错，当一个人讨厌你的时候，反感你的时候你连狗屎都不如。遇到狗屎他还会一边跳过去一边说，妈呀！我这是要走狗屎运了吗？现在的情形是，他一边厚颜无耻地接受我的礼物，一边找各种借口拒绝约会。我阴沟里翻船了。想不通，不是说爱吗？"

"有什么想不通的呢？就像你路上遇到一个帅哥。远距离看那么美好，突然一靠近，有狐臭。你唯恐避之不及。不否认，他开始是被你吸引，但年龄的差异，处事的方式，事物的认识上让你们的距离越走越远。他闪人是迟早的事。这和爱不爱没有关系，但是这和真爱有关系。"

"也就是我没有资格得到真爱啰？"我的话让曾善美很激动。

"资格是什么？资格就是资本。你有几斤几两？你有多大的能量能力？人人都可以自我，回归自我，可寻求爱情，寻求幸福是要有基础的。农民乞丐都有拥有幸福爱情的权利，可最终他们还是低头麻木的干活。甜蜜的爱情也可以轻易拥有，只是重新起航得看你的发动机你的排量了。罗曼·罗兰说，世上有一种英雄主义，就是在认清生活之后依然热爱生活。"

"你啊，现在就是一副世外高人的姿态。你以为自己看清了生活的本质吗？其实你就是一个混沌状态。我说，你现在是清醒的吗？"曾善美两眼瞪着我，"你现在是怀沙，还是孟夏兮？"

"我的道行有多深你不知道？我在爱情的修炼场一直修炼，到现在也无法得道升仙。目前我只能把玻璃看穿，对于生活我无能为力，生活之所以丰富，是因为一辈子都看不穿。爱情也是。"

曾善美临走又一番苦口婆心。

"有话就对我说，不要让怀沙来凑这个热闹。她就是你，是少女时期的你。要聊天要吵架尽管找我。哎，来看你就跟探监似的。规矩多，时间也有限制。我得想办法贿赂一下你那个粉丝护士。实在不行，我下次把我公安局的弟弟一起叫来。"

我无奈地看着她的背影远去。

2. 致孟夏兮

医院的生活很规律。除了吃药打针，在医生的看管下我还开始了跑步。从第一个月每天五公里的运动量慢慢增加到十公里。

半个月后，我收到了秋实从泸沽湖寄来的特快专递。

打开，我看到了一个驼色皮面的小日记本，都是秋实要对我说的话。

5月的一个早晨，秋实比队友先一步到达了泸沽湖镇。接待他的是一个叫阿布的小伙子。

"他和我差不多高，一米八的样子。黑黑的很强壮，手腕上戴着串珠。"秋实这样形容接待他的小伙子。

阿布热情好客，午餐在餐馆请秋实吃梭边鱼。吃饭时来了一群人围了一大桌。他们说着摩梭族的方言，秋实一句也听不懂。阿布用夹生的普通话跟秋实大概解释了一下，都是家长里短的事。好在服务员是汉族妇女，她有个小孩。很可爱，秋实与小孩逗乐好一阵，没觉得闷。

"阿布全名李伦布。听他介绍时不禁想笑，这让我想到了哥伦布。"秋实在日记里写道。

回客栈的路上，阿布扬起结实如杨树干一样的手臂对秋实说，看到这条线没有？秋实仔细一看，从手肘往小臂三厘米处有一条清晰的横纹。没待秋实问他。他说，不是这里所有男子都有。纯正蒙古族血统才会有。

"说实话，我不太明白为什么他有。我太困了，连夜一直开车赶路，怕错过与我会合的队友。吃了饭，我一心想着睡觉。"

秋实睡了一觉起来，阿布有事出去了。晚餐吃的是米线。很难吃，客栈妹妹没有泡软。很硬。晚上阿布回来带他们去迦拉梅朵，那是他弟弟嘉措开的酒吧。阿布说话中气十足，是个天生的男高音。本来他想亮几嗓，可惜酒吧音响坏了。

"我很期待他的蒙古调。"秋实说。

喝了几瓶啤酒，队友们电话来了。他们也相继到了。一窝人都聚在酒吧。在陌生的地方，他们心中很新奇很欢腾。

"我却高兴不起来，因为太想你。只希望这次活动快点结束。"

6月1日。

"劳动节后，游客陆续走了。这里变安静了，门可罗雀。"

秋实住的是一个叫王妃园的平价客栈。

"阳光大大咧咧的，风散漫地吹，树叶看起来也没有迎风招展的力气。门前格桑花，草海都是无精打采的。苍蝇也是没头没脑地在玻璃窗前瞎撞。这一切让人看着特没劲。我怎么觉得自己像一只乱飞乱撞的苍蝇呢？成天瞎忙活。我的秋太，我是想你了。想你想得要疯了。"

"一只蜜蜂也跑来滋事。"

"吓着了吧？这是个调皮的闯入者呢！"我读到这里笑着自言自语着："外面花团簇簇，它可能是误入了歧途。"

"我赶紧闪开了。你笑了吧？我天不怕地不怕就是怕这个小东西。想起小时候被它蜇过，大姑挤出乳汁抹在红肿的额头上，一连

"抹了三天才消了肿。"

"这个月要忙好几支户外用品广告的拍摄。下个月亦公亦私带摄影队去阿坝和年保玉则。八月才带队登山。行程是满满的。忙完这些，我就回到你的身边了。"

还有两个月我才能见到秋实，真是让人心急。

秋实说拍摄进行得不顺利，摄影师急性阑尾炎有可能要做手术，阿布找来老司机紧急送往盐源县了。一行人都在祈祷，希望他度过危险平安无事。

拍摄不能如期进行，北京新来的摄影师要后天才到。

"我刚看到一个摩梭族的老人扛着桨说要带客人去划船了。快点好起来吧！亲爱的夏兮。我想和你在草海中穿行。"

六月的一个下午。

秋实在客栈的角落里看见服务员毛英在角落里哭。一打听，才知她被客人冤枉偷钱了。客人离店时嘱咐她换了床单，晚上回来说放在房里的现金没有了。

毛英家穷，小学三年级就辍学在家。十四岁了就要出来工作。

"我若早婚，孩子也这么大了。看见她哭，心里难受。可我能帮她什么呢？她不敢伤心太久，就被前台叫去做活了。她年纪小，注定是要受欺负的。"

晚饭的时候，秋实和她说了很久的话。

客栈前台还有个叫织玛的有趣姑娘。秋实在茶座喝咖啡，见有个男人来找她。

"我找织玛。"那男的对织玛说。

"你是谁呢？"织玛问。

"我是翁基。"男的回答。

"这真是奇怪啊。像是陌生网友见面似的。"秋实说。

读到这里，我想起了不久前路冬篱对我说的话。

"她失踪的那几天我到处找她，结果我查到她去找一个网名叫'芙蓉如面柳如眉'的人。"

"她最近突然迷上了户外运动，还报名要跟一帮人去登山。牵头的就是这个人。原来这个人是个户外运动专家，叫秋实。"

"芙蓉"与秋实是同一个人？我实在无法对号入座。

秋实接下来的话，还是让我吃惊了。

"说到网友，我有件事情一直没有跟你说。我也和我的网友见面了，她是一个美丽知性又俏皮的女孩子。不要吃醋，她的名字叫孟夏兮。你是不是有个网友叫'芙蓉如面柳如眉'？他就是我。你现在看到这里，一定很生气。在跺脚是吗？别，脚会疼的。待我回来你罚我。听我解释后再接受我的道歉不迟。

当初加入粉丝群的目的只有一个，就是想打探你是不是我要找的孟夏兮。聊天实在无法确定。听说你要上电视节目，我跑去了。接着，又听说你开了书吧，我也跑去碰运气，看能否遇见你。或许你只是把我当哥哥，而我早已当你是爱人。从见到你的第一天开始，我就没有一天不想你。在国外，我隔三岔五打听你的消息，久而久之成了习惯。当从娟子口中知道你和男友分了手，我就迫不及待想在第一时间出现在你的面前给你安慰。

没有早一点告知我是'芙蓉'，是我人性的自私。我想看看你在两个男人中间是如何做选择的。我的行为确实可笑之极，爱情是建立在信任的基础之上的。当我想坦诚相告这件事的时候，你又病了。我怕刺激你，一拖再拖到了现在。请你原谅！一定要原谅我。"

看到这里，心里的疑惑终于解开了。虽故作无所谓，但不得不承认从路冬篱口中获悉"芙蓉"的身份之后，心里像有颗石子硌得慌。吃饭睡觉走路整个人都不舒坦。依然无法释怀，我突然想到了我的阿波罗。

"阿波罗的事我也不能瞒着他。"

心里嘈杂起来。为了让内心宁静，我捧起秋实的日记，像小时候朗诵课文一样读出了声——

后来织玛才对我说，那是她爸爸。

"爸爸？"我更糊涂了，爸爸和女儿的关系这么古怪？

"要不然我是哪来的？"织玛说，"我爸和妈是走婚。我是舅舅养大的。听说我在这里打工，他路过这里顺道过来看看。"

真是奇怪的民族，不过，织玛说现在走婚男女已经很少了。

——

读着秋实的日记我睡着了。

"在医生的监管下跑步是一种什么体会，你知道吗？"晚上，我给秋实写信。"就像做牢的女囚，不自由。好在，我的心是自由的。"

"人生就如跑步，五公里之后就是十公里。要不断地付出汗水。为了能早日和你在一起，我要在跑步中收获健康。跑步的时候心里异常开心平静，没有一丝嘈杂的事。天空上像有五彩云飘着，小鸟也飞来和我做伴。我跑着跑着，像田野里快乐的精灵。当我要跑向终点的时候，就好像你在那里向我招手，今夜有星星点亮夜空，最亮的那一颗就是你。看着它一闪一闪的，使我用尽全力加快步伐，向你的方向冲了过去。哥哥，怀沙她没有再来。所有时间我能想到的都是你，在我们彼此思念的日子，让我们的爱在沉寂的时空里发酵吧！"

一个下雨的早晨，洛春迟来了。他被护士带进来的时候我没有认出他。改头换面一般，全身上下散发着青春的气息。他脚上没有蹬中学党爱穿的运动鞋，而是穿了一双休闲时尚的皮鞋。这是让我大开眼界的地方。他一定恋爱了。我想。有人专门捯饬他了。

"这是夹饼。我知道你爱吃，给你带来的。"他笑容中有一丝忧郁，"我要出书了，是选题出版。我想好了，在书的第一页，我要写上致孟夏兮，别无其他！"

"这是值得庆贺的事。"我津津有味地吃着夹饼，"看来，你最近喜事连连。"

"哎，这算是运气吧。我现在的女朋友，她是出版社编缉。她帮我争取到这次机会。不管怎么说，我知道我还是要大量学习的。"

"真是谦虚的孩子。是的，这样很好。你的确需要看一些大师的作品。哪怕你不用他们的写法，你必须见识。然后才知写小说是怎么回事。"

"我知道，我不能急是吗？其实想写与写好是有好长一段距离的。"

对于写作，他开窍了。他继续说道。

"我以前也不知小说可以这样写，可以那样写。还有一些诡异的写法。之前也看通俗化的小说，却学不到任何东西。但是要写通俗小说，也是要大量看大师作品的。我觉得，市场化的今天。语言通俗有好处，但是结构可以更精巧些。"

他亟待与人分享他成功后的感觉和创作的体会，整个人神彩飞扬。一直说着没有停下来的意思。

"像托尔斯泰、雨果，他们从来不会平铺直叙，什么交叉叙事，AABBCA式螺旋叙事太棒了。我十六岁看了《巴黎圣母院》。"

"油汁喔——"洛春迟又要帮我擦嘴角，我立即挡住他伸过来的手。

"有一本书叫《橘子不是唯一的水果》，它的结构很诡异。第一个故事留一个线头，接着讲第二个故事，第二个故事讲的过程，穿插第一个和第二个故事。英国还有一本永恒的名著《双城记》，以法国革命为背景，当然歌颂的也有爱情。它的结构和语言确实非常棒。巴黎和伦敦两个地方的穿插，主人公也在变换之中，语言非常辛辣，写到感人之处也波澜壮阔。我记得有一句话：罗瑞先生的血液循环一向循规蹈矩，这时也流得不大愉快。这个句子好强大好厉害！"

"你的记忆是无敌的！"我不得不佩服他过目不忘的本领，这对于写作来说是一个好帮手。

"你住到这里来对你来说或许是生活的小插曲，是上天调皮的馈赠。"医生的到来让他结束了谈话，他意犹未尽的嘟起嘴说，"到这里来看你真是不容易。要是能天天来就好了。"

是的。既然病了，这似乎是最好的选择。我正好借此清除一些污浊，去接纳更美好的事。

我不会在自己的圈子里太沉默。

在我康复出院的时候，娟子盛装出现在我面前。

"我想离婚，我想单身。我要自由。"娟子淡淡地说。

大家都是怎么啦？曾善美突然离了。可娟子再婚短短数日也寻思离婚了？我头疼了。

我没有结婚，我该怎么办？

"好不容易二婚了，这么大年纪，不要说幼稚的话。就算单身，也可以在精神上单身。何必非要做出点事呢？我要批评你，我觉得一个人一定要懂得惜福。特别是这个年龄阶段。只有惜福的人才有福气。"

"我不是随便拿婚姻开玩笑的。就像你说的，都一把年纪了。

我这婚结得太仓促，彼此了解不够。嫁给他后，我才知他是一个多么小心眼的人。我跟他到了农场一下子失去了人身自由，发个微信也要被他含沙射影的讽刺，还限定了开关机的时间。这还算了，他让我与我的男性朋友一刀切。"

天啦！这是什么事。娟子就是一个不拘一格的女汉子，让她跟一个心胸狭窄的男人如何过得下去？

"他经营农场思想比较闭塞，你在酒吧的习惯爱好都要改了。一时无风不起浪，男人的心是小一些的。做一些事稍微注意一些嘛。多体会他们的感觉和想法。有些牺牲是必须的。"

"我可以这样理解吗？"娟子一向快人快语，她打断我的话，"你说的是比较高尚的做法。主要还不是做事要谨慎，不要给他们怀疑你的机会，这样也让自己有更多的自由，是不是？"

听她这么说，我也是哑口无言。

"还不是怪你和秋实。你们相逢的那个晚上，秋实大半夜来了一个电话让我老公醋意大发，和我大吵一架。不仅如此，吵了架就要啪啪，还不采取措施。难道我一把年纪了还要做高龄产妇吗？和一个谈不拢的人怎么能生孩子呢？"

娟子说这话的时候，满眼的苦楚，很难把她与结婚前夕冲我晒戒指的情形联系起来。

"我多少还是明白一些你的绝望，觉得和一个无法交心的人生活没多大意思。这些情绪我也有过，我跟你讲过的。过不下去还去做过傻事。但是，我还是想说。作为一个人，我们是万物之长，想追求更高的生活，可是我们回过头来一看，我们本质上不就是动物吗？是动物在这个世界上他就要面临生老病死，喜怒哀乐。人活着本来不容易，要疲于奔命求生存。你单身那么久，或许重组家庭有点不适应。如果两人没有太多的不和谐，单单在两人无法沟通，生活压力，情感郁闷时想要逃脱、躲避，那么你就要三思。"

"这是我认识的孟夏兮吗？我怎么觉得你被人洗脑了。你被秋实洗脑了。"娟子看着我一副不可思议的样子，随即她点点头不置可否地说，"我也看到了周围我所认识的人，我觉得他们也有不快乐。看着他们叽叽喳喳打麻将，那是表象。所以，我也经常劝自己，女人一定要学会忍受孤单，享受孤单。因为人生本来就是孤单的。当你学会了忍受孤单享受孤单的时候，你才不会被欲望控制被它压迫。最终，我还是无法说服我自己，还是把自己嫁了。"

"女人想要婚姻想要身边有个爱人有什么错？只是不要钻牛角尖。要学会变通。我曾经想要婚姻，一门心思想生孩子，但是到了如今，我想通了。如果秋实不愿意进入婚姻，我也不会勉强了。生活中有个人真心爱我，尊重我，对我好，就是我活在这个世界上可以幸福的理由。你别轻易做什么决定，再给彼此一些时间慢慢相处。我相信他会是一个可以让你依靠的人。当然，你必须是一个坚强的女性。你要他认同你你也要做些改变，这是相互的。另外，你既然进入了他生活圈子，学着适应吧。我不想劝你走出去，在那个陌生的地方去重新建立一个朋友圈。因为新的朋友圈其实也很累。他们好多是带着目的的，很虚伪。去为他们消耗自己的生命也不值得。我想劝你安静。人以群分，适合你的朋友他一定会在你的附近出现，谈天说地不会寂寞。不过，无论你是走出去还是潜伏在家，最重要的是内心必须有所依托。毕竟此心安处即吾家。说到底，你的归属感还是在他身上。在他身上下番功夫再说吧。你嫁给了她，作为妻子做出一些努力即是为自己谋福利呢！"

"妈哟！你闭关闭得好，脱胎换骨了。"娟子存心气我道，"我是不是也要住趟医院啊？原来总是我给你说道，现在轮到你有板有眼的开导我了。风水轮流转这话是没说错的。"

我说："你这婚还真是'昏'过头了。"

我们提着大包小包下了车，小晴就在门前探出头来。这个贴心的姑娘知道我要回来，一早收拾好屋子等着了。一路上没完没了的说着有关婚姻的话题，进了家门我们都意识到口干舌燥。

小晴吃的喝的一样不少地端上前来。吃了饭，小晴和娟子相继离开。本以为可以美美地睡个午觉，曾善美抱着百合大驾光临。

"我想静一静啊！"我在心里大叫，我有预感她定是来吐苦水的。

我不能塞起耳朵啊！娟子才说了，风水轮流转啊！

"我要是知道你今天出院，我就开车去接你了。扑了个空，飞车过来。"曾善美风风火火找来花瓶插上鲜花，"我知道你喜欢百合。依我，就想买向日葵了。"

"向日葵我也喜欢。"等她坐到了我的身旁，我说，"我要去旅行了。"

"你有喜欢的人了？"她问。

"是的。我去找他。给他一个惊喜。"

"不错。透透气也好。"曾善美很兴奋地样子，"听到这个消息，真高兴。我要祝福你。老天并没有遗忘你，这是他对你的眷顾。但是我要提醒你，老天对你的馈赠你一定要懂得珍惜。"

这语重心长的，似乎在哪里听过？我恍然大悟，这不是我刚刚对娟子说话的语气。

"每一个人都会累的。当生活中出现特别疲惫的事情，爆发点一触即燃。这也是他离开你的时候。"怎么越听越不是滋味呢？

"不要一味的索取，一定要懂得回馈。回馈就是珍惜。不要让男人和你一起日子久了觉得心累。千万不要这样，你要懂得给予。我和我前夫，我就是不懂感恩，才最终走向今天的局面。到了今天，我才知道他为我付出很多。这些都是不能用金钱去衡量的。你们今天灵体合一了，但你们没有相濡以沫。你们才刚刚开始。等你们的付出达到一定量一定质的时候，就可以做到。在生活中不需要经常通电话，不需要经常见面，你们的内心都不会觉得孤单。夏兮，你一定要做到这一点。后面的日子还很长。你要反省之前感情的失败。不是相爱的人一定要组成家庭，不能在一起怎么办呢？在这个生活当中，真的需要有一个人无论远近都能爱着自己，觉得活着才是有意义的。为了这一点，你一定要学会付出。"

曾善美的话锋回转让我产生了共鸣。那么，我和秋实，我是不是应该为这一段关系做些努力，我该干点什么呢？

"其实，人的本质是自私的。天底下没有谁能真心爱别人。每一段感情之所以发生，是因为在这段情感里面自己也会得到很多爱，会得到很多温暖，实际上人真正的是爱自己。你一定要看清楚这一点。你看，你这么在乎他，是因为他是你心中的灯，是你的阳光，是他能给你温暖。那么反过来是一样的，如果你不能给予他温暖呢？你们的关系也不会持续很久。"她说到这里停下来问，"他是干什么的？"

"从事户外运动的。"

"喔——距离是感情的杀手。你要知道，他的工作性质老是在外地。在很累的情形下，还要抽空来看你。这样频繁的奔波太磨心。这个现实是感情的敌人。"

是吗？

已经七月底了，哥哥可能已经着手登山了。曾善美的话让我有了点紧迫感，只有见到了秋实心里才会踏实。

我又忍不住翻看他七月的来信，我的脸红了。

"夏兮，我又想你了。想起你妩媚的表情，放肆的言语。好想此刻你就在我身旁，我要领略你所有的风情——我要连绵不断地亲吻你——给你一阵狂风暴雨——"

"翻来覆去地睡不着，思念成了我的习惯。有寄托真好！"

手里的书俨然成了我掩盖思念的道具，排山倒海的爱恋呼之欲出。我决定准备就绪后动身前往年保玉则。

3. 在去做爱的路上

回忆驱赶了旅途颠簸的疲惫。

我恐惧坐长途客车，但依然抵不过我见秋实的心。

"跟我在一起，啥病都会没了。我们走走停停，边走边看，边走边忘。闲适优雅，豁达这是我要的人生境界。"

是啊，洁净如初的心灵及丰富的多彩世界才能成就百毒不侵的自己。心没有病，身体自然安康。

这次的旅行对我来说绝对是个考验，总共要经历十三个小时之久的车程。没有直达的汽车。早上六点二十我从成都出发，下午五点三十顺利到达了阿坝县。之前，嘴馋的我一直想着阿坝的和尚包子、玉带酥。但是，到了阿坝，我整个人已经头晕无力吃不消了。显而异见，我的身体状况是无法适应高原反应的。这让同车的人担心起来，纷纷劝我放弃前往年保玉则的计划。

尽管这样，我还是硬撑着去汽车站买了到大武的车票。决定第二天一早再从阿坝转车，去大武的车要途经年保玉则。我相信，只要好好休整一晚，第二天我照样生龙活虎的上路。

简单的就餐后，我在附近的酒店住下。睡到次日凌晨三点，从饥饿中醒来。酒店只提供方便面，无奈我下楼去找吃的。出门左拐就是夜食摊，一伙五人风尘仆仆的正围着一个简易餐桌谈天说地。我从他们身边经过，瞟了一眼桌上的食物。早已是杯盘狼藉，就餐已是尾声。

"没吃的了。"不待我寻问，摊主上前说："最后的一些他们都要去吃完了。"

"一点都没了？"我饿得已经前胸贴后背，想着只好回去吃方便面。

"没有了。这个点四处夜宵摊都没了。"

"喂——美女姐姐。"就餐的那帮人里一个胖女孩操着东北口音站起来跟我打招呼，"我们还剩一盘羊肉，不嫌弃的话过来吃啊？"

"不好意思喔——我还是花钱买吧？"实在是太饿了，无法矜持，我转身问摊主："那盘肉你卖他们多少钱？算我的。"

"六十。"摊主用手一比画。

"要付就全部付了，只付一盘肉的钱显得你多小家子气啊。"那女孩冲我半真半假的揶揄着，见我愣住了，她起身走了过来把我递给摊主的钱塞回我的手中："我说大姐，出门在外，怎么那么矫情。不就是一盘肉么？过来吃吧，我们边吃边聊挺开心的。"

"恭敬不如从命。"我笑了，在一个空位坐下。身旁年轻男子举起相机对准我"咔咔"按了几下快门。

我下意识抬起双手遮住脸。

"不好意思，不好意思。职业病改不了。"那人放下相机点着头连连道歉，一边拿出兜里的一张皱巴巴的名片给我："认识下，我叫林苏。是摄影师。我和陈志红都来自北京。"

"谢谢，很高兴认识你们。我叫孟夏兮，成都过来的。"我说。

女孩旁边的男人敷衍着举了举右手，眼皮也没眨一下，只顾埋头摆弄他手中的相机。

"大姐，边吃边聊。我叫婷婷。我们三个都是摄影发烧友。"胖女孩伸手从盘里拿了一块肉嚼着，斜眼看了看对面两个沉默不语的男人，叹了口气说："哎，先不说他们。"

这五人真是奇怪的组合。一边三个欢天喜地，一边两个无精打采的。

这亲切的女孩举手投足跟娟子太神似，我放松下来吃起了羊肉。

"你们走哪拍哪吗？"我问。

"那不行。我们是有计划的。"叫林苏的男子把相机放回包里。

"时间有限，我们出发前要做足功课。然后计划行程。"婷婷得意地抹了抹嘴，看着林苏用炫耀的口吻说："这次总算是比你多些收获，多亏买了蔡司15mm镜头。这是我第一次带着我心爱的广角镜上路。"

"好是好。"林苏点点头又摇摇头，"这支镜头有不人性化的地方。镜头遮光罩竟然不能拆下来。这样一来，市面上好多它的专用滤镜支架不能和它完美配合使用，上滤镜，有暗角。除非拿去改装了。我倒是想念14-24。"

这么专业的话我这个外行是听不懂了。

"你们可不可以给我分享你们的成果。"我问。

"阿坝的云海很壮观，都要把县城给掩埋了。"婷婷很激动地拿出相机翻出相片给我看，"还有星空。这是晚上十点在路边拍的。"

真美！镜头下的银河肉眼都能看得到。

"为了拍到好的照片，我们一路折腾。晚上为了避免光污染，回避来往的车辆，几张照片耗费一个多小时。几天下来，吃方便面吃得要吐。当然，最辛苦的是这位，我们的司机老陈。每天500公里，风雨兼程。"

"值啊！"那叫陈志红的男人终于说话了，"看嘛，我们拍了星空，在阿坝拍了日出。"

"是啊。在达日拍了黄河日落晚上又到茶卡。"婷婷说。美丽的花丛，可爱的毛驴，清澈的湖水从她手中闪过——

"唯一遗憾的是，不能及时发朋友圈。一路上网络信号不足。你有微信吗？我加你？"婷婷把相机小心翼翼放到一旁，然后热情地拿出手机："我朋友圈里好多我拍的好照片呢！"

我们相互加了微信。

"你们好自在啊！"我由衷地羡慕他们，"无忧无虑似的。"

"是啊，还是要愁怎么挣钱。"婷婷把玩着她脖子上的藏珠，"但是，我们一帮喜欢摄影喜欢旅行的把大部分的时间都花在了路上。"

"前不久，我们走洛克线徒步去了亚丁。"林苏说。

"哎——一路混帐。"婷婷太爱笑，笑得牙龈都露出来。

"混账？"我听不懂他们的江湖语。

"是男女混住在一个帐蓬里。"林苏也笑了，用邪恶的眼神看着婷婷，"到后来，这位就想混床了。"

"混床？"从字面上理解难不成是男女挤在一个被窝里吗？在我疑云密布里，一直闷声的陈志红咯咯地笑着说，"我们把婷婷暗恋的赵萌萌灌醉，让她去把给他办了。"

"啊？"不可思议，这帮人。

"我挺纠结的。"婷婷说。

"纠结什么？"

"她的意思是怎么样才能把赵萌萌给那什么。"林苏给我解释，"一直对我们说，我需要赵萌萌，想想办法就一个晚上行吗？不用他负责。结果到了第二天。她大叫，老子不干了，老子嫌弃你。我不要你了，牛逼吧！长得帅有什么了不起。就是要收拾你这狗日的。"

"别看她装潇洒，其实她不敢。一个朋友出二万五，她还是临阵脱逃了。"对面一直不说话的两男之一终于吱声了。

"是啊。姐虽闯荡江湖多年可也是大家闺秀出身，家里几十亩地，牛羊成群，洋楼一栋一星级客栈一间。我是有教养的，深知有些东西能碰，有些东西不能碰。别看我满嘴跑火车，像个2B。我其实是有自己的原则底线的。在某些方面我是个很严肃的人。再说了，我是想在恰当的时间恰当的地点去办这件事，不能用铜臭味去污染我的爱。"

2B？哪有人这么说自己。不过，她看似傻大姐，心里却如明镜似的呢！

"人家赵萌萌说了，2B就是个爱称。"林苏拿腔拿调地取笑婷婷，"2B就是亲爱的。"

"所以那天我一大早给他发了个微信。"婷婷"扑哧"一声笑着，"我说，大傻B萌萌哥哥快起床啦！然后他说，谁是大傻B。我说，你是我的大傻B啊。这是爱称啊！"

这个"大傻B萌萌"让婷婷发花痴的程度，看样子八成是个大帅哥。

"萌萌干啥的呢？"

"他就是一三陪。"

不会吧？我发现婷婷的话只能当笑话听。她的形象适合说相声。

"他的主业和我一样开客栈，副业就是陪喝陪笑外加一个跳脱衣舞。"

"赵萌萌的屁股不是盖的。"林苏说："摇摆自如。"

婷婷把肩带往下一扒，向我们抛出一个妩媚销魂的眼神："是啊。他的屁股是电动马达。音乐一响起，小香肩一露，小沟沟就摆得迷死人。"

"他真的提供这样的服务？"

"对！"婷婷说。

"你就误导孟夏兮吧。我们又不是天上人间。"陈志红拍了拍婷婷，向我解释道，"其实赵萌萌只是在我们聚会时娱乐一下大家。"

"孟姐姐，你说你是成都来的？"婷婷嘴一撇，说："之前来了个成都的少妇到我客栈，顺道走了婚。"

"正常，不到你客栈走，也会到其他地方走的。"我笑着问："你的客栈在哪里？"

"在大洛水。"

"云南与四川交界的那个地方吗？"我想起秋实说起他住的王妃园，我在地图上找过，也看到了大洛水。

"对了。陈志红在沪沽湖的青年客栈纯属城郊接合部。"这真是幽默至极的女子。

"你看她多有优越感啊？"陈志红无奈地摆摆头，"就因为每年比我们多挣好几万呢！"

"那是。"婷婷听了傲娇地一挑眉，见对面两个男人依然面无表情，又皱起眉头说，"你们两个别要死不活的，该喝酒就喝酒，该睡觉就睡觉。不就犯了小错登了个山迷了个路，还连带别人落下山了么？"

"有人掉下山了？"我心里一紧，人命关天的大事他们怎么说得轻描淡写。户外运动危险多多，秋实现在怎么样了？我不禁担心起他来。

我的问题没人回应，真是让人着急。

"喝酒喝酒——再来两瓶。心里烦。"对面的高个子男人撸起袖子，"老板，再来两瓶二锅头。"

"疯了，真是疯了。真会顺杆爬。"婷婷起身拍了拍那男人的手，"我说马俊。不准喝白的。喝了白的你就给我爬起走，妹妹我不奉陪。"

婷婷点上一根烟，转头问我："你喜欢户外运动不？"

"一切没尝试过的我都抱有好奇心。"我看了看那两个嚷着要喝闷酒的朋友，"他们怎么了？遇到什么事了吗？"

"跟这位姐姐说说嘛，聊天比喝酒强。"婷婷恶作剧吐了口烟圈，我一连呛了几声，她哈哈哈大笑几声，跑到路边去了。

"听说有人掉到山下了？救上来了吗？"人家不愿说我却偏爱问，"难道都是没经验的人吗？"

"除了老大，都是业余的。"马俊说着地道的四川话哭丧着脸，"他本来事情多，没得空走这一趟。看了婷婷多大的面子，才答应带我们这几个去爬山。这下把他害了。"

是什么人让两个大男人心存愧疚又满怀敬意呢？人到底及时救上来了没有？有没有生命危险？我想起了秋实，原来登山有这么多未知的风险。这次，我能顺利见到他吗？

我心里忐忑不安起来。

"掉到山下的就是我们老大。"马俊不是个擅长讲故事的人，但我还是要耐心听着。大脑极其兴奋，回酒店是睡不着的。看时间，离天亮还有两个多小时。

"因为有雨，我们所有队员在老大的带领下在山脚扎营。到了第二天上午雨停了，本以为照常登山，老大却根据经验取消了计划。明明很晴朗的天气啊？我和刘超等不及便背着大部队去登果洛山了。我们的目的是要登到山顶。"

"真是两个二逼青年啊！"婷婷抽完烟打着哈哈又过来坐下。

"在小山坡下有个湖。妖女湖知道吗？去目的地本来有其他更好的路可以选择。但是，我觉得自己牛逼，是攀岩能手就想逞能。便想着下去探路。当我正要下去时，上山寻找我们的老大就赶到了。他上前阻止我时脚下一滑踩空了，瞬间滑出去6米。人落在悬崖边一处小平台上。"马俊说到这里，心有余悸，"太吓人了。他落下去的时候我脑子一片空白。"

"这就是一个生和死的问题。"刘超接上话来，声音是颤抖的，"不是累不累饿不饿那么简单。这时，老大在平台上大声吼着，叮嘱我们按原路返回。发现我们偷偷上山后，准备回市区观望的队员都待在了原地没有起程。老大盼着，如果我们顺利回到山下就可以搬救兵。但是他万万没料到，我们两人回去时又迷路了。待我们找到下山的路时都下午6点多了。"

"害人不浅喔——不听组织安排害人害己。"婷婷在他们两个受伤的心灵上又插了一刀。

"那怎么办啊？"真是遇到两个猪一样的队友！听到这里，我也急得在心里骂道。

"老大那会已经在小平台待了一个多小时。他有点绝望。他也盘算了我们顺利往返的时间差不多要10个小时，有两种可能性，在那种情况下温差大，晚上温度10来度，到半夜0度以下。老大只穿了单薄的冲锋衣和速干的衬衣裤子。一个结果，救兵上来他已经冻死。为了能尽快找到我们，他是简装而行的。老大有智慧，他作了基本的户外判断，他先盘点身上的食品，他只有一块压缩饼干，半壶牛奶，然后，身上还有四片口香糖。吃了，喝了。身体有了力量。他琢磨着自救。"

"在悬崖边上如何自救？"我不敢相信，心中对这位老大的求生勇气感叹不已。

刘超似乎讲累了，端起水咕噜喝起来。马俊接棒讲道："是这样的。我们离开时，老大交代了让我们去营地安排两拨人分开寻找。一拨山上，一拨山下。要是在山下找到他的零件呢，就拉回成都。还特别吩咐，要把他的记事本给她成都的未婚妻送去，但是不准说他的死讯。说到这时我们都哭得稀里哗啦了。事后，老大批评我们，他说我们的行动是极不成熟的表现，违背了户外运动的一个基本原则。一般户外运动临行前都要从路线，食品药品，白天，晚上这几个方面做周详而细致的准备。"

"原来他没事，他好好的吧？"我问。我想，这位老大现在活着也是身受重伤，要不然，这两人也不会如此自责了。

"他命不该绝。他在悬崖边一手抓着一个小灌木，一手抓着一个凸起的小岩石站了三个小时后能量几乎耗尽，人又疲惫四肢麻木，一只鹰飞来在他的头顶盘旋。他在紧张中，手一松整个身体便沿崖壁直线下降，好在老大反应快，顺手一抓五指又抠到一处崖缝。镇定下来后，借着月光往下一看，脚下面是带刺的骆驼草。只要能捡回一条命，无所谓扎不扎疼不疼了。这些一概抛到脑后。闭着眼顺势一滚就到了不远处的一洼泉水旁。那里有一处被泉水常年打磨凹进去的斜槽。老大在那里休整片刻后，顺着岩缝回到了地面。当他衣衫褴褛地回到营地，把一个女队员吓了一跳。"

"我就不明白了，这些在原地等待的队员见你们迟迟不回，不知向政府求救吗？"我说。

"是啊。老大回到营地后，政府派出的搜救队也来了。老大要带路。在无力行走的状况下只有被人用担架抬着上山。走到半山，就碰到我们了。"

"我终于理解你们内心的煎熬了。"

"是啊，无地自容。"马俊耸耸肩说。

我站了起来，发现天空发白，天亮了一角。

林苏和陈志红不知去向，婷婷夹着熄灭的烟头靠在椅背上睡着了。

"跟你们打听一个人。他也是这次出来登山的。"走出夜宵档，我忍不住问马俊和刘超。

"叫什么啊？"

前方，只见一个熟悉的身影在晨雾中向我们走来，我笑了。

"喔——他来了！"我说，眼里已藏不住热泪。我向那个朝思暮想的男人走过去。

"老大！"马俊、刘超像两只欢快的兔子从我身旁掠过。

我想说，不管你曾经被伤害有多深，总会有一个人出现，让你原谅之前生活对你所有的刁难。

男女之事，讲究一把钥匙开一把锁。我和秋实，注定是为对方订制。

2014年9月10日泸沽湖王妃园客栈始
2016年8月1日凌晨宜昌南都御景完